Linda Erics ist das Pseudonym der Autorin Natascha Kribbeler, die 1965 in Hamburg geboren wurde. Ihr Herz gehörte schon früh der Sehnsucht nach der weiten Welt. Interessiert an Geschichte, Fotografie und fremden Kulturen, arbeitete sie in ihrem erlernten Beruf als Rechtsanwaltsgehilfin – bis die Familienplanung sie nach Bayern verschlug, wo sie jahrelang mit Mann und Sohn lebte. Inzwischen ist sie in den Norden zurückgekehrt und schreibt dort, immer eine frische Brise im Gesicht, mit Herzblut Nordsee-Liebesromane.

LINDA ERICS

Icecold
HEARTS

LIEBE AUF DEM EIS

Erstausgabe Juli 2024

Copyright © 2024 dp Verlag, ein Imprint der
dp DIGITAL PUBLISHERS GmbH
Made in Stuttgart with ♥
Alle Rechte vorbehalten

Icecold Hearts

ISBN 978-3-98998-268-0
E-Book-ISBN 978-3-98998-271-0

Covergestaltung: Jasmin Kreilmann
Umschlaggestaltung: ARTC.ore Design
Unter Verwendung von Abbildungen von
depositphotos.com: © TanyaBond2019
Shutterstock.com: © yuutsu, © ButPhoto,
© detchana wangkheeree
Lektorat: Manuela Tengler
Satz: dp DIGITAL PUBLISHERS GmbH
Druck und Bindung: Books on Demand GmbH, Norderstedt

Das Werk darf – auch teilweise – nur mit
Genehmigung des Verlages wiedergegeben werden.

Dieser Roman enthält potenziell triggernde Inhalte

Wenn du mehr erfahren willst, dann gehe ans Ende des Romans (Achtung Spoiler!).

Kapitel 1

Hayley

Wenn es eins gab, was Hayley Jones die Laune verhageln konnte, war es ein Regenschauer, der quasi aus dem Nichts kam. Auf den sie nicht vorbereitet war, weil die Wettervorhersage es nicht für nötig gehalten hatte, ihn zu erwähnen. Das bedeutete nämlich, dass sie weder einen Schirm noch eine Regenjacke dabeihatte, und weil es ein warmer Tag war, hatte sie überhaupt keine Jacke dabei, nicht einmal ein Halstuch. Und das wiederum hieß, dass die stundenlange Glätteisen-Prozedur ihrer Haare für die Katz war. Wenige Feuchtigkeitsmoleküle genügten, um ihre Naturlocken förmlich explodieren zu lassen wie die Vegetation in der Wüste nach einem Wolkenbruch.

Eigentlich mochte sie Regen. Und der konnte im Grunde ja auch nichts dafür, dass ihre Haare über ein Eigenleben verfügten. Er konnte nicht wissen, dass sie unterwegs zu einem Treffen mit ihrer besten Freundin Sue war und sie ausgehen wollten. Dass Hayley auf dem Weg zu ihrer Freundin nur noch kurz in den Supermarkt gegangen war, um ein paar Sachen für morgen einzukaufen, denn eventuell – wahrscheinlich –

würde sie länger schlafen und sich morgen nicht dazu aufraffen können.

All das schoss ihr in Sekundenbruchteilen durch den Kopf, als sie den Supermarkt verlassen wollte und feststellte, dass es in Strömen goss. Sie blieb wie angewurzelt stehen.

„Das kann ja wohl nicht wahr sein!"

Vielleicht war es ja nur ein kurzer Schauer? Prüfend sah sie in den Himmel. Er wirkte eintönig grau. So schnell würde es nicht aufhören. Ein Blick auf die Uhr zeigte ihr, dass sie sich beeilen musste, wenn sie pünktlich sein wollte. Sue hatte einen Tisch beim *Asian Dream*, dem neuen Restaurant, reserviert. Das hatte sich binnen kürzester Zeit zum beliebtesten Treffpunkt von Brookfield gemausert, und wenn sie da nicht rechtzeitig ankamen, wurde der Tisch ruckzuck anderweitig besetzt.

Also holte Hayley tief Luft, hielt sich ihre Handtasche über den Kopf und huschte in den Regen hinaus. Sofort spürte sie das Wasser eiskalt auf ihrer Bluse, und natürlich trat sie genau in eine Pfütze.

„So eine Scheiße!", fluchte sie.

Endlich hatte sie ihr Auto erreicht, aber um an den Schlüssel zu gelangen, musste sie die Handtasche von ihrem Kopf nehmen. Nicht, dass die viel geholfen hätte. Erbittert schloss sie kurz die Augen, als die schweren Tropfen auf ihren Kopf prasselten. Dann drückte sie hastig den Knopf für die Zentralverriegelung, riss die Tür auf, ließ sich auf den Sitz fallen und schlug erleichtert dem Regen die Tür vor der Nase zu.

Sofort beschlugen die Scheiben wegen der Feuchtigkeit. Hayley wagte einen kurzen Blick in den Spiegel und seufzte schwer. An den Spitzen begannen sich ihre Haare schon wieder zu kringeln. All die Mühe für nichts.

Okay, ihr Jammern änderte nichts. Wenn sie gleich etwas Leckeres zu essen haben wollte, musste sie sich beeilen. Sie stellte die Lüftung auf Höchststufe, startete den Motor, fuhr vom Parkplatz und bog in die Straße ein, die zu Sues Wohnung führte. Es war ihr Ritual geworden, dass sie einmal im Monat zusammen essen und anschließend ein wenig feiern gingen.

Sue wartete bereits im Hauseingang. Sobald sie Hayleys Auto erkannte, sprintete sie los. Immerhin war sie im Gegensatz zu ihr so schlau gewesen, eine Jacke mit Kapuze anzuziehen.

„Hallo, Hay!", rief Sue und ließ sich auf den Beifahrersitz plumpsen. „So ein Sauwetter! Wo kommt das so plötzlich her?"

„Hi! Wenn ich das wüsste, hätte ich einen Regenschirm mitgenommen. Schau dir meine Haare an! Die sehen schon wieder schlimm aus, oder? Sei ehrlich!"

Sue betrachtete sie und lächelte mild. „Du weißt, dass ich deine Locken liebe. Sehen wie immer toll aus."

Hayley hob skeptisch eine Augenbraue. „Du bist eine fantastische Freundin, aber leider eine miserable Lügnerin."

„Ich meine das genauso, wie ich es sage! Ich wünschte, ich hätte zumindest etwas von deinen Locken. Um deine wilde blonde Mähne hab ich dich schon in der Schule beneidet! Meine Haare hängen runter wie nasse Spaghetti."

„Wunderschöne Spaghetti! Glänzend und glatt."

„Jetzt komm, lass dich davon nicht runterziehen, Hay. Ich hab Hunger!"

„Ich auch!" Hayley lachte, und schon war die Welt wieder in Ordnung. Ihre Freundin hatte ja recht. Wegen der ruinierten Glätte-Prozedur ging die Welt nicht unter. Sie fuhr los.

Wenige Minuten später kam das begehrte Restaurant in Sicht, und ebenso plötzlich, wie er angefangen hatte, hörte der Regen auf. Das war so typisch.

„Da ist ganz schön was los." Hayley ließ ihre Blicke prüfend über die vielen Autos gleiten. „Hoffentlich finden wir noch einen Parkplatz", meinte sie, während sie langsam an den vielen Fahrzeugen vorbeifuhr.

„Da!" Sue wies mit dem Finger. „Siehst du? Da vorn ist noch einer frei!"

„Das ist unser!" Entschlossen gab Hayley Gas und steuerte darauf zu. Noch fünfzehn Yards, noch zehn, fünf ...

Erschrocken zuckte sie zusammen, als in ihrem Augenwinkel ein Schatten auftauchte. Instinktiv trat sie auf die Bremse. Woher kam plötzlich dieser dunkle Wagen? Schon fuhr er direkt in ihre Parklücke hinein!

„Das ist ja wohl eine Unverschämtheit! Ich fasse es nicht!", schimpfte Hayley erbost.

„Der traut sich was!", pflichtete Sue ihr bei. „Und jetzt? Suchen wir weiter?"

„Von wegen! Der kann sich jetzt was anhören!" Irgendwo in den Tiefen ihres Hirns nistete noch ein Rest Ärger wegen des unerwarteten Regengusses. Da hatte ihr so ein Parkplatz-Rowdy gerade noch gefehlt. Entschlossen löste Hayley ihren Gurt, öffnete die Tür und stieg aus.

Der Fahrer des dunklen Autos verschloss gerade seelenruhig die Wagentür.

„Was fällt dir ein? Das ist ja schon mehr als dreist!", empörte sich Hayley.

Ein Kerl mit breiten Schultern und dunklem Haar drehte sich viel zu langsam zu ihr um. Der hielt sich wohl für besonders cool. Immer heißer rauschte die Wut durch Hayleys Adern. Dann traf sie sein Blick aus gletscherblauen Augen – und plötzlich schien die Welt stillzustehen.

„Was denn?", fragte er offenbar belustigt und hob eine Augenbraue. Von dem Aufruhr, den sein Anblick in Hayley ausgelöst hatte, schien er nicht das Geringste zu bemerken.

Das konnte doch nicht sein, oder? Dean Walker? Ihr Schwarm aus Jugendtagen! Und nicht nur das! Ganz nebenbei war er inzwischen Feldspieler bei den *Calgary Hunters,* der rasant aufstrebenden Eishockeymannschaft. Er hatte schon vor Jahren sein Heimatkaff verlassen. Was hatte er hier zu suchen?

„Na ... das da", stammelte sie überfordert und wies mit dem Kinn auf sein Auto. „Das ist *mein* Parkplatz."

„So?" Dean machte einen Schritt nach vorn zur Kühlerhaube seines Wagens und sah sich suchend in alle Richtungen um. „Ich sehe nirgendwo ein Schild, dass der Parkplatz reserviert ist."

Unwillkürlich ballte Hayley die Fäuste. Wenn es neben haarkrausendem Regen noch etwas gab, das sie absolut nicht ausstehen konnte, dann waren es arrogante Schnösel wie dieser hier, die sich für oberschlau hielten und keinerlei Anstandsregeln kannten.

„Super Idee! Für mich bitte ein Root Beer."

„Wird gemacht! Bis gleich!" Damit stieg Sue aus und lief in Richtung Restaurant davon.

Während Hayley eine weitere Runde über den Parkplatz drehte, wurde sie immer ärgerlicher. So ein Vollidiot! Sie könnte bereits mit Sue gemütlich am Tisch sitzen und die Speisekarte studieren. Stattdessen ... Nein! Dieser Kerl war keinen einzigen Gedanken wert. Sie richtete ihre Aufmerksamkeit auf die Umgebung, und tatsächlich hatte sie Glück. Ganz am Rand fuhr gerade ein Auto weg. Rasch steuerte sie ihren eigenen Wagen hinein, ehe ihr wieder irgendein Vollhonk zuvorkam. Bevor sie ausstieg, warf sie noch einen Blick in den Rückspiegel. Und erschrak! Ihre Haare sahen aus, als hätte sie in eine Steckdose gefasst! Genau das hatte sie für heute Abend verhindern wollen. Dann fiel ihr ein, dass sie in diesem Zustand Dean, dem Star der *Calgary Hunters*, gegenübergetreten war, und lief feuerrot an. Wie peinlich war das denn! Kein Wunder, dass er sie so von oben herab behandelt hatte. Rasch wühlte sie in ihrer Tasche, holte eine Haarspange heraus und klemmte einen Teil ihrer Mähne ein. Schon besser. Etwas jedenfalls.

Aber jetzt hatte sie keine Zeit mehr zu verlieren. Hayley schob den unangenehmen Gedanken beiseite, stieg aus und lief zum Restaurant. Sie entdeckte Sue, die ihr zuwinkte, an einem Fensterplatz. Erleichtert setzte sie sich zu ihr an den Tisch. Als sie sich umblickte, stellte sie fest, dass das Restaurant bis zum letzten Platz besetzt war.

„Es hat alles gut geklappt", berichtete ihre Freundin und schob ihr eine Speisekarte hin. „Die Getränke hab ich schon bestellt."

„Super. Dann kann ja endlich der gemütliche Teil des Abends beginnen."

Während Hayley das Speiseangebot studierte, ging die Eingangstür auf. Automatisch warf sie einen Blick hin – und sofort verdoppelte sich ihr Herzschlag.

Dean kam mit einem weiteren Mann herein, einem blonden Schönling, der ebenso hochnäsig dreinschaute.

Hayley erkannte in ihm Ryan, einen seiner Eishockeykollegen. Sie kannte ihn nicht persönlich, war aber aufgrund ihres Jobs als Journalistin im Bilde. Da Dean, der Oberwiderling, wie sie aus Brookfield stammte, berichtete ihre Zeitung *Brookfield News* mitunter über seine Eishockeymannschaft im urbanen Calgary. Nein, eher sogar ziemlich häufig, denn leider war es so, dass Dean der prominenteste Einwohner Brookfields war, und Will, ihr Chef, hob diese Tatsache nur allzu gern hervor.

In der Tür blieben beide Männer stehen und sahen sich um.

Hayley musste grinsen. „Tja, mein Lieber, das nenne ich mal ausgleichende Gerechtigkeit. Dieses Mal war *ich* schneller", sagte sie leise zu sich selbst.

Neugierig sah Sue von der Karte auf und folgte ihrem Blick. Auch sie schmunzelte. „Das Karma hat sie ja schnell ereilt, was? Die beiden werden wieder gehen müssen."

„Scheint so. Ich muss sagen, mein Mitleid hält sich in Grenzen." Amüsiert beobachtete Hayley, wie sich eine

Kellnerin an die beiden Hockeyspieler wandte und ihnen mit einer ausgreifenden Armbewegung und einem Kopfschütteln das Offensichtliche erklärte.

„So etwas hab ich noch nie erlebt!", empörte sich Ryan lautstark. „Wissen Sie nicht, wer wir sind?"

„Und wenn Sie der Kaiser von China wären", entgegnete die Bedienung seelenruhig. „Hier ist nichts zu machen. Wenn Sie nicht reserviert haben, müssen Sie leider wieder gehen."

„Das ist eine Unverschämtheit! Und das in diesem Provinzkaff!"

Auf ihrem demütigenden Rückweg zur Tür kamen die beiden Spieler unmittelbar am Tisch von Hayley und Sue vorbei.

„Ach, das nenne ich aber Pech", sagte Hayley sarkastisch, als Dean und sein Freund genau neben ihnen waren.

Dean fuhr zu ihr herum. Der Ärger in seinem Gesicht wich Überraschung, als er sie erkannte.

„Ich bin schon wieder zuerst hier", sagte Hayley und jedes einzelne Wort bereitete ihr ein diebisches Vergnügen. „Diesmal habe ich sogar tatsächlich reserviert."

„Schön für dich. Glückwunsch."

„Danke! Tut mir ja echt leid für euch." Hayleys Stimme troff vor Ironie. „Das Essen ist wirklich köstlich. Da entgeht euch was."

In Deans Gesicht arbeitete es. Plötzlich wandte er sich an seinen Kumpel. Die beiden unterhielten sich kurz, dann drehte er sich wieder zu Hayley um. „Ihr habt doch reichlich Platz am Tisch. Da passen wir bestimmt noch mit dran, oder?"

Hayley wechselte irritiert einen Blick mit Sue und schüttelte den Kopf. „Nein."

„Warum nicht? Bist du etwa immer noch sauer wegen des Parkplatzes?"

Hayley lächelte zuckersüß. „Rate mal!"

„Ich hab mich doch entschuldigt."

„Wir sind eben gern unter uns."

„Ihr wisst aber schon, wer wir sind, oder?", mischte sich Ryan ein und wirkte außerordentlich fassungslos.

Hayley bedachte ihn mit einem freundlichen Lächeln. „Natürlich. Wer könnte euch nicht kennen? Die großen Stars auf dem Eis." Damit widmete sie sich wieder der Speisekarte, während sie sich zusammenreißen musste, um nicht loszulachen. „Wenn ihr uns dann jetzt entschuldigen würdet."

„Ist das alles, was ihr dazu zu sagen habt?", fragte Dean nicht minder von der Rolle.

„Nein", erwiderte Hayley höflich. „Wir haben Hunger und möchten jetzt gern den Abend genießen. In Ruhe. Sorry!", setzte sie in derselben Betonung und mit gleichem Grinsen hinzu wie Dean vorhin auf dem Parkplatz und wandte sich ab.

„Sowas hab ich echt noch nie erlebt! Lass uns verschwinden!", zischte Ryan Dean zu.

Mit angehaltenem Atem wartete Hayley, bis die Tür hinter den beiden Männern zugefallen war. Dann sah sie Sue an, und sie beide prusteten los.

„So etwas hat garantiert noch niemand zu denen gesagt!" Sue hielt sich den Bauch.

„Ein bisschen taten sie mir ja schon leid."

„Hatte der Kerl etwa Mitleid mit uns auf dem Parkplatz? Na, siehst du! Dazu besteht kein Anlass. Das geschieht diesen Großkotzen ganz recht."

„Okay, da kann ich dir nicht widersprechen."

„Ob die wegen des Spiels nächste Woche hier sind?", mutmaßte Sue. „Die *Calgary Hunters* spielen gegen die *Vancouver Bears*. Allerdings in Calgary, nicht hier in Brookfield. Das ergibt keinen Sinn."

„Kommende Woche hat Nathan ein Interview mit dem Trainer der *Hunters*", überlegte Hayley. „Dass auch Spieler kommen, ist mir nicht bekannt. Die Rede war nur vom Trainer."

„Vielleicht besuchen sie Verwandte. Dean wohnt seit einer Ewigkeit nicht mehr in Brookfield. Ryan kommt doch auch aus der Gegend, oder?"

„Ja, aus einer Kleinstadt, ein Stück entfernt. Möglich wäre das. Weißt du was? Ist doch völlig egal. Wer weiß, vielleicht sind die beiden ja aus der Mannschaft geflogen und sind hier auf Wohnungssuche."

„Stimmt, bei deren Verhalten würde mich das nicht wundern!"

Sie lachten fröhlich und dann gaben sie ihre Essensbestellung auf. Im Wissen, diese kleine Schlacht gewonnen zu haben, schmeckte es gleich noch mal so gut. Trotzdem ging Hayley Deans Gesicht nicht aus dem Sinn. Wie verliebt sie damals in ihn gewesen war! Seitdem war er älter geworden, reifer. Jedenfalls von der Optik her. Sein Charakter hingegen schien um keinen einzigen Tag gealtert zu sein.

Was zum Henker wollte er in seinem Heimatkaff?

Kapitel 2

Dean

„Das ist unglaublich!", schimpfte Ryan vor dem Eingang des Restaurants. „Was bildet dieser billige Schuppen sich ein? Die haben echt nicht die leiseste Ahnung, wer wir sind, oder? Die werden es ja wohl fertigbringen, einen Tisch für uns freizumachen."

„Ärgere dich nicht, Ryan. Denen ist ein gutes Trinkgeld entgangen. Selbst schuld."

Während Dean neben Ryan zu seinem Auto lief, ging ihm diese Kleine nicht aus dem Kopf. Wie wütend sie ihn angefunkelt hatte. Mit ihren blonden Locken hatte sie ausgesehen wie eine zornige Löwin. Okay, wie eine *nasse,* zornige Löwin. Er grinste.

„Was ist denn mit dir los?", erkundigte sich Ryan verwundert. „Du siehst aus, als würdest du dich über irgendwas freuen, statt sauer zu sein."

„Du hast doch die beiden Mädels an dem Tisch gesehen, die uns angesprochen haben."

„Ganz schön freche Tussis!"

„Die eine davon kommt mir irgendwie bekannt vor."

Neugier löste den Ärger in Ryans Gesicht ab. „Die hübsche Dunkelhaarige oder die blonde Mähne?"

„Ja, die."

„Hattest du mal was mit ihr?"

Dean schüttelte den Kopf. „Ich glaube nicht."

Ryan grinste. „Du *glaubst?* Klingt nicht sehr überzeugend. Aber du hast recht, die beiden waren schon interessant. Und überaus bissig."

„Das ist ja gerade das Spannende, oder?" Dean erwiderte das Grinsen seines Freundes.

„Stimmt. Ist mitunter ziemlich öde, wenn man sich nicht anstrengen muss. Wo bleibt denn da der Spaß?"

„Eben." Es war eher so, dass die Frauen ihnen reihenweise hinterherliefen und wie reife Pflaumen in den Korb fielen.

Klar genoss Dean die Bewunderung seiner Fans, auch oder gerade die der weiblichen. Gelegentlich spielte er auch ein wenig mit dem Feuer. Etwas Ernstes hingegen hatte sich bisher nie ergeben. Und das sollte auch so bleiben. Für eine Frau war in seinem Leben kein Platz. Alles, was zählte, war seine Karriere als Eishockeyspieler bei den *Calgary Hunters*. Schon als Kleinkind hatte er auf Kufen auf dem Eis gestanden, hatte in verschiedenen Schulmannschaften gespielt und immer mehr trainiert. Am Ende hatten sich die Mühen ausgezahlt. Seit Jahren spielte er jetzt schon für seinen Verein und der stieg in der Liga immer weiter auf. Das Beste am Eishockey war, dass er deswegen vor Jahren seinen Heimatort verlassen konnte.

Dass er jetzt ausgerechnet wegen dieses Interviews wieder herkommen musste, passte ihm gar nicht. Aber da musste er jetzt durch.

„Was machen wir denn jetzt?", meldete sich Ryan wieder zu Wort. „Ich hab Hunger."

„Ich auch."

Dean hatte seinen Eltern bislang nicht Bescheid gegeben, dass er wieder in Brookfield war. Mom wäre bestimmt außer sich vor Freude und würde stundenlang am Herd stehen, um etwas Gutes für ihn zu kochen. Beim Gedanken an sie verspürte er ein schlechtes Gewissen. Allerdings bewirkte der Gedanke an seinen Vater sofort, dass sich sein Magen zusammenzog. Er war ein Despot, wie er im Buche stand. Und auch auf ein Wiedersehen mit seinem Bruder Justin konnte er gut verzichten, denn der war nicht viel besser.

„Das Interview ist übermorgen, oder?", hakte Ryan nach.

„Ja. Damit haben wir noch Zeit."

„Ich finde, dass wir uns nach der Enttäuschung eben was gönnen könnten."

„Zum Beispiel?"

Ryans Augen begannen zu glänzen. „Einen richtig schönen, dicken, saftigen Burger. Morgen laufe ich dafür mit dir auch fünfzehn Meilen, versprochen."

„Hört sich verführerisch an, muss ich gestehen."

„Der Gedanke an so viel Zeit mit mir?" Ryan zwinkerte fröhlich.

Dean musste lachen. „Das auch. Aber wie lange hatte ich keinen Burger mehr?"

Michael, ihr Trainer, achtete akribisch auf die richtige Ernährung aller Spieler. Ein fetttriefender Burger kam dabei dem Leibhaftigen gleich.

„Sag ich doch. Also, was meinst du?"

„Lass uns gehen!"

Kurz darauf saßen sie in *Annies Burgerbar*, die es zu Deans Erstaunen immer noch gab. Und natürlich fielen sie hier auf wie bunte Hunde. Noch bevor die Burger vor ihnen standen, drängte sich ein Haufen Fans um sie herum.

„Dad und ich kommen zu eurem Spiel nächste Woche", versprach ein vielleicht zwölfjähriger Junge mit glänzenden Augen, während Dean sein Autogramm auf eine hingehaltene Serviette schmierte.

„Super", gab er zurück. „Viel Spaß!"

„Danke! Ihr werdet haushoch gewinnen."

„Na, das wollen wir doch hoffen!"

Endlich zogen die Fans ab, und die beiden konnten sich ihren Burgern widmen.

Beim ersten Bissen stöhnte Dean wohlig auf. „So was Gutes hab ich seit einer Ewigkeit nicht gegessen."

„Frag mich mal. Was für eine Schande. Ich glaube, ich geb meine Profikarriere auf."

„Da bin ich sofort dabei!"

Sie lachten, dann aßen sie schweigend weiter, und Dean genoss jeden Bissen im Wissen, dass es für lange Zeit der einzige Genuss dieser Art bleiben würde.

„Was meinst du, wollen wir heute mal richtig auf den Putz hauen?", fragte Ryan, nachdem sie aufgegessen hatten.

„Wie meinst du das?"

„Na, du bist zum ersten Mal seit einer Ewigkeit wieder zu Hause, oder? Und wie ich dich kenne, willst du bestimmt nicht am Samstagabend bei deinen Eltern auf dem Sofa hocken, hab ich recht?"

„Nee, ich kann mir Schöneres vorstellen. Du weißt ja, wie mein Verhältnis zu meinem Vater ist."

„Ja, der Kerl ist ein Drecksack, aggressiv und damals sogar gewalttätig. Ich versteh dich sehr gut." Ryan musterte Dean prüfend. „Du hast aber nicht immer noch Angst, so zu werden, wie er damals war, oder?"

Zweifelnd hob Dean die Schultern. „Na ja, ich habe seine Gene, die Gefahr ist nicht von der Hand zu weisen. Natürlich mache ich mir Sorgen, daran hat sich nichts geändert." Rasch schüttelte er den Kopf. „Lass uns lieber das Thema wechseln. Ich werde nachher bei meinen Eltern anrufen. Natürlich muss ich sie besuchen, wenn ich schon hier bin. Wahrscheinlich werde ich morgen zum Mittagessen dort sein."

„Super! Ich mach auch erst morgen einen Abstecher nach Hause. Wir könnten ein bisschen feiern gehen. Hier gibt's doch bestimmt irgendwo einen Dorfclub oder so etwas."

Dean lachte. „Damals gab es zumindest einen. Im *Lunas Light* war es immer proppenvoll."

Sofort erschienen Bilder vor seinem inneren Auge. Er tanzend mit Mary, seiner ersten Freundin, eng umschlungen und mit geschlossenen Augen der Musik lauschend und ihre Nähe spürend. Später ein Drink vor ihm und seinen Kumpels auf dem Tresen, die Gläser nass vom Kondenswasser. Mädchen, die ihn anhimmelten. Irgendwo in der Menge eine blonde Löwenmähne.

War das womöglich die junge Frau von vorhin? Kannte er sie von damals? Oder sah sie ihr nur ähnlich?

Egal. All das war lange her. Mary war mit einem anderen abgezogen, und das war seine Schuld gewesen. Seitdem hatte es keine feste Freundin mehr für ihn gegeben. Und auf wilde Partys verzichtete er, seit er sich ernsthaft dem Profisport verschrieben hatte. Es sei denn, es handelte sich um eine Siegesfeier mit seinen Teamfreunden.

„Dann lass uns hingehen, wenn es den Laden noch gibt", schlug Ryan vor. „Wir müssen es ausnutzen, dass wir mal kurz aus Michaels Reichweite raus sind. Dafür trainieren wir die nächsten Tage umso mehr."

„Du hast recht. Heute gönnen wir uns das mal."

Nach einer entspannenden Pause im Hotel und einer ausgiebigen Dusche rief Dean kurz zu Hause an, um mitzuteilen, dass er in Brookfield war. Zu seinem Leidwesen ging nicht Mom, sondern sein Vater ans Telefon, und nach ein paar knappen Fragen zum Verlauf seiner Sportlerkarriere lud er Dean wie erwartet für den nächsten Tag zum Mittagessen ein. Selbst dabei klang seine Stimme wie gewohnt harsch und streng. Dean war froh, als er wieder auflegen konnte.

Anschließend machte er sich gemeinsam mit Ryan auf den Weg zum *Lunas Light*. Tatsächlich gab es den Laden noch, aber zu dieser frühen Stunde war noch nicht allzu viel los.

„Okay, so viel zum Thema *auf den Putz hauen*", meinte Ryan lakonisch und stieß mit seinem Bierglas – selbstverständlich alkoholfrei – gegen Deans. „Hier tobt ja im wahrsten Sinne des Wortes der Bär."

„Ja, sehr aufregend. Wenn wir beide schon mal Party machen wollen."

Zwei Mädels tanzten miteinander, ein paar junge Kerle hielten sich am Tresen an ihren Drinks fest. Bunte Laser huschten hin und her. Während Dean und Ryan überlegten, welche Fragen ihnen beim Interview wohl gestellt werden würden, trudelten ein paar weitere Gäste ein, nahmen an den Tischen Platz oder gesellten sich zu den beiden einsamen Girls auf die Tanzfläche.

„Lass uns mal bei den Jungs anrufen", schlug Dean schließlich vor. „Die malen sich bestimmt die wildesten Sachen aus, was wir hier treiben."

Ryan lachte. „Sie werden sehr ernüchtert sein, wenn sie diese Provinzwüste hier sehen."

Grinsend startete Dean einen Videoanruf über FaceTime. Nur wenige Sekunden später erschien sein Teamkollege Adam im Display.

„Hi!", rief Dean. „Ryan und ich wollen euch mal teilhaben lassen an all den Aufregungen unseres Ausflugs."

Adam drehte sich um. „Robin, Al, Todd, kommt mal her. Dean und Ryan sind dran."

Binnen weniger Augenblicke drängten sich die Kameraden um Adam. Alle grinsten erwartungsvoll in die Kamera.

„Hallo", grüßte Dean erneut. Ryan neben ihm winkte, und vom Display winkten alle zurück.

„Wo seid ihr denn da?", fragte Robin neugierig. „Was sind das für Lichter?"

„Wir befinden uns hier im großartigsten Club Brookfields." Dean aktivierte die Außenkamera. „Um nicht zu sagen, im einzigen. Hier ist buchstäblich die Hölle los, seht ihr?"

Seine Freunde in Calgary lachten. „Fuck, wie viele Leute sind da, drei? Hast recht, das ist wirklich die Hölle!"

„Ihr tut uns echt leid", pflichtete ihm Adam prustend bei. „Aber ich fürchte, da müsst ihr jetzt durch. Versucht, wenigstens nicht einzuschlafen."

„Gibt's wenigstens was Anständiges zu trinken?", erkundigte sich Al.

Mit leidender Miene hob Dean sein Glas vors Display. „Alkoholfrei. Schmeckt wie Seifenlauge."

Seine Teamkameraden seufzten bedauernd.

„Da habt ihr endlich mal frei, und dann ist euch trotzdem kein Spaß vergönnt. Ach herrje." Todd sah drein wie bei einer Beerdigung.

„Ihr seht also, Jungs, kein Grund zum Ärgern, weil ihr die Stellung halten müsst, während Ryan und ich unterwegs sein können. Ihr habt nichts verpasst!"

„Ja, Spaß sieht anders aus", gab Robin ihm recht.

„Wir sind auch froh, wenn wir wieder zurückfahren können", erklärte Ryan.

„Na, dann seht mal zu, dass ihr die Zeit bis zum Interview irgendwie totschlagt. Ihr habt auf jeden Fall unser Mitgefühl." Adam hob aufmunternd lächelnd seinen Daumen, und die anderen taten es ihm gleich.

„Danke. Okay, viel Spaß beim Training. Wir sehen uns übermorgen." Damit beendete Dean die Videoübertragung.

„Bin ich froh, wenn wir wieder zurück in Calgary sind", sagte Ryan und seufzte aus vollem Herzen.

„Wem sagst du das!"

Dean war inzwischen bei einem Wasser angelangt, als sein Blick automatisch zum Eingang gezogen wurde. Das Erste, was ihm auffiel, war die pink und grün angestrahlte Haarfülle einer jungen Frau, die gerade mit ihrer Freundin hereinkam.

Ryan folgte seinem Blick. „Na, sieh mal einer an. Die frechen Ladys aus dem Restaurant."

Ehe sich Dean versah, hatten die beiden sie entdeckt und steuerten auf seinen Freund und ihn zu.

„Stalkt ihr uns?", fragte die Hübsche mit der Löwenmähne und zog missbilligend eine Augenbraue hoch. „So langsam kann das ja kein Zufall mehr sein."

„Ja, das ist wirklich sehr auffällig", stimmte ihre brünette Freundin ihr zu.

„Eher das Gegenteil", brummte Ryan. „*Ihr* stalkt *uns!*"

Die beiden Mädels sahen sich an und lachten überaus fröhlich.

„Ja, ganz bestimmt", sagte die Blonde ironisch.

„Vielleicht ist es Schicksal", warf Dean ein, ohne zu wissen, warum, und ignorierte dabei Ryans verwunderten Gesichtsausdruck. Das löwenmähnige Raubkätzchen interessierte ihn wirklich. Sie war völlig anders als die Frauen, mit denen er sonst zu tun hatte. Das reizte ihn.

„Ich bin nicht sicher, ob mir das gefällt", gab sie kühl zurück.

„Möglicherweise ändert ein Drink eure Meinung", bot Dean an.

„Ihr habt die freie Auswahl", stimmte Ryan überraschend zu und wandte sich mit einem strahlenden Zahnpastalächeln an die Dunkle.

Die beiden wirklich sehr attraktiven Mädels sahen sich fragend an. Für Dean stand felsenfest fest, dass sie einwilligen würden. Noch nie hatte eine Frau seine Einladung ausgeschlagen. Doch sein siegessicheres Lächeln gefror, als beide synchron den Kopf schüttelten.

„Nein, danke", erklärte die Blonde. „Wir sagten ja bereits, dass wir heute unsere Ruhe haben wollen."

„Vor allem vor Kerlen, die Frauen den Parkplatz klauen", fügte ihre Freundin spitz hinzu.

„Au, das tat weh!", sagte Dean und hob verwirrt die Brauen. Ließen sie ihn tatsächlich gerade abblitzen? Das war ihm noch nie passiert. „Ihr verzeiht mir nicht, oder?"

Erneut schüttelten beide Mädels die Köpfe. „Das macht man nicht. Es ist extrem unhöflich." Die Lockenmähne warf ihm einen vernichtenden Blick zu, griff zum Arm ihrer Freundin und zog sie weiter.

Dean sah ihnen überrascht hinterher. Die beiden gingen zum Tresen und gaben ihre Bestellung auf.

„Die hat es dir aber gegeben." Ryan grinste. „Weißt du was? Langsam gefällt es mir in diesem Kaff. Es ist nicht so langweilig, wie ich dachte."

Auch Dean begann zu grinsen. „Ich bin ganz deiner Meinung. Vor allem bin ich gespannt, was der Abend noch bringt."

Gerade nahmen die Freundinnen ihre Drinks entgegen, gingen zu einem Tisch und setzten sich. Sofort begannen sie sich zu unterhalten und zu lachen. Und sie sahen genau zu ihnen herüber.

Machten sie sich etwa über Ryan und ihn lustig?

Eine Horde Fans lenkte Dean zum Glück ab. Binnen eines Moments waren Ryan und er umringt und wurden mit Bitten um Autogramme und gemeinsame Selfies bombardiert. Die Fans himmelten Ryan und ihn regelrecht an. Gut so! Den beiden Mädels würden die Augen übergehen, wenn sie sahen, wie begehrt sie waren.

Dann würde sicherlich auch deren Mauer Risse bekommen und ...

Die beachteten sie ja gar nicht! Stattdessen saßen sie nicht mehr allein am Tisch, sondern eine Handvoll junge Leute hatten sich zu ihnen gesellt, zwei weitere Frauen und ein paar Männer. Doch auch die sahen jetzt neugierig in ihre Richtung. Schnell wandte sich Dean einem jungen Mädchen zu, das mit strahlendem Lächeln nah neben ihn trat und ihr Smartphone für ein Foto hob. Kurzentschlossen legte Dean ihr den Arm um die Schulter. Zu seiner Freude schmiegte sie ihren Kopf an seine Brust und machte ihr Foto.

„Danke! Hier, ich zeig es dir. Ist es nicht toll geworden?", hauchte sie glücklich.

Dean rückte so nah an sie heran, wie es ging, und tat so, als würde er das Bild bewundern, während er verstohlen zu den Frauen am Tisch hinüberlinste. Bemerkte die Blonde wenigstens jetzt, wie begehrt er war?

Ja, eindeutig. Er erwischte sie noch gerade, ehe sie rasch wegsah und etwas zu ihren Freunden sagte. Dean schmunzelte befriedigt. Frauen waren ja so leicht zu durchschauen. Am Anfang gaben sie sich kratzbürstig und unnahbar, nur um dann schnell einzuknicken und nachzugeben. Im Grunde waren sie alle gleich. Es würde nicht mehr lange dauern, dann würde auch sie ankommen, ihn um ein Autogramm bitten und seine Einladung zum Drink nur zu gern annehmen.

Die Fanhorde zog ab wie ein Heuschreckenschwarm.

Ryan grinste zufrieden. „Hast du die kleine Rothaarige gesehen? Die hat mir regelrecht aus der Hand gefressen. Ich wette mit dir, die hätte sofort zugesagt, heute Abend zu mir ins Hotel zu kommen."

„Ja, möglich."

„Deine war ja auch ziemlich anschmiegsam, was? Wie sie ihren Kopf gegen dich gelehnt hat ..."

„Kann schon sein."

Dean war mit seinen Gedanken ganz woanders, was auch Ryan nicht entging. „Ist es möglich, dass du nicht ganz bei der Sache bist, Dean? Dir spukt immer noch die Abfuhr der blonden Zicke im Kopf rum, was?"

„Sie ist wenigstens eine Herausforderung. Reife Äpfel, die mir in den Schoß fallen, hatte ich schon genug."

Dean nippte nachdenklich an seinem Glas. Ja, sie reizte ihn, das konnte er nicht leugnen. Sie sah hinreißend aus, wie sie den Kopf in den Nacken warf und laut lachte. Ihre langen Beine steckten in einer engen schwarzen Jeans, und ihre dünne Bluse betonte ihren sexy Busen.

Unwillkürlich hielt er den Atem an, als sie aufstand und ein paar Schritte in seine Richtung ging. Sein Gesicht hellte sich auf. Er hatte es ja gewusst! Keine Frau konnte ihm auf Dauer widerstehen. Am Ende waren sie alle zu knacken, auch diese gelockte Supermähne. Er holte tief Luft, um sie mit einem gebührenden Spruch zu begrüßen, und dann erstarrte er.

Die Blondine blieb abrupt stehen, mitten auf der Tanzfläche, und wandte sich mit strahlendem Lächeln an einen jungen Mann. Beide begannen zu tanzen und schienen sich hervorragend zu verstehen.

Ryan grinste. „Das war wohl falscher Alarm. Dachtest wohl, du hast sie schon in der Tasche, was?"

„Soweit ich sehe, stehst du auch noch allein hier rum, während deine Brünette drüben am Tisch ihren Spaß hat."

Sie unterhielt sich angeregt mit ihren Freunden am Tisch, und zwei junge Männer hingen geradezu an ihren Lippen.

Die ganze Sache begann langsam an Deans Stolz zu kratzen. Wäre er heute allein unterwegs gewesen, hätte er es vielleicht auf sich beruhen lassen. Aber Ryan war Zeuge seiner Niederlage geworden. Das konnte er nicht auf sich sitzen lassen. Auch auf dem Eis schenkten sie sich nichts.

„Ich warte nur auf den richtigen Augenblick", gab Ryan zurück.

„Ich auch."

Und jetzt war er gekommen. Die Blonde und der Typ kehrten zu ihrem Tisch zurück.

Dean atmete tief durch und setzte sich in Bewegung.

Kapitel 3

Hayley

„Ach du Scheiße", flüsterte Hayley und starrte zu Dean, der sich ihr forschen Schritts näherte. „Kommt der etwa her?"

„Sieht so aus", gab Sue ebenso leise zurück. „Ich würde sagen, er hat angebissen."

„Angebissen? Ich hab doch gar keinen Köder ausgeworfen."

Sue grinste. „Er scheint das etwas anders zu sehen. Der hat schon die ganze Zeit zu dir rüber gestarrt."

„Das hab ich versucht, zu ignorieren."

Schon stand Dean vor ihrem Tisch. Er grüßte in die Runde und lächelte Hayley ungewohnt freundlich an. „Hast du Lust auf einen Drink? Oder zu tanzen?"

Hayleys erster Impuls war, ihm erneut eine Abfuhr zu erteilen. Genau das hätte er verdient! Als sie jedoch in seine gletscherblauen Augen sah, die im Licht der Laser glänzten, und nicht die Spur von Schalk darin erkennen konnte, zog ihr Widerstand ab wie Rauch im Wind. Irgendwann war es auch mal gut mit Schmollen.

„Geht auch beides?"

Sein Lächeln wurde noch strahlender. „Klar! Alles, was du willst."

Oje, er war tatsächlich ein Großkotz.

„Ich habe etwas wiedergutzumachen", fügte er verlegen hinzu. Plötzlich wirkte er wie ein Schuljunge im Büro des Rektors.

„Da kann ich dir nicht widersprechen." Hayley bemühte sich um eine strenge Miene, aber es missglückte. Stattdessen schlug ihr Herz plötzlich Purzelbäume, als sie aufstand und zur Tanzfläche ging. Im Rücken spürte sie die neugierigen Blicke ihrer Freunde.

Der Song, der gerade gespielt wurde, gefiel ihr, und sie begann zu tanzen. Dean tat es ihr gleich. Als er ihr ein herzliches Lächeln schenkte, fühlte sich Hayley plötzlich sechs Jahre zurückkatapultiert. Sie war sechzehn und zum ersten Mal hier im *Lunas Light*, tanzte mit Sue und weiteren Freundinnen. Besser gesagt, sie drehten sich, hüpften und kicherten vor Freude, hier zu sein. Und dann kam er herein – Dean. Er war zwei Jahre älter als sie und in seiner Schulmannschaft schon damals so etwas wie ein Star auf dem Eis. Hayley erinnerte sich noch sehr gut, dass sie mitten in der Bewegung erstarrt war, denn sie war bereits seit etlichen Jahren in ihn verknallt. Er jedoch hatte sie kaum eines Blickes gewürdigt. Das tat er auch an jenem Abend nicht, während er sich mit seinen Kameraden an den Rand der Tanzfläche stellte. Stattdessen streckte er seine Arme aus und Mary warf sich hinein. Oh, wie das damals wehgetan hatte! Der Spaß war Hayley vergangen, bald darauf war sie nach Hause gegangen.

Und jetzt stand sie genau auf dieser Tanzfläche, wieder war Dean hier, und dieses Mal tanzte er *mit ihr!* Damals hätte sie sich dafür noch ein Bein ausgerissen. Und jetzt? Was empfand sie? Ihr Start heute war alles andere als gut gewesen. Trotzdem war er immer noch Dean – ihr erster, heißer Schwarm.

Verstohlen musterte sie ihn. Er tanzte gut, besaß ein natürliches Rhythmusgefühl und war in den Hüften sehr beweglich. Man sah ihm an, dass er extrem viel Sport trieb. Sein Bauch war flach, seine Beine lang und schlank, seine Brust und Schultern breit und muskulös. Sein dunkles Haar war kurz geschnitten, aber noch lang genug, dass man mit den Fingern hindurchfahren konnte, seine Nase gerade, das Kinn kantig und glattrasiert.

Er sah sie an und lächelte. Und wenn Hayley ganz ehrlich zu sich war und ihren Groll von vorhin mal außer Acht ließ, musste sie zugeben, dass er einfach hinreißend aussah. Ach was, überwältigend attraktiv. So fantastisch, dass es ihr schwerfiel, ihn nicht permanent anzustarren. Und seltsamerweise wirkte er kein bisschen mehr überheblich.

Sie hielt den Atem an, als er näher herankam und sich zu ihr beugte. „Du tanzt super!", lobte er.

„Danke!" Das *du auch* verkniff sie sich. Womöglich bildete er sich darauf auch wieder etwas ein.

Kaum war der Song zu Ende, nutzte Dean die Gunst der Stunde. „Wollen wir was trinken?"

„Gern."

Hayley folgte ihm zur Bar. Ryan stand immer noch da, allerdings einige Yards entfernt und in ein Gespräch mit einem Pärchen vertieft.

„Was möchtest du?", erkundigte sich Dean und wies zur Tafel hinter dem Tresen.

„Einen Mojito, bitte."

„Gute Wahl. Da schließe ich mich an."

„Du trinkst Alkohol?", entfuhr es ihr erstaunt.

„Du hast mich ertappt. Üblicherweise nur sehr selten. Aber heute wollen Ryan und ich mal ein paar Regeln außer Acht lassen und einfach nur einen schönen Abend haben." Er beugte sich vor und gab seine Bestellung auf.

„Gibt's denn einen Anlass dafür?", erkundigte sie sich.

„Keinen speziellen. Obwohl ... eigentlich schon." Dean lächelte so entwaffnend, dass es Hayley ganz heiß wurde. „Wir sind endlich mal für paar Tage fern der Adleraugen unseres Trainers. Das ist tatsächlich ein Grund zum Feiern."

„Ist er etwa so streng?" Hayley beobachtete, wie der Barkeeper ihre Drinks mixte, und wandte sich wieder an Dean.

„Mehr als das. Er macht es uns nicht leicht. Aber das ist auch gut so. Anders kommt man nicht dahin, wo wir inzwischen sind."

Das klang jetzt doch wieder leicht arrogant, oder? Oder meinte er es gar nicht so?

Die Cocktails waren fertig, Dean nahm sie entgegen und wies mit einer Kopfbewegung zu einem freien Tisch an der Wand. „Wollen wir uns hinsetzen? Da ist es nicht so laut."

„Okay."

Sie gingen hin und Hayley nahm Platz. Dean setzte sich ihr gegenüber und schob ihr einen Mojito zu.

„Auf einen schönen Abend", sagte er und hob sein Glas.

„Auf einen schönen Abend", wiederholte sie und stieß mit ihm an.

„Sorry noch mal wegen vorhin. Das war nicht okay von mir", gab er zu.

Hayley versuchte, sich ihr Erstaunen nicht anmerken zu lassen. „Da kann ich dir nicht widersprechen. Aber Schwamm drüber." Sie musste grinsen. „Die Strafe habt ihr ja sofort danach bekommen. Habt ihr denn noch irgendwo was zu essen bekommen? Verhungert wirkt ihr nicht."

Dean nickte und wirkte fast verschämt. „Wir haben einen Burger gegessen. Wenn Michael das wüsste! Gut, dass er es nicht mitbekommt."

Eben dieser Michael würde übermorgen in der Redaktion sitzen. Und auch wenn nicht sie, sondern Nathan das Interview mit ihm führte, könnte sie ganz einfach ein paar Worte mit Deans Trainer wechseln. Ob Dean auch so entspannt wäre, wenn er davon wüsste?

„Keine Sorge. Dein Geheimnis ist bei mir sicher", sagte sie. „Hört sich allerdings nicht gerade nach einem Traumjob an, oder? Keine Burger, kein Alkohol ..."

„Ja, das Leben als Profisportler kann ziemlich hart sein. Ich möchte mich nicht beklagen, versteh mich nicht falsch! Um keinen Preis würde ich tauschen wollen. Hey, ich lebe meinen Traum und bekomme auch noch Geld dafür. Meine Teamkameraden sind fantastisch, wir sind wie eine große Familie. Ich weiß, dass ich mich jederzeit auf jeden von ihnen verlassen kann."

„Ja, man kann es bestimmt schlechter treffen."

Mit einem Mal betrachtete er sie so durchdringend, dass Hayleys Herz einige Schläge aussetzte.

„Das hört sich jetzt bestimmt vollkommen dämlich an und es soll auch kein blöder Anmachspruch sein, okay? Aber kann es sein, dass wir uns kennen? Ich kann dich nicht unterbringen, aber irgendwie kommst du mir bekannt vor."

„Mountainlake Highschool Brookfield. Du warst zwei Stufen über mir."

„Echt?" Erneut unterzog er sie einer Prüfung.

Sofort wurde ihr ganz heiß unter seinem intensiven Blick und sie nickte. „Allerdings hast du mich nie wahrgenommen. Dabei fing ich extra deinetwegen mit Schlittschuhlaufen an." Sie verstummte und hätte sich am liebsten auf die Zunge gebissen. Wieso hatte sie das gesagt? Was sollte er denn jetzt von ihr denken? Dass sie am liebsten sofort in sein Bett springen würde?

Seine Augen weiteten sich. „Im Ernst?"

Sie winkte ab. „Ach, das ist etliche Jahre her, vergiss es."

„Nee, wirklich, ich finde das echt süß. Bist du nur so zum Spaß gelaufen oder war es dir ernst damit? Eiskunstlauf oder Hockey?"

„Hockey. Ich wollte ..." *So sein wie du*, hätte sie fast gesagt. *Dir nah sein.* Zum Glück konnte sie es sich gerade noch verkneifen. Was war bloß los mit ihr? Vorhin hätte sie Dean am liebsten das Gesicht zerkratzt, und jetzt fühlte sie sich in seiner Gegenwart ganz schwach und hatte ihre Zunge nicht mehr unter Kontrolle.

„Krass!", rief er, als sie nicht weitersprach, und musterte sie prüfend. Dann riss er die Augen auf. „Ja! Jetzt weiß ich wieder! Du warst das kleine ... Du warst das Mädchen mit der Lockenmähne, die unter ihrem Helm hervorgeschaut hatte. Natürlich erinnere ich mich an dich. Spielst du noch?"

Sie schüttelte den Kopf. „Ich hatte leider einen Unfall. Kreuzbandriss. Danach machte ich nicht mehr weiter." Danach sah sie ihn öfter mit Mary. Was hätte es da noch für einen Sinn gemacht?

„Oh nein, das tut mir total leid! Wer weiß, wie weit du es gebracht hättest? Das ist der Albtraum eines jeden Sportlers. Ein Unfall, der alles beendet und den Lebenstraum zerstört."

„Da hast du wohl recht." Hayley nippte an ihrem Cocktail. „Und du? Was treibt dich in die Einöde? Ich meine, du wohnst ja schon lange nicht mehr hier, oder?"

„Nein. Nicht lange nach meinem Highschool-Abschluss ging ich fort. Ich lebe schon seit Jahren in Calgary."

Verstohlen betrachtete sie seine Finger. Mit Mary? Er trug keinen Ehering, aber hatte das etwas zu sagen? Vielleicht durfte er ihn wegen seines Sports nicht tragen? Außerdem war er ja auch noch sehr jung. Stopp! Was für seltsame Gedanken machte sie sich da eigentlich?

„Klingt super", erwiderte sie. „Ich bin bisher nie aus Brookfield weggekommen. Ach, im Grunde ist es ja herrlich hier. Wir haben die Rockys, wunderbare Flüsse und Seen, eine wilde Natur ..."

„Du magst die Natur?"

„Ich liebe sie und ich gehe gern wandern. Total altmodisch, ich weiß. Aber ich mag es einfach."

„Ich auch. Klar, nichts gegen das Großstadtleben. Es ist fantastisch, Restaurants, Bars und Kinos in unmittelbarer Nähe zu haben. Mitunter fehlt mir aber doch die Weite. Und die Freiheit."

Hayley war positiv überrascht. Das hätte sie Dean nicht zugetraut. Ohnehin erinnerte in diesem Moment nichts mehr an den arroganten Schnösel von vorhin, der ihr kaltblütig den Parkplatz abgenommen hatte. „Ja, das glaube ich. Ich ..."

„Hey, du bist doch Dean Walker, oder?"

Drei junge Typen standen vor dem Tisch und wirkten äußerst aufgeregt.

Dean nickte. „Was kann ich für euch tun?"

„Hättest du ein Autogramm für uns?"

„Selbstverständlich."

Die Jungs hielten Bierdeckel in den Händen, die sie Dean gaben, und Hayley holte einen Kugelschreiber aus ihrer Tasche. Sicherheitshalber hatte sie immer etwas zum Schreiben dabei. War wahrscheinlich berufsbedingt. Schwungvoll unterschrieb Dean und seine Fans zogen freudestrahlend ab. Allerdings schien sich jetzt herumzusprechen, wer heute hier war. Es dauerte keine Minute, da traten weitere Fans an ihn heran, und dann wieder welche.

Mit dem nächsten Grüppchen erschien Ryan. Er drängelte sich zu Dean durch. „Lass uns verschwinden. Das wird mir hier zu voll."

„Ja, du hast recht." Dean wandte sich Hayley zu und wirkte enttäuscht. „Wir hauen lieber ab. Tut mir leid, aber jetzt kommen einfach zu viele Leute."

„Kein Problem." Das *Lunas Light* hatte sich inzwischen gut gefüllt. Als Hayley bemerkte, wie viele Gäste in ihre Richtung starrten und tuschelten, konnte sie sich ausrechnen, dass sie nicht mehr groß zum Unterhalten kommen würden.

„Hat mich echt gefreut", sagte Dean. „Vielleicht sehen wir uns ja mal bei einem Spiel. Nächste Woche treten wir gegen die *Vancouver Bears* an."

Sie nickte lächelnd. „Ich weiß. Ja, mal sehen. Danke für den Drink."

„Gern geschehen." Dean stand auf, lächelte ihr zu und folgte Ryan durch das Gedränge hinaus.

Hayley ging wieder zu ihren Freunden hinüber, die sie neugierig erwarteten.

„Ihr habt euch ja gut unterhalten", stellte Sue fest. „Dean ist wohl gar nicht so ein Kotzbrocken, wie wir vorhin dachten, oder?"

„Nein. Tatsächlich war er echt nett. Wer hätte das gedacht?"

Während der nächsten Minuten musste Hayley eine Menge Fragen beantworten. Dann holten sie sich noch einen Drink und tanzten wieder. Es wurde spät, ehe Hayley nach Hause kam.

Der nächste Morgen begann nicht so schlimm wie befürchtet. Nachdem Hayley mit neunzehn einmal einen richtig üblen Kater gehabt hatte, hatte sie sich angewöhnt, zwischen den Drinks immer ein Glas Wasser zu trinken. Das hatte auch diesmal geholfen. Sie hatte nur leichte Kopfschmerzen und fühlte sich matt, aber das machte nichts. Schließlich war Sonntag und sie hatte frei.

Nach einer erfrischenden Dusche und einer starken Tasse Kaffee fühlte sie sich wieder lebendiger. Anschließend checkte sie ihre Social-Media-Kanäle und stellte fest, dass es Sue schlimmer erwischt hatte als sie. Die Arme lag richtig flach.

Nachdem es bis mittags grau und ungemütlich gewesen war, klarte es nachmittags auf. Hayley beschloss, einen Spaziergang zu machen. Frische Luft tat immer gut. Sie schritt zügig aus und ließ die Straßen der Stadt bald hinter sich. Im leuchtenden Grün der Wiesen und Felder verschwanden ihre Kopfschmerzen rasch. Während sie überlegte, ob sie bis zum See laufen sollte, klingelte ihr Handy.

Wills Name leuchtete auf. Oh nein, was wollte der denn jetzt? Hatte er wieder einmal vergessen, dass Wochenende war und sie frei hatte? Ihr Chef arbeitete quasi Tag und Nacht und das schien er mitunter, nein, ziemlich oft, auch von seinen Angestellten zu erwarten. Andererseits war er seit dem Tod ihrer Eltern vor viereinhalb Jahren so etwas wie ihr Ersatzvater. Er war eng mit ihnen befreundet gewesen. Daher konnte sie ihm einfach nichts übel nehmen und noch weniger etwas abschlagen. Will hatte sie während der schweren Jahre sehr unterstützt und ihr geholfen. Nur eins hatte auch er ihr nicht nehmen können, und das war ihre Verlustangst, die sie seither quälte. Die Panik, ihr nahestehende Menschen zu verlieren.

Auf alles gefasst, nahm sie das Gespräch an. „Will, was gibt's?"

„Gut, dass ich dich erreiche! Gerade rief mich Nathan an. Du weißt ja, dass George und er in Calgary sind, um dieser Milch-Firma wegen der Vorwürfe gegen Umwelt- und Tierschutzverstöße auf den Zahn zu fühlen. Heute Abend wollten sie zurück sein, und morgen sollte Nath das Interview mit den *Calgary Hunters* führen."

Bei der Erwähnung von Deans Eishockeymannschaft überlief Hayley ein Schauer. Ein warmer, angenehmer Schauer. Und zugleich eine Vorahnung, die ihren Puls beschleunigte. „Ja. Und jetzt?"

„Tja, die Sache scheint größer zu werden als gedacht. Nathan meinte, sie schaffen es heute nicht mehr und morgen voraussichtlich auch nicht. Wahrscheinlich müssten sie sogar länger bleiben. Diese Story ist wichtiger als das Interview. Du hast doch gerade etwas Luft, oder? Dein Bericht über den Schulausbau ist fertig und ... Was ich sagen wollte, ist, dass ich möchte, dass du das Interview führst."

Hayleys Herzschlag stockte, um sofort loszugaloppieren wie ein wildes Pferd. „Was? Ich? Im Ernst?"

„Genau. Michael, der Trainer, rief mich ebenfalls an", berichtete Will weiter. „Eigentlich wollte er selbst herkommen, aber in seiner Familie gibt es irgendein Problem, deshalb schickte er zwei seiner Spieler her."

„Ja, ich weiß", rutschte es Hayley heraus. Dass sie aber auch nie ihren Mund halten konnte!

„Was? Woher?"

„Sie sind schon hier, Will. Ich habe sie gesehen. Dean Walker und Ryan Dickens."

„Richtig, die beiden hat Michael erwähnt. Wunderbar! Dann gibt es ja keine Verzögerungen. Du weißt, dass zwei Tage später das Spiel gegen Vancouver stattfindet. Alles andere auf deinem Tisch ist nicht so wichtig, dieses Interview hat absolute Priorität. Du hast leider nicht viel Zeit, die Fragen auszuarbeiten, sondern müsstest dich sofort an die Arbeit machen. Fokussiere dich in erster Linie auf private Themen, das wollen die Leser erfahren. Wenn du nicht weiterweißt, kannst du dich telefonisch an Nath wenden. Okay, also, meinst du, du schaffst das?"

Hayley bekam vor Aufregung ganz feuchte Hände. So ein wichtiges Interview hatte sie während ihrer Arbeit in der Redaktion noch nie geführt. Bisher hatte sie lediglich über regionale Begebenheiten in Brookfield berichtet, wie zum Beispiel die Zuchtbullenversteigerung, jedes Jahr der absolute Höhepunkt. Vielleicht war das Interview mit Dean und Ryan ihre Chance, auf die sie schon lang gewartet hatte. Auf lange Sicht strebte sie ohnehin nach etwas anderem – spannender und anspruchsvoller dürfte es gern sein.

„Hayley?", hakte Will nach.

„Klar!", rief sie. „Natürlich bekomme ich das hin."

„Super! Ich wusste, dass ich mich auf dich verlassen kann. Ja, dann ... schönen Sonntag noch."

„Danke, dir auch." Plötzlich hatte Hayley keinen Blick mehr für die herrliche Landschaft um sie herum. Ein Interview mit zwei Spitzenspielern der *Calgary Hunters*, und sie sollte es führen!

Das hieß aber auch, sie würde Dean wiedersehen. Du meine Güte, hoffentlich bekam sie ihre Nervosität in den Griff. Die machte sie ja jetzt schon ganz verrückt.

Hayley lief auf direktem Weg nach Hause und fing sofort mit der Arbeit an.

Kapitel 4

Dean

Mit klopfendem Herzen stand Dean mit einem großen Blumenstrauß in der Hand vor der Tür seines Elternhauses und zögerte anzuklopfen. Nichts hatte sich hier verändert. Alles sah noch genauso aus wie damals, als er von hier fortgegangen war. Der Rasen war akkurat kurzgeschnitten, in den Beeten blühten Rosen, die Rahmen der Sprossenfenster waren weiß gestrichen wie der Lattenzaun und an der Haustür hing das hölzerne *Herzlich willkommen*-Schild. Sein Vater war kein Freund von Veränderungen. *Wieso sollte man Bewährtes riskieren,* sagte er stets.

Dean atmete tief durch, strich sich noch einmal mit den Fingern durchs Haar und ordnete den Sitz seines Hemds, ehe er auf den Klingelknopf drückte. Dabei hätte er wetten können, dass sein Erscheinen bereits bemerkt worden war. Und dass Mom mit Sicherheit längst die Tür aufgerissen und ihn in die Arme geschlossen hätte. Wäre da nicht Dad.

Der Schlüssel drehte sich im Schloss, die Tür ging auf und schon stand sein Vater vor ihm. Das Haar an seinen Schläfen wirkte grauer als beim letzten Mal. Die scharfen Falten in seinen Mundwinkeln waren tiefer geworden und verliehen seinem Gesicht noch mehr Härte. Deans erster Impuls war, sich herumzuwerfen und abzuhauen. Stattdessen sah er seinem alten Herrn ins Gesicht. „Hi, Dad."

„Dean. Dass es dich auch mal wieder zu uns treibt." Sein Vater gab die Tür frei, ohne seinen Sohn zu berühren.

Dean ging an ihm vorbei und trat ein. Der Duft nach gekochtem Essen schlug ihm entgegen. Sofort überfielen ihn die Erinnerungen an seine Kindheit. An Moms liebevoll gedecktem Tisch. Und an Dad, der mit unbewegtem Gesicht vor seinem Teller saß und das Essen in sich hineinschaufelte, ohne ein Wort zu sagen. Niemand durfte während der Mahlzeit reden, weder er noch Mom oder seine Geschwister Justin und Miranda. Schnell schüttelte er die beklemmenden Emotionen ab.

„Ihr könntet mich auch in Calgary besuchen", gab Dean zurück. Das hatten seine Eltern während all der Jahre ein einziges Mal getan, ganz am Anfang.

„Die Großstadt ist nichts für uns, das weißt du doch. Amy!", rief sein Vater so laut, dass Dean zusammenzuckte. „Komm her!"

Seine Mutter erschien. Kaum sah Dean ihr liebes Gesicht, überschwemmte ihn Zärtlichkeit. Mit zwei Schritten war er bei ihr und schloss sie fest in seine Arme. Wie zart sie sich anfühlte, wie zerbrechlich. „Mom", flüsterte er in ihr weiches Haar hinein.

„Dean, mein Junge." Ihre schmalen Schultern zuckten. Weinte sie etwa?

Damit Dad es nicht merkte, hielt er seine Mom ein wenig länger, sodass sie die Zeit hatte, sich wieder zu beruhigen. Dad hatte die Zurschaustellung von Emotionen noch nie leiden können und wurde jedes Mal sehr ungehalten, wenn er es mitbekam.

„Lass uns hineingehen", sagte sein Vater wie erwartet ungeduldig. „Ich habe Hunger."

„Gleich", gab Dean zurück. Die Zeiten, wo er sich von seinem Vater herumkommandieren ließ, waren lange vorbei. Das durfte jetzt noch bestenfalls Michael. Behutsam löste er sich von seiner Mutter und hielt ihr den üppigen, farbenprächtigen Blumenstrauß hin.

„Für mich?", flüsterte sie und Dean befürchtete, dass sie erneut in Tränen ausbrechen würde. „Der ist aber schön. Vielen Dank!"

„Freut mich, dass er dir ..."

„Ist alles fertig?", unterbrach Dad und wandte sich an seine Frau.

„Natürlich. Ach, ich freu mich so, dass du wieder hier bist." Mom hatte sich wieder im Griff und lächelte glücklich. „Ich hab extra dein Lieblingsessen gekocht, Hähnchen aus dem Ofen mit grünen Bohnen und Speck."

„Bist du verrückt?", fuhr Dad sie grob an. „Dean ist Profisportler! Da willst du ihn mit Speck füttern? Er braucht Kohlenhydrate und Vitamine und kein Fett. Das ..."

„Ist schon okay, Dad. Dieses eine Mal ist wirklich kein Problem. Danke, Mom, ich freu mich!"

Moms Lächeln war verschwunden, als hätte man eine schwere Decke über eine Blumenwiese geworfen. Jetzt versuchte sie mühsam, es wiederzufinden. „Tut mir leid, daran hab ich nicht gedacht."

„Das ist in Ordnung, wirklich." Dean warf seinem Vater einen scharfen Blick zu. „Ich kann gut selbst entscheiden, was ich esse und was nicht."

„Wenn du meinst. Dann lass uns jetzt endlich anfangen, ich hab lange genug gewartet." Dad ging ins Esszimmer und setzte sich an seinen angestammten Platz am Tisch. Dieser war so festlich gedeckt, als käme irgendein Prominenter zu Besuch oder es gäbe etwas zu feiern.

„Du hast dir so viel Mühe gegeben", sagte Dean gerührt an seine Mutter gewandt. Er wusste aus Erfahrung, dass sie alles allein gemacht und Dad keinen Finger gerührt hatte. Sie hatte ihr feinstes Service herausgeholt, seidene Servietten hingelegt und Kerzen auf den Tisch gestellt.

„Das mach ich gern für dich", gab sie zurück. „Jetzt setz dich, das Essen wird kalt."

„Moment, erst helfe ich dir." Dean holte aus dem Schrank, wo seine Mutter die Vasen aufbewahrte, eine heraus, füllte sie mit Wasser und stellte die Blumen hinein.

„Das kann doch bis nachher warten", warf Vater bissig ein.

„Nein, sie verwelken sonst." Sorgfältig arrangierte Dean die Blüten, ehe er zum Tisch ging. Er nahm Platz und bediente sich aus den Schüsseln. Sein Vater hatte das bereits getan, wie er feststellte. „Es riecht köstlich", lobte Dean.

„Hoffentlich schmeckt es auch so", blaffte Dad.

Mom zuckte zusammen, wie Dean es schon hundertfach erlebt hatte. Schon oft hatte er sie gefragt, warum sie sich das gefallen ließ. „Weil ich ihn liebe", antwortete sie stets. „Er hat auch eine andere Seite, verstehst du? Er ist nicht immer so. Und er sorgt dafür, dass es uns gut geht. Es ist alles in Ordnung."

Mom nahm sich wie gewohnt als letztes, dann wünschten sie sich einen guten Appetit und begannen zu essen.

Der köstliche Geschmack des Essens brachte Deans weitere Kindheitserinnerungen zurück. Plötzlich war er wieder ein Junge und saß mit seinen Eltern und Geschwistern am Esstisch.

„Wie geht es Miranda?", erkundigte er sich nach seiner Schwester. Seit er ausgezogen war, scherte er sich nicht mehr um Dads Verbot, während des Essens zu reden.

Mom holte Luft, um etwas zu erwidern, doch sein Dad kam ihr zuvor. „Es wird ihr schon gut gehen", erklärte er knapp.

„Und Justin?"

„Dem geht's hervorragend. Er arbeitet sehr fleißig. Leider hast du uns viel zu kurzfristig Bescheid gegeben, dass du kommst. Sonst hätten wir ihn ebenfalls einladen können."

Ihn, Justin. Von Miranda war keine Rede. Es hatte sich also seit damals nichts geändert.

„Ich habe selbst erst kurzfristig erfahren, dass ich herkomme", gab Dean zurück.

„Schmeckt es dir?", versuchte Mom das Thema zu wechseln.

„Hervorragend", lobte Dean und schenkte ihr ein liebevolles Lächeln.

„Was macht das Training?", fragte sein Dad und riss das Gespräch gleich wieder an sich.

„Alles bestens."

„Ihr müsst aufpassen, dass euch die *Vancouver Bears* nicht übervorteilen. Das sind echt flinke Burschen, die ..."

„Ich weiß. Keine Sorge, Dad", unterbrach Dean den Redefluss seines Vaters und widmete sich seiner Mutter: „Und du, Mom, wie geht es dir?" Er wollte nicht die wenige Zeit, die ihm mit seiner Mutter blieb, durch Gespräche mit seinem Vater verschwenden, der ohnehin immer alles besser wusste.

„Ach, lieb, dass du fragst. Mir geht es gut, mach dir keine Gedanken."

„Warum bist du eigentlich im Hotel abgestiegen?", wollte Dad wissen. „Du hättest auch bei uns wohnen können."

Am Blick seiner Mutter erkannte Dean, dass sie verstand, was der Grund dafür war. Weil er möglichst wenig Zeit mit seinem Vater verbringen wollte. Hier, in diesem Haus, in dem es nur Strenge gab und aus dem nicht nur er, sondern auch Miranda vor langer Zeit geflohen war. Nur Justin blieb. Er hatte wenige Straßen weiter ein Haus gekauft und kam oft zu Besuch her. Aber er war ohnehin bereits zu einem zweiten Dad mutiert: aufbrausend, egoistisch, gefühlskalt. Wahrscheinlich deshalb hatten sich die beiden schon immer wunderbar verstanden.

„Ich bin nicht allein hier", erklärte Dean. „Ryan Dickens ist ebenfalls dabei. Das wollte ich euch nicht zumuten."

„Er ist erwachsen, oder? Er hätte auch allein ins Hotel gehen können", konterte Dad.

„Das wollte ich aber nicht", sagte Dean entschieden. „Wir sind ein Team, verstehst du? Nicht nur auf dem Eis."

„In wenigen Tagen habt ihr ein wichtiges Spiel. Ich finde es äußerst leichtsinnig von eurem Trainer, euch aus dem Training herauszureißen und herzuschicken, nur damit ihr dieses dämliche Interview führen könnt. Das hätte er lieber selbst machen sollen."

„Michael wollte es, aber es ging nicht. Ich sehe da kein Problem. Ryan und ich sind heute Morgen bereits zwölf Meilen gejoggt und auch die anderen Trainingseinheiten können wir gut mal ohne unseren Trainer ausführen. Wir sind keine Kleinkinder mehr."

Das saß. Dad zuckte zusammen, seine Lippen wurden ganz schmal.

„Du musst wissen, was du tust. Das wusstest du ja schon immer am besten von uns allen." Er klang beleidigt und stand mit einem auffordernden Blick auf. „Komm mit in den Garten, Dean, dann können wir uns noch etwas unterhalten, bevor du wieder losmusst."

„Geh schon mal vor, ich komm gleich nach."

Sein Vater hob eine Augenbraue, fragte aber nicht weiter nach und verschwand.

Dean fühlte sich befreit, als hätte sich ein Gewicht von seiner Brust gelöst und er könnte plötzlich viel freier atmen.

„Ich helfe dir, Mom, dann geht's schneller." Schon begann er, die Teller abzuräumen und in die Küche zu tragen.

„Das musst du nicht. Geh lieber zu deinem Vater. Ihr habt nur so wenig Zeit zusammen."

„Wir auch, oder?" Er lächelte sanft und freute sich über das glückliche Strahlen, das für kurze Zeit in ihre Augen trat. „Zeit mit dir ist mir viel wichtiger als mit ihm."

Erschrocken starrte seine Mom zur Tür, als könnte sein Vater dahinterstehen und sie belauschen. Aber nichts geschah, er wartete bereits im Garten. Dean konnte sich nicht erinnern, dass er seiner Frau jemals bei der Küchen- oder Hausarbeit geholfen hatte.

Sie ließ Wasser ins Spülbecken und gab die Gläser hinein.

„Habt ihr immer noch keinen Geschirrspüler?", erkundigte sich Dean verwundert und nahm sich ein Geschirrtuch.

Seine Mutter schüttelte den Kopf und wusch das erste Glas ab. „Nein. Du weißt ja, wie dein Vater ist. Das bisschen Abwasch kann so schwer nicht sein."

„Dann soll er das doch mal machen. Danach denkt er bestimmt anders."

„Ach, lass ihn doch."

„Warum nimmst du ihn noch immer in Schutz? Er ist ein altes Ekel, Mom." Dean trocknete das Glas ab und stellte es etwas zu heftig auf den Tisch.

Wieder huschte ihr Blick zur Tür. „Was soll ich denn machen?", gab sie leise zurück und spülte ein weiteres Glas ab. „Seit Mirandas Geburt vor zweiunddreißig Jahren bin ich nicht mehr arbeiten gegangen. Richard hat sich immer um alles gekümmert. Er hat ein sehr gutes Einkommen, wir hatten noch nie finanzielle Sorgen. Es ist schon in Ordnung, Liebling. Mach dir um mich keine Sorgen."

„Ist er mal wieder ... Er hat dich aber inzwischen nicht mehr geschlagen, oder?" Angespannt hielt Dean die Luft an.

„Was? Oh, nein! Das tut er nicht mehr, wirklich."

„Schlimm genug, dass er es damals getan hat!" Verstohlen ballte Dean die Fäuste. Er war froh zu hören, dass die Tätlichkeiten seitens seines Vaters tatsächlich vorbei waren. Damals, während seiner Kindheit und Jugend, war ihm öfters *eben die Hand ausgerutscht*, wie er es nannte. Das war gewaltig untertrieben. Es kam mehr als einmal vor, dass er seine Mutter so heftig verprügelt hatte, dass sie am ganzen Körper grün und blau war und sich vor Schmerzen tagelang kaum bewegen konnte. Zweimal hatte sie Knochenbrüche davongetragen und musste im Krankenhaus behandelt werden. Sie sei ja so ungeschickt und hätte einen Unfall gehabt, hatte sie den Ärzten erklärt.

Auch wenn inzwischen alles wieder in Ordnung war und sein Vater nicht mehr handgreiflich wurde, machte sich Dean permanent Sorgen um Mom. Allein schon deshalb, weil Dad sie so herzlos und kalt behandelte. Im Grunde hätte sie ihn bereits vor langer Zeit verlassen müssen. Wäre sie nur vernünftiger.

„Es hat deinem Vater jedes Mal sehr leidgetan, aber es ist vorbei. Er hat eben eine temperamentvolle Art und ist mitunter etwas laut", erklärte sie, ohne ihn anzusehen. „Forsch. Er ..."

„Er brüllt herum und schüchtert alle in diesem Haus ein, so lange ich denken kann, Mom! Warum, glaubst du, ist Miranda mit kaum achtzehn ausgezogen?"

Sie erblasste und es tat ihm sofort leid. „Ich weiß. Es ist mitunter schwer zu ertragen." Sie wusch das Besteck ab und legte es klirrend auf die Ablage.

„Miranda ist genauso sensibel wie du, Mom. Sie hat es nicht länger ausgehalten – das ewige Geschrei, die Bevormundung, Dads Drohungen. Deine ständigen Verletzungen damals, die Knochenbrüche ... Wie muss es dir da erst gehen?"

„Wie gesagt, es ist lange vorbei. Inzwischen ist unser gemeinsames Leben okay. Wenn Richard und ich allein sind, ist er meistens ganz ruhig."

„Solange du schön nach seiner Pfeife tanzt. Was, wenn ihm doch wieder *die Hand ausrutscht*? Oder schlimmer?"

„Das wird nicht passieren, er hat es mir versprochen. Es ..."

Dads Schritte waren zu hören, die sich von der Veranda über das Wohnzimmer her näherten.

„Ich geh lieber mal raus", erklärte Dean und legte das Geschirrtuch weg. Er würde seiner Mutter so gern helfen. Aber dafür musste sie sich helfen lassen wollen.

Anderthalb Stunden später stand er wieder auf der Straße und atmete tief durch. Er brauchte dringend Bewegung und lief die Straßen seines Heimatorts entlang. Abgesehen von seinem Dad hatte er gern hier gelebt. Damals kannte er jedes Haus, jedes Geschäft und Restaurant, und an seiner Schule war er viele Jahre lang angesehen und beliebt gewesen. Die meisten Jungs hatten sich um seine Freundschaft gerissen, und unter den Mädchen hatte er freie Auswahl gehabt.

Für längere Zeit hatte ihn allerdings nur Mary interessiert, die oberste Cheerleaderin seines damaligen

Vereins und seine erste feste Freundin. Wie hübsch sie gewesen war, sportlich und gelenkig. Er könnte sich jetzt noch in den Hintern beißen für seine Dummheit, sie ein einziges Mal während einer Afterparty im Siegesrausch betrogen zu haben. Damit hatte er ihr das Herz gebrochen. Und während der später stattfindenden Aussprache hatte er sogar einen noch größeren Fehler begangen, weil er diesen verdammten Wutausbruch nicht hatte zurückhalten können ... Er war eindeutig zu weit gegangen. Damit hatte er sie endgültig verloren. Sie hatte seine Reue nicht anerkannt und war dann mit seinem ehemals besten Freund Sam zusammengekommen. Seitdem hatte er von beiden nie mehr etwas gehört und war nach Calgary gezogen.

Jetzt, wo er darüber nachdachte, schienen hundert Jahre vergangen. Als hätte nicht er, sondern jemand anderes dieses Leben gelebt. Der ständige Druck, seinen Vater zufriedenzustellen – nicht nur in der Schule, sondern auch im Sport ständig Bestleistungen zu erbringen –, war immens gewesen. Trotzdem hatte er immer das Gefühl gehabt, Dad nichts recht machen zu können. Das gelang nur Justin, fünf Jahre älter als er. Sein Bruder arbeitete nicht nur wie Vater in der Bank, sondern verhielt sich auch sonst ganz wie Dad. Laut und herrschsüchtig. Kein Wunder, dass er noch keine Frau gefunden hatte. So etwas machte heutzutage doch niemand mehr mit. Frauen wie seine Mutter waren eine aussterbende Spezies.

Da waren die jungen Mädels heutzutage aus ganz anderem Holz geschnitzt. Wie Hayley, das freche Mädchen mit der blonden Löwenmähne. Sie würde sich bestimmt von niemandem etwas vorschreiben lassen.

Und wie anziehend und sexy sie war. Wieso war sie ihm damals nicht aufgefallen? Es war doch eher so, dass ihre quirlige Art einem sofort ins Auge fiel und unvergesslich einbrannte. Wie sie ihn wütend angefunkelt hatte, als er ihr den Parkplatz vor der Nase weggeschnappt hatte. Das war wirklich süß. Etwas an ihr versetzte ihn in Unruhe und ließ ihn immer wieder an sie denken.

Sein Handy klingelte. „Hi, Ryan."

„Na, bist du noch bei deinen Eltern?"

„Nee, ich bin schon wieder unterwegs. Laufe gerade etwas durch den Ort und schwelge in Erinnerungen. Und du?"

„Ich bin auch wieder zurück." Ryan hatte ebenfalls seine Familie in seinem Heimatort fünfzehn Meilen von hier entfernt besucht. „Hast du Lust auf Gesellschaft?"

„Klar. Lass uns eine Runde laufen. Ich bin nicht weit vom Hotel entfernt. Warte, bis ich da bin, okay?"

Kurz darauf trabten sie zusammen los, joggten in den Park und umrundeten den See. Zwischendurch legten sie immer wieder Trainingseinheiten mit Squats und Push-ups ein, ehe sie weiterliefen.

Mittendrin erhielt Dean einen Videocall von den Kollegen daheim. Während er ihn annahm, stellte sich Ryan dicht neben ihn.

„Na, was treibt ihr so?", fragte Robin neugierig. „Habt ihr den spannenden Abend in diesem mordsangesagten Club und den Riesentrubel dort gut überstanden?", fragte er spöttisch.

Dean grinste. „Glaub es oder nicht, aber am Ende wurde es tatsächlich noch ganz unterhaltsam. Zuletzt kamen so viele Fans auf uns zu, dass wir schließlich die Flucht ergriffen haben." Und zwischendurch gab es diese reizende Episode mit Hayley. Aber das behielt er lieber für sich.

„Ist doch mega! Die *Calgary Hunters* sind eben die Besten! Dass sich das sogar bis zu dieser abgelegenen Ecke rumgesprochen hat, ist ein super Zeichen!"

„Ja, ganz bestimmt!" Dean lachte. „Trotzdem bin ich froh, wenn wir wieder zurück in der Zivilisation sind."

„Total verständlich!"

„Und bei euch? Was macht das Training? Sind alle fit?"

„In Bestform!"

„Super! Falls Michael fragt, kannst du ihm ausrichten, dass Ryan und ich hier ebenfalls viel trainieren. Im Ernst, dafür ist die Gegend hier ideal. Training im Freien ist viel effektiver als in der Halle und mit Geräten." Ryan lief neben ihm auf der Stelle und streckte seinen erhobenen Daumen in die Kamera.

„Na, dann wünsche ich euch bis zu eurer Rückkehr noch viel Spaß mit all den Bäumen, Bächen und Steinen." Robin grinste.

„Danke! Wir sehen uns übermorgen!"

Dean legte auf und joggte an Ryans Seite weiter. Er fühlte sich einfach großartig und in Topform. Die *Vancouver Bears* sollten sich vorsehen. Sie hatten keine Chance gegen seine *Hunters*.

Kapitel 5

Hayley

Aufgeregt saß Hayley am Montagmorgen in der Redaktion und sah noch einmal die von ihr erdachten Fragen durch. Noch nie war sie mit solch einer wichtigen Aufgabe betraut worden. Es hing viel davon ab, dass beim Interview alles gut lief. Sonst müsste sie womöglich bis an ihr Lebensende über den besten Zuchtbullen oder die Eröffnung eines neuen Restaurants berichten. Und das war nicht ihre Traumvorstellung.

Immer wieder sah sie auf die Uhr. Bald würden Dean und Ryan erscheinen. Mit jeder Minute wurde sie nervöser. Dann war es neun Uhr, der vereinbarte Zeitpunkt für den Beginn des Interviews. Er verstrich, ohne dass sich jemand blicken ließ. Fünf nach neun. Zehn nach neun.

Ärger kochte in ihr hoch. Nach dem am Ende doch sehr netten Abend im *Lunas Light* hatte sie tatsächlich gedacht, Dean hätte sich geändert, wäre zugänglicher geworden, freundlicher. Verlässlicher. Das war ja wohl nichts. Offenbar war er immer noch derselbe Vollidiot wie damals.

Als Ryan und er um viertel nach neun eintrafen, war sie geladen wie ein voller Akku. „Ach, die Herren Hockey-Stars", begrüßte sie die beiden ironisch. Dann stand sie auf und sah demonstrativ auf die Uhr. „Was für eine Ehre."

Dean starrte sie an, als hätte er gerade eine Erscheinung.

„Du? Was machst du hier? Arbeitest du etwa bei der Zeitung?"

„Sieht so aus."

Er rieb sein Kinn und wirkte nervös. „Warum hast du das nicht erwähnt?"

„Na ja, du hast nicht danach gefragt."

„Ich, äh ... Damit hab ich eben nicht gerechnet."

„Ist das ein Problem?"

Dean wirkte vollkommen fassungslos und sah zu Ryan. Was war denn los mit ihm? Oder lag es an seiner Wiedersehensfreude? Hayley grinste still in sich hinein.

„Das nicht direkt, aber ..." Er kam näher heran und senkte seine Stimme. „Ich hatte dir anvertraut, wie streng Michael ist, unser Trainer. Und du weißt, dass wir an dem Abend etwas über die Stränge geschlagen haben. Ich möchte dich bitten, darüber Stillschweigen zu bewahren, auch deinen Kollegen gegenüber. Ich will nicht, dass das womöglich in einem Artikel Erwähnung findet."

„Was das betrifft, sind meine Lippen versiegelt. Das hab ich dir doch versprochen. Außerdem war das ein privates Treffen, nichts Offizielles. Also keine Sorge, das bleibt alles bei mir."

Hayley konnte sich denken, warum Dean so sehr daran gelegen war, dass sie nichts Negatives über seinen Verein berichtete. Vor Jahren hatte es mal eine Story über seinen Teamkollegen Ben Smith gegeben, der aus ziemlich prekären Verhältnissen stammte und sich zu einer Dummheit hinreißen ließ. Einiges davon war damals an die Öffentlichkeit gelangt, was dem Ansehen des Vereins ziemlich geschadet hatte. Klar, dass sich solche Negativschlagzeilen nicht wiederholen durften. Vor allem, weil die *Calgary Hunters* seitdem beinahe unaufhörlich aufstiegen.

„Okay, na gut", sagte Dean zweifelnd.

„Ihr seid ziemlich spät."

„Ja, das tut uns wirklich leid", sagte Dean mit einem entschuldigenden Lächeln und nahm ihr damit den Wind aus den Segeln.

„Musstet ihr erst noch Autogrammwünsche erfüllen?", erkundigte sie sich spitz.

„Nicht ganz. Auf dem Weg hierher wurden wir auf der Straße Zeugen eines unerfreulichen Vorfalls."

Hayley krauste die Stirn. „Wieso, was war denn da los?"

„Wir hörten einen Mann herumschreien. Als wir näherkamen, sahen wir eine junge Frau mit einem kleinen Jungen auf dem Fußweg stehen. Der Mann saß im Auto und war am Straßenrand stehen geblieben. Die Frau und das Kind wirkten sehr verschüchtert, der Junge weinte."

„Du meine Güte!"

„Da konnten wir natürlich nicht einfach dran vorbeigehen, sondern fragten, ob alles in Ordnung ist. Ich bin sozusagen allergisch gegen sowas, verstehst du? Aggressive Kerle, die Frauen oder Kinder anbrüllen ..." Dean schüttelte den Kopf, als müsste er eine unschöne Empfindung loswerden.

„Natürlich! So etwas geht gar nicht!", stimmte Hayley ihm erbost zu.

„Anfänglich wich die Frau aus und bejahte, doch der Kerl beschimpfte sie weiterhin und dann auch uns", fuhr Dean fort.

„Das ist ja echt übel! Was habt ihr gemacht?"

„Wir boten der Frau unsere Hilfe an und fragten, ob wir die Polizei rufen sollen. Da raste der Typ davon. Die Frau meinte, er wäre ihr Ex. Es ginge um Unterhaltsstreitigkeiten für den gemeinsamen Sohn, und sie käme schon klar."

„War super von euch, dass ihr geholfen habt. Viele wären einfach vorbeigelaufen, ohne sich zu kümmern."

Dean nickte. „Das haben die meisten auch gemacht. Aber ich kann das nicht."

„Das finde ich sehr lobenswert."

Nun war es Ryan, der auf die Uhr sah. „Okay, wir sollten dann jetzt mit dem Interview beginnen. Morgen müssen wir nach Calgary zurück. Wo ist denn der Kollege, der es mit uns führt?" Er sah sich suchend um.

Hayley lächelte freundlich und nahm hinter ihrem Schreibtisch Platz. „Sitzt vor euch."

Die Augen der beiden Sportler weiteten sich. Überrascht, erschrocken, schockiert? Auf jeden Fall war es ein herrlicher Anblick, an dem Hayley sich genüsslich weidete.

„Du?", fragte Dean verblüfft. „Dann bist du gar nicht die Empfangsdame?"

Sie schüttelte den Kopf. „Was dagegen?"

Er lief rot an. „Tja, äh, nein, nicht direkt."

„Hast du denn ausreichend Erfahrung?", erkundigte sich Ryan zweifelnd.

Sie lehnte sich in ihrem Stuhl zurück und schlug ihr rechtes Bein über das linke. Heute trug sie einen engen knielangen Rock und Pumps. Amüsiert bemerkte sie, dass Dean jeder ihrer Bewegungen wie hypnotisiert folgte.

„Ich bin eine Frau", erklärte sie. „Es ist uns von Natur aus gegeben, neugierige Fragen zu stellen, wusstet ihr das noch nicht? Schon allein deswegen bin ich prädestiniert für den Job."

Nun war es Ryan, der errötete. Offenbar war er so perplex, dass er nichts weiter sagte.

„Bitte setzt euch." Hayley wies auf zwei Stühle vor ihrem Schreibtisch.

Gehorsam nahmen die beiden Platz.

„Möchtet ihr etwas trinken?", erkundigte sich Hayley höflich. „Einen Kaffee vielleicht? Wasser, Fruchtsaft?"

„Ein Kaffee wäre super", sagte Dean und klang ein wenig atemlos. Ryan nickte nur stumm.

Mit überschlagenen Beinen rollte Hayley näher an ihren Schreibtisch heran und drückte einen Knopf. „Rosie, könntest du uns drei Kaffee bringen, bitte? So, ich hab mir etwas überlegt", sagte sie und wandte sich an Dean und Ryan, während sie sich zurücklehnte.

„Dass du lieber deinen Chef dazu holst?", schlug Ryan vor.

Sie lächelte sanft. „Der bin hier und heute ich, damit müsst ihr euch wohl abfinden. Okay, ich habe folgenden Vorschlag. Eigentlich sollte dieses Interview ja mit eurem Trainer stattfinden, doch der ist verhindert."

„Leider", warf Ryan ein. „Ich würde jetzt lieber in Calgary trainieren, statt hier herumzusitzen. Übermorgen ist bereits das Spiel."

„Damit wären wir schon bei meiner Idee. Es ist gut, dass ihr hier seid und nicht euer Trainer. Es geht schließlich um euren Sport, euren Verein, aber auch um den Zusammenhalt als Team. Die Leser wollen nicht von einem Trainer hören, welcher Spieler wo Stärken oder Schwächen hat – sie möchten euch sehen und erfahren, wie ihr wirklich seid. Nicht nur als Sportler, sondern als Menschen. Und deshalb werden wir rausgehen und das Interview draußen führen. Ich stelle euch meine Fragen, während ihr lauft und trainiert, und dabei schieße ich ein paar Fotos. So sind die Leser hautnah dabei und können sich ein viel besseres Bild von euch machen. Das ist wesentlich authentischer."

Deans Gesicht hellte sich mit jedem Wort mehr auf. „Hört sich plausibel an. Die Idee gefällt mir."

„Ja, ist nicht schlecht", gab auch Ryan zu. „Aber ich fürchte, es gibt ein Problem."

„Und was soll das sein?", fragte Hayley.

„Na ja, wir sind Profisportler. Wir verfügen über eine hervorragende Kondition. Du wirst es kaum schaffen, hinter uns her zu japsen und nebenbei auch noch Fragen zu stellen und Fotos zu machen." Sein Blick glitt vielsagend an ihr herunter. *Und schon gar nicht in diesem Fummel* hing ungesagt in der Luft.

„Da ist was dran", stimmte Dean ihm zu. „Hast du vielleicht ein Fahrrad oder ein Mofa, mit dem du neben uns herfahren kannst? Das wäre einfacher für dich."

Hayley lehnte sich entspannt in ihrem Stuhl zurück. Die Tür ging auf und Rosie, die Auszubildende, kam mit einem Tablett und drei Kaffeetassen herein. Mit einem strahlenden Lächeln in Richtung der beiden Sportler stellte sie alles auf den Tisch und verschwand wieder.

„Ich hab dir erzählt, dass ich damals auch mit Hockey begonnen habe", sagte Hayley, nahm eine Tasse und trank einen Schluck.

„Und es dann aufgrund einer Verletzung aufgeben musstest." Auch Dean nippte am Kaffee.

Hayley nickte. „Mit dem Hockey, ja. Aber nicht mit Sport allgemein. Ich gehe regelmäßig wandern. Hier in Alberta haben wir großartige Bedingungen dafür mit den Ausläufern der Rockies. Meine Kondition kann es vielleicht nicht ganz mit eurer aufnehmen, aber für ein kleines Training mit einem Interview dürfte sie völlig ausreichend sein."

Die beiden wechselten einen Blick und nickten synchron.

„Lassen wir es auf einen Versuch ankommen", schlug Dean vor. „Die Idee an sich klingt jedenfalls hervorragend."

Ryan stimmte ihm zu, wenn auch widerwillig.

„Gut, dann lasst uns gleich anfangen", sagte Hayley zufrieden.

Dean stand auf. „Wir ziehen uns im Hotel eben um, dann kann's losgehen."

„Ich bin in fünfzehn Minuten bei euch."

An den skeptischen Mienen der beiden Hockeyspieler erkannte Hayley, dass sie immer noch Zweifel hatten, was ihre Fähigkeiten betraf. Doch sie war erleichtert, dass die beiden immerhin eingewilligt hatten. Sie war sich darüber im Klaren, wie viel von einer guten Story abhing. Nicht nur für die *Calgary Hunters*, sondern auch – besonders – für sie selbst. Will hatte so viel für sie getan, hatte ihr die Ausbildung und den Job in seiner Zeitungsredaktion ermöglicht. Sie wollte ihm unbedingt beweisen, dass sie mehr draufhatte, als über den örtlichen Weihnachtsmarkt zu berichten. Vor allem konnte sie mit einem herausragenden Artikel über diese beiden berühmten Sportler womöglich die Weichen für ihre Karriere bei einer größeren Zeitung stellen.

Sobald die beiden Hockeyspieler verschwunden waren, holte Hayley ihre eigenen Sportsachen aus ihrer mitgebrachten Tasche und zog sich selbst um. Ganz so zuversichtlich, wie sie sich den Männern gegenüber gegeben hatte, war sie nicht. Zwar wanderte sie wirklich sehr viel, auch in anspruchsvollem Gelände, und joggte mitunter, allerdings konnte sie es sicherlich nicht mit der Kondition von Profisportlern aufnehmen. Und dann war da noch ihre alte Verletzung, die ihr etwas zu schaffen machte, wenn sie es sportlich übertrieb. Aber dafür waren ja die Trainingseinheiten gedacht, die sie Dean und Ryan zwischendurch verpassen würde. Sie konnte sich dabei erholen und nebenbei Fotos machen.

Voll motiviert packte sie ihr Handy, den Zettel mit ihren Fragen und eine kleine Wasserflasche in ihre Gürteltasche und schnallte sie um. Sie würde ihre Fragen stellen und die Antworten einfach mit dem Smartphone aufnehmen. So konnte sie zugleich fotografieren. Zu guter Letzt band sie ihr Haar zu einem Pferdeschwanz zusammen und machte sich auf den Weg.

Die beiden Sportler warteten bereits vor dem Hotel. Zumindest Ryan wirkte so hochnäsig, als hätte sie sich um Stunden verspätet und er wäre aus reiner Höflichkeit noch hier.

„Na, endlich", sagte er und begann, auf der Stelle zu laufen.

„Im Gegensatz zu euch bin ich gerade mal zwei Minuten zu spät", schoss sie zurück.

„Wollen wir tratschen oder laufen?", fragte Dean und spurtete los.

Ryan folgte ihm locker, während Hayley den beiden hinterherrannte. War ja klar, dass die beiden sie auf die Probe stellen würden. Sie sprintete viel zu schnell und wusste bereits nach wenigen Augenblicken, dass sie gerade ihren ersten Fehler gemacht hatte. So würde sie nach kürzester Zeit Seitenstechen bekommen. Deshalb blieb sie kurz stehen, lockerte ihre Muskeln und lief erneut los, diesmal etwas langsamer.

Die beiden Männer waren bereits um hundert Yards voraus, als sie sah, dass sich Ryan nach ihr umdrehte und frech grinste.

Während Hayley näherkam, hörte sie beide miteinander reden, aber aufgrund der Entfernung verstand sie die Worte nicht. Als die Männer lachten, ging ihr auf, dass sie es auch nicht verstehen musste. Es war klar, worüber sie redeten. Oder eher lästerten.

Offenbar ließen sie Hayley absichtlich aufholen, denn es dauerte nicht lange, da lief sie direkt hinter ihnen.

„Ich dachte, das ist ein Interview", sagte Dean. „Stellt man dazu nicht üblicherweise Fragen?"

„Vielleicht ist ihr jetzt schon die Luft ausgegangen", spottete Ryan.

„Nein, keine Sorge. Es geht schon los." Hayley positionierte sich so, dass sie zwischen den beiden lief. „Erzählt mir von eurem Tagesablauf. Womit startet ihr morgens, und was macht ihr dann bis zum Abend?"

„Unser Tag ist gründlich durchgetaktet", begann Dean zu erklären. „Mein Wecker klingelt um fünf. Ich trinke einen Kaffee und laufe zehn Meilen. Anschließend frühstücke ich mit dem Team. Danach gibt es abwechselnd Training auf dem Eis, Krafttraining im Gym sowie Mannschaftstraining. Zwischendurch gibt es Mittagessen, dann geht es weiter mit Training. Nachmittags haben wir zwei Stunden Pause, dann gibt es noch eine Runde Konditions- und Krafttraining, eine Dusche und Abendessen."

Während Dean erzählte, kam er noch nicht einmal ansatzweise aus der Puste. Er redete so locker, als würde er gemütlich in einem Sessel sitzen. Gerade bogen sie von der Hauptstraße in eine Nebenstraße mit Wohngebäuden ein.

„Das ist ein straffes Programm", bemerkte Hayley. „Da bleibt kaum Raum für Hobbys oder Beziehungen, oder?"

„Unser Sport ist zugleich unser Hobby", erklärte Ryan. „Wir leben dafür. Unsere Teamkameraden sind unsere besten Freunde. Wir wissen, dass wir uns zu jeder Zeit und bei jeder Gelegenheit auf jeden einzelnen von ihnen verlassen können. Es gibt kaum etwas Schöneres, als gemeinsam auf dem Eis zu stehen und mit vereinten Kräften die gegnerische Mannschaft zu schlagen."

„Eine Beziehung ist schwierig, aber prinzipiell möglich." Dean warf Hayley im Laufen einen kurzen Seitenblick zu und ein Hitzeschub überlief sie. „Zwei Teamkameraden sind tatsächlich in festen Händen. Die meisten von uns sind allerdings Singles. Das vereinfacht die Sache sehr. Man bleibt auf den Sport fokussiert, verliert sich nicht in Nebensächlichkeiten und erspart sich damit eine Menge Stress."

„Und ihr beide? Gehört ihr zu den Vergebenen oder seid ihr auch Singles?"

„Aus Überzeugung solo!", rief Dean sofort.

„Besser ist das", warf Ryan unisono ein.

Beide sahen sich an, dann grinsten sie und liefen schneller.

„Was sagen eure Familien zu euren Sportlerkarrieren?", fragte Hayley, sobald sie wieder aufgeholt hatte. „Hätten sie es nicht lieber gesehen, ihr hättet einen ganz normalen Beruf ergriffen? Vielleicht Versicherungsangestellter, Banker oder Rechtsanwalt?"

„Sie sind sehr stolz auf uns", erklärte Dean.

Auf einmal lächelte er nicht mehr, sondern wirkte beinahe verkniffen. Hayley hatte den Eindruck, dass er nicht ganz ehrlich war, ihr zumindest etwas verschwieg.

„Ja, da kann ich nur beipflichten. Meine Mutter zeigt dauernd Fotos und Zeitungsartikel von mir in ihrem

Freundeskreis herum." Ryan lachte. „Das ist mitunter schon fast unangenehm, wenn sie so mit mir angibt."

„Aber sicher auch schön." Hayley bemerkte, dass Dean den Weg zum Park einschlug. „Okay, wir sollten einen ersten Fotostopp einlegen. Wie wär's mit einer Runde Squats?"

Ryan lachte. „Sie kann nicht mehr! Hörst du, Dean? Sie braucht schon die erste Pause."

„Dann gönnen wir ihr die doch, oder?"

Den Blick, den Dean ihr zuwarf, konnte Hayley nicht deuten. Spöttisch? Ja, das auf jeden Fall. Aber da war noch etwas anderes. Vor allem sah er sie für diese Situation auch viel zu lange an. Was mochte in seinem Kopf vorgehen?

Nach einer Weile blieben sie stehen, und während die beiden Männer sofort mit den Squats begannen, atmete Hayley tief durch und dehnte verstohlen ihren Rücken. Sie war weit davon entfernt, bereits Anzeichen der Erschöpfung zu spüren, aber sie wusste, dass sie noch ein gutes Stück vor sich hatten. Daher musste sie mit ihren Kräften haushalten, wenn sie sich nicht tatsächlich vor diesen beiden arroganten Schnöseln zum Affen machen wollte.

Also holte sie ihr Handy heraus und schoss einige Fotos. Während sie beobachtete, wie locker die Sportler in die Knie gingen und wieder hochkamen, eins ums andere Mal, immer wieder, und nebenbei lachten, konnte sie nicht anders als deren Fitness zu bewundern. Deans Muskeln spielten unter seiner engen Sportbekleidung. Irgendwie konnte sie den Blick nicht mehr von ihm abwenden.

„Bieten wir ihr doch ein kleines Schauspiel, oder?", schlug er Ryan vor, als wüsste er genau, dass sein Anblick sie anzog wie ein Magnet. „Damit sie ein paar wirklich gute Fotos bekommt."
Er kam aus der Hocke hoch, stand und ließ sich so unvermittelt in den Liegestütz fallen, dass Hayley erschrocken zusammenzuckte und für einen Moment fürchtete, er wäre gestürzt. Stattdessen machte er eine Reihe von Push-ups, sprang auf, ging mehrmals in die Hocke, und alles begann von vorn.

„Na, was ist jetzt mit den Fotos?" Dean grinste schon wieder.

„Ich glaube, sie ist hypnotisiert", ergänzte Ryan.

Beide lachten, sodass Hayley aus ihrer Bewunderungsstarre erwachte. Rasch lief sie um die beiden herum und fotografierte sie von allen Seiten. Diese Muskeln! Diese Ausdauer! Tatsächlich war sie mehr als beeindruckt, aber sie würde sich eher die Zunge abbeißen, als es zuzugeben. Um ihre Anspannung zu überspielen, begann sie, locker auf der Stelle zu laufen. „Geht's jetzt weiter oder worauf wartet ihr?"

Geschmeidig sprangen ihre Begleiter auf und liefen in einem Tempo los, dass sie Mühe hatte, mit ihnen Schritt zu halten.

„Wie sieht's mit Lampenfieber aus?", fragte sie, nachdem sie wieder aufgeholt hatte und zwischen beiden dahin trabte. „Ist es schlimm oder kennt ihr so etwas nicht?"

Ryan winkte ab und machte ein abfälliges Geräusch.

„Inzwischen hab ich keins mehr, aber ganz am Anfang meiner Karriere war es vor jedem Spiel sehr schlimm", gestand Dean.

„Worüber macht man sich da Gedanken?", fragte Hayley nach.

„Was alles schiefgehen kann. Was passieren kann. Dass man sich blamieren könnte."

„Quatsch", mischte sich Ryan ein. „Ich denke nur daran, wie ich es schaffe, möglichst viele Tore zu erzielen. Man darf nur ans Gewinnen denken, an nichts sonst."

„Ja, das mache ich inzwischen auch. Ich meinte damals. Den Beginn meiner Hockeykarriere. Man war noch längst nicht so sicher wie heute."

„Zum Glück ist das vorbei." Ryan lief noch ein wenig schneller, und Dean folgte ihm.

Inzwischen hatten sie den Park erreicht und joggten unter den grünen Bäumen dahin. Bei dem schönen Wetter war er gut besucht. Sie begegneten anderen Joggern und Müttern, die Kinderwagen schoben, Spaziergängern mit Hunden oder alten Leuten, die auf Bänken saßen. Mitunter erkannte jemand Dean oder Ryan, und dann wurde aufgeregt getuschelt. Auch Hayley begegnete einigen Bekannten und erntete erstaunte, teils neugierige Blicke. Sie bemerkte, dass sie schon wieder falsch atmete. Bald würde sie Seitenstechen bekommen.

„Okay!", rief sie, bevor das geschehen konnte. „Es wird Zeit für den nächsten Fotostopp. Lauft doch einfach mal locker auf mich zu, ja?" Sie stellte sich mit ihrem Smartphone auf den Weg, die beiden Sportler liefen etwa zwanzig Schritte zurück und trabten langsam auf sie zu. Beide sahen direkt in ihre Kamera, ein leichtes Lächeln auf den Lippen.

Hayley hatte das Gefühl, dass Deans Blick bis in ihr Herz schoss. Sie erinnerte sich daran, wie verliebt sie damals in ihn gewesen war, den aufstrebenden Star ihrer Schule. Und jetzt durfte sie ihn interviewen und einen Artikel über ihn schreiben. Was für ein Privileg!

Die beiden erreichten sie, ohne dass sie ein Foto gemacht hatte.

„Was ist los?", fragte Ryan spöttisch grinsend. „Hat es dir die Sprache verschlagen?"

„Quatsch! Ich, äh ... Sorry, ich hab was bei der Kamera verstellt. Würdet ihr das noch mal wiederholen?"

Jetzt grinste auch Dean, bevor er sich abwandte und noch einmal zwei Dutzend Schritte weit lief, ehe er stehen blieb und erneut auf sie zu joggte.

Dieses Mal fokussierte Hayley sich nur auf die Fotos. Durch das Display beobachtete sie, wie Dean sich näherte, wie seine muskulösen Beine ausgriffen, seine Arme locker an den Seiten schwangen, sein braunes Haar bei jedem Schritt leicht wippte. Seine Lippen waren leicht geöffnet, er sah direkt in ihr Herz und ...

Rasch schoss sie ein paar Fotos. Dean und Ryan waren fast schon zu nah, aber es gelang ihr gerade noch, die Eishockeyspieler gut draufzukriegen.

„Na, hast du es diesmal hinbekommen oder wieder verträumt?", erkundigte sich Dean.

Hayley wurde das Gefühl nicht los, dass er genau wusste, wie es in ihr aussah.

„Klar. Alles erledigt. Gut, dann können wir ja jetzt über euer bevorstehendes Spiel übermorgen ..."

Ein lauter Schrei unterbrach Hayley.

Kapitel 6

Dean

Dean fuhr herum. „Was war das denn? Woher kam das?"

„Ich glaube, von da drüben." Ryan wies in die entsprechende Richtung. Ein paar Büsche verhinderten die Sicht.

Dean lauschte. „Nichts mehr zu hören", stellte er fest.

Er wandte seine Aufmerksamkeit wieder Hayley zu. Wie süß sie in ihrem Sportdress aussah. Und überaus sexy! Ihre Leggings ließen mehr von ihrem hübschen Po erkennen, als sie verbargen, und mit ihrem engen Top und ihren Brüsten verhielt es sich ähnlich. Hatte sie das absichtlich gemacht? Oder trieb sie ihren Sport immer als erotischer Männermagnet?

Gar nicht zu ihrer Ausstrahlung passen wollte hingegen ihre überaus anziehende Unsicherheit. Sie versuchte es zwar durch Coolness und gespielte Selbstsicherheit zu überspielen, was ihr aber nicht so ganz gelang und sie noch viel anziehender machte. Er vermutete, dass dies ihr erster größerer Auftrag für ihre Zeitung war. Oder lag ihre Nervosität womöglich an ihm? Sie sah ihn schon ziemlich oft an, oder?

„Lasst uns weitermachen, damit wir fertig werden", schlug Ryan vor. „Morgen früh müssen wir zurück und dann heißt es für den Rest des Tages trainieren."

„Welche Chancen rechnet ihr euch gegen die *Vancouver Bears* aus?", stellte Hayley ihre nächste Frage.

„Oh, wir werden ..."

Der erneute Schrei klang so schrill, dass sich Deans Nackenhaare aufstellten. „Himmel!", entfuhr es ihm. Instinktiv sah er zu Hayley.

Ihre Augen waren ganz groß geworden, und sie starrte in die Richtung, aus welcher der Schrei gekommen war.

Während Dean noch überlegte, ob sie der Sache auf den Grund gehen sollten, wurde ihm die Entscheidung abgenommen.

„Hilfe!", scholl es deutlich zu ihnen herüber. Ein Kind begann laut zu weinen.

Ohne weiter nachzudenken, sprintete Dean los. Hinter sich hörte er weitere Schritte, aber er drehte sich nicht um, um zu sehen, wer ihm folgte. Wichtiger war jetzt, der Person, die offenbar in Not war, beizustehen, sofern ihm das möglich war.

Schon entdeckte er einige Yards voraus die Quelle der Unruhe. Hey, das war doch das Pärchen von vorhin. Bei der Frau mit dem kleinen Jungen war er ganz sicher und der Kerl, der sich vor ihnen aufgebaut hatte, könnte der Mann aus dem Auto sein. Bullige Figur, rotes Basecap, eng beieinanderstehende Augen.

„Was geht hier vor?", fragte Dean laut, ohne nachzudenken.

Der Typ fuhr zu ihm herum. „Was geht's dich an? Hau ab!"

„Erst wenn ich weiß, warum Sie um Hilfe gerufen haben", wandte er sich an die Frau.

Sie starrte mit aufgerissenen Augen von ihm zu dem Kerl und wieder zurück. Eine ihrer Wangen war stark gerötet. Ihren Sohn hatte sie beschützend hinter sich geschoben. Er weinte ganz fürchterlich. „Das ist, weil ..."

„Das geht dich einen Scheißdreck an!", blaffte der Mann in Deans Richtung. „Familienangelegenheit, verstehst du?"

Hayley hatte sich neben den Jungen gekniet und strich ihm sanft übers Haar. Eine zarte Geste, die Dean sehr berührte. Sie erinnerte ihn an seine Mutter, die ebenso zärtlich gewesen war, als er noch ein Junge war.

„Ich rufe jetzt die Polizei!", rief Dean. „Die kann den Sachverhalt klären und ..."

„Das wirst du kleiner Scheißer bestimmt nicht tun!" Der Typ kam auf Dean zu und baute sich drohend vor ihm auf. „Los, verpiss dich, wenn dir deine Gesundheit lieb ist!"

„Wollen Sie mir drohen?" Instinktiv richtete sich Dean zu voller Größe auf und streckte seinen Brustkorb vor. Er wusste, dass er über beeindruckende Muskeln verfügte und hoffte, dass der Anblick diesen Idioten zum Einlenken bewegen würde.

Gegen aggressive Männer wie diesen hier war er seit einer gefühlten Ewigkeit allergisch. Vor allem konnte er es nicht tatenlos mitansehen, wie so einer eine Frau einschüchterte. Und schon gar nicht ein Kind. Er musste einfach etwas tun.

Auch Ryan trat vor, stellte sich neben ihn und fixierte den Kerl. „Das sollten Sie lieber nicht wagen", sagte er.

„Sagen Sie mir nicht, was ich tun soll!", brüllte der Mann und packte Dean am Kragen. „Da reicht mir schon meine Alte!"

Mit einem Ruck riss sich Dean los und trat einen Schritt zurück. „Fassen Sie mich bloß nicht an!" Unwillkürlich ballte er die Fäuste.

Der aufgebrachte Mann folgte ihm und wollte erneut nach ihm greifen, aber es gelang Dean, ihn sich vom Leib zu halten.

Jetzt drängten weitere Passanten heran und umstellten den aggressiven Kerl. Bei Hayley, der Frau und dem kleinen Sohn befanden sich inzwischen zwei andere Frauen, und alle redeten beruhigend auf die Mutter und das Kind ein.

Hielt Hayley etwa immer noch ihr Handy in der Hand? Verwundert sah Dean genauer hin. Tatsächlich! Während sie den Jungen tröstete, behielt sie das Geschehen genau im Auge. Und war ihr Handy nicht auf die Menschenmenge gerichtet? Filmte sie etwa?

Wow, diese Frau hatte Nerven! Dean konnte nicht anders, als sie bewundernd anzustarren.

Sie bemerkte seinen Blick und erwiderte ihn, dann grinste sie und zwinkerte ihm zu.

Es durchschoss ihn heiß und kalt zugleich. Urplötzlich begann sein Herz zu rasen. Er konnte den Blick nicht von ihr abwenden, als wäre er festgeklebt. Was für eine Frau! Kaltblütig und heiß zugleich – liebevoll, fürsorglich und gleichzeitig geistesgegenwärtig genug in dieser Situation, um alles im Bild festzuhalten.

Wieder fragte er sich, wie er sie bloß damals übersehen und all die Jahre vergessen konnte. Eine Frau wie Hayley blieb einem doch im Gedächtnis. Ab sofort würde er sich jedenfalls ganz bestimmt an sie erinnern. Dieses Erlebnis vergaß er nicht mehr. Sie war noch viel cooler, als er vorhin schon gedacht hatte. Er setzte sich in Bewegung, um zu ihr zu gehen.

„Das ist ja gerade noch mal gut gegangen", riss ihn Ryan aus seinen Gedanken, und Dean blieb stehen, ehe er Hayley erreichte. „Keine schöne Vorstellung, wenn dieses Arschloch dich verletzt hätte. Hast du mal an das Spiel übermorgen gedacht, Dean? Was davon abhängt? Das war echt leichtsinnig von dir."

„Hätte ich tatenlos zuschauen sollen, wie er die Frau belästigt und ihr noch mal etwas antut? Hast du ihre Wange gesehen? Er hat sie geschlagen, Ryan. Du weißt, dass ich sowas nicht einfach mitansehen kann, und du weißt auch genau, warum."

„Ja, klar weiß ich das und das verstehe ich ja auch. Trotzdem war es nicht ungefährlich."

„Wie du schon sagst, Ryan. Es ist ja alles gut gegangen. Niemandem von uns ist etwas geschehen. Zum Glück." Dean legte die wenigen Schritte zu Hayley zurück.

Sie stand nun mitten in der Menge und sah ihm entgegen. Ihre Wangen glühten vor Aufregung und aus ihrem Pferdeschwanz hatten sich ein paar Strähnen gelöst, die sich auf ihren Schultern ringelten. Sie sah noch viel anziehender aus als ohnehin.

„So ein Penner!", rief sie erbost. „Zum Glück haben wir es mitbekommen. Wer weiß, was er der Frau sonst angetan hätte?"

„Und du hast alles gefilmt", sagte er leise und verspürte so einen Stolz, als wäre er selbst auf die Idee gekommen.

Sie errötete noch ein wenig mehr. „Purer Instinkt."

„Du bist wirklich gut in deinem Job."

„Danke!"

Zwei Polizeibeamte erschienen, nahmen den Mann fest und die Personalien der Zeugen auf. Bald darauf löste sich die Menge auf und auch Dean, Ryan und Hayley machten sich auf den Rückweg.

„War's das schon mit dem Interview?", erkundigte sich Ryan spöttisch.

Hayley schüttelte den Kopf. „Ich hätte euch gern noch ein paar Fragen mehr gestellt, aber dieser Vorfall ist noch viel besser!"

„Heißt das, dass du ihn in die Story einbauen willst?", hakte Dean nach.

Sie nickte. „Auf jeden Fall. Besser hätte es gar nicht laufen können. So authentisch kommt ihr beim intensivsten Interview nicht rüber. Es sei denn, ihr habt etwas dagegen."

Dean las die bange Frage in ihren Augen und schüttelte den Kopf, ehe er wusste, was er tat. „Natürlich nicht. Wir haben uns ja nicht blamiert."

„Im Gegenteil! Ihr wart großartig. Also du zumindest."

Ryan schnaubte und Dean lachte. Zu dritt machten sie sich auf den Rückweg. Vor dem Hotel verabschiedeten sie sich von Hayley.

„Vielen Dank für eure Zeit", sagte sie und drückte erst Dean, dann Ryan die Hand.

„Wir haben zu danken", gab Dean zurück und merkte, dass er sich ungern von ihr verabschiedete. Hayley war so erfrischend. Ganz anders als die Frauen, mit denen er sonst zu tun hatte. Andererseits war es umso wichtiger, dass er sich jetzt nur auf das bevorstehende Spiel fokussierte. Ablenkung, egal welcher Art, konnte er sich nicht leisten.

„Komm gern mal zu einem unserer Spiele", schlug Ryan vor.

„Das mach ich. Meinen Artikel schicke ich euch zu. Tja, dann wünsche ich euch viel Erfolg gegen die *Bears!*"

„Danke! Wird schon werden", gab Dean zurück.

Hayley winkte ihnen noch einmal zu, dann drehte sie sich um und lief den Gehweg entlang.

Dean merkte gar nicht, dass er ihr hinterher starrte, bis Ryan ihn anstieß. „Hey, du darfst jetzt gern wieder in der Gegenwart ankommen. Wir haben eine Aufgabe zu erfüllen, okay?"

„Schon klar", murmelte Dean nachdenklich. Hätte er sie um ihre Telefonnummer bitten sollen? Sie hatten immerhin einiges zusammen erlebt, und sie kannten sich seit ihrer Schulzeit. Was war schon dabei? Er ärgerte sich, dass er nicht daran gedacht hatte. Andererseits arbeitete sie bei der Zeitung. Notfalls konnte er sie dort erreichen.

„Wir sollten heute unbedingt noch zwei, drei Stunden im Kraftraum des Hotels trainieren", meinte Ryan.

„Genau das wollte ich auch gerade vorschlagen." Grinsend schlug Dean seinem Freund auf die Schulter und gemeinsam betraten sie das Hotel.

Zwei Stunden lang powerten sie sich an der Rudermaschine, der Hantelbank und dem Crosstrainer aus, ehe sie zu Dehn- und Balanceübungen übergingen. Ihr Work-out endete mit einer Runde Ringen.

Am nächsten Morgen fuhren sie nach Calgary zurück. Ihr Team erwartete sie in gespannter Vorfreude. Alle umarmten und begrüßten Ryan und ihn so herzlich, als wären sie wochenlang und nicht bloß ein paar Tage weg gewesen.

„Es tut gut, wieder zurück zu sein." Dean blickte in die vertrauten Gesichter seiner Kameraden.

„Wie ich sehe, ist alles super gelaufen", sagte Michael anstelle einer Begrüßung. „Der Artikel ist großartig geworden!"

„Was, er ist schon da?" Dean spürte, dass sein Herz schneller schlug.

„Ja, er ist seit einer Stunde online. Genau solch eine Publicity brauchen wir!"

„Ich hab noch gar nicht ins Handy gesehen." Neugierig öffnete Dean die Seite der *Brookfield News*. Zugleich war eine E-Mail von Hayley mit dem Artikel eingegangen, wie sie es versprochen hatte.

Eishockey-Stars als Helden!

lautete die Schlagzeile. Gespannt las Dean weiter.
Sie kamen, um ihrer Heimat Brookfield einen Besuch abzustatten, und gingen als Helden! Die Stars der aufsteigenden Eishockey-Mannschaft Calgary Hunters, Dean Walker und Ryan Dickens, besuchten Brookfield, den Ort, in dem sie ihre Kindheit und Jugend verbracht hatten und der sie geprägt hat, um sich vor ihrem großen Spiel gegen die Vancouver Bears am kommenden Mittwoch unseren Fragen zu stellen. Sie standen unserer Reporterin Hayley Jones in einem Interview der

sportlichen Art Rede und Antwort. Noch ahnte niemand, dass sich in unmittelbarer Nähe ein Familiendrama anbahnte. Durch das schnelle und mutige Eingreifen der beiden Star-Spieler wurde Schlimmeres verhindert!

Es folgten mehrere Fotos. Sie zeigten Dean und Ryan beim Joggen, strahlend und sorglos, und dann Dean Auge in Auge mit dem dämlichen Kerl, dessen Gesicht verpixelt wurde.

Im Anschluss folgten noch die Interviewfragen, die Hayley ihnen gestellt hatte, und dann endete der Bericht mit vielen guten Wünschen.

„Wow!", rief Dean. „Hayley hat fantastische Arbeit geleistet. Der Artikel ist hervorragend geworden."

„Er hat einen Narren an ihr gefressen", bekundete Ryan mit einem Augenzwinkern an ihre Teamkollegen gewandt.

Sie lachten, und sogar Michael fiel ein. Dessen Handy piepte, und er las die eingehende Nachricht. Sein Gesicht verzog sich zu einem Grinsen.

„Das bedeutet dann wohl, dass er sich beim Spiel morgen besonders große Mühe geben wird", warf er ein. „Immerhin muss er vor ihr in einem guten Licht dastehen."

„Das mache ich ohnehin, egal, ob sie es mitbekommt oder nicht. Ihr wisst, dass ich immer hundert Prozent gebe."

„Morgen wahrscheinlich zweihundert." Der Trainer grinste noch breiter.

„Alles okay bei dir?", fragte Dean verwirrt.

„Deine Kleine von dieser Zeitung ... Sie kommt morgen her."

Dean wurde es heiß und kalt zugleich. „Was?"

Michael nickte. „Offenbar war ihr Chef so glücklich über ihren Artikel, dass er ihr gleich den nächsten Auftrag gab: nämlich live vom Spiel zu berichten. Er hat mir gerade geschrieben." Grinsend hielt er sein Handy in die Höhe.

„Na, Alter, dann streng dich mal besonders an!" Lachend schlug Ryan Dean auf die Schulter, und die Teamkollegen fielen mit ein.

Deans erster Impuls war Freude. Andererseits wusste er nicht, ob sie berechtigt war. Es war nicht so, dass er befürchtete, durch Hayleys Anwesenheit abgelenkt zu werden. Dafür war er zu sehr Profi. Aber ertappte er sich nicht selbst dabei, immer wieder an sie zu denken? An ihre blonden Locken, ihre frech blitzenden Augen, ihre reizvolle Figur. Wie sie neben ihnen her gejoggt war und sich bemüht hatte, zu verbergen, dass ihr die Luft ausging. Wie anziehend sie war. Ja, diese Frau versetzte ihn in Unruhe. Und das konnte er gar nicht gebrauchen. Vor allem durfte es nicht sein.

Das letzte Mal, dass er etwas Derartiges bei einer Frau gefühlt hatte, war in seiner Jugendzeit mit Mary. Die er schließlich verloren hatte, weil er sich nicht beherrschen konnte. Dieses Erlebnis saß ihm nach all der Zeit immer noch in den Knochen. Wahrscheinlich war es im Endeffekt sogar gut gewesen, dass er sie verloren hatte. Zumindest für sie. Wer konnte schon sagen, wie sich ihre Beziehung entwickelt hätte, wären sie zusammengeblieben?

Seitdem hatte er versucht, sein Herz und seine Seele abzuschotten. Keiner Frau war es danach gelungen, seinen Schutzschild zu durchdringen. Er hatte zahlreiche kurze Affären gehabt mit Groupies, die ihn angehimmelt hatten. Und jetzt, wo er darüber nachdachte, war er erschrocken über sich selbst. Er hatte all diese Mädchen ebenso gleichgültig abserviert, wie sein Vater und sein Bruder es getan hätten.

Wie es schien, war er tatsächlich auf dem besten Weg, ebenso zu werden.

Bei aller Freude, dass Hayley morgen zum Spiel kommen würde, wusste Dean, dass es besser war, Abstand vor ihr zu bewahren. Gerade weil sie nicht einfach irgendeine Frau war, sondern etwas Besonderes, durfte sie diese Seite an ihm auf keinen Fall kennenlernen.

Kapitel 7

Hayley

Die Atmosphäre im Stadion nahm Hayley sofort gefangen. Die Ränge waren bis auf den letzten Platz besetzt. Sie sah überall nur erwartungsvolle Gesichter sowie Schals, Jacken und Mützen in den Farben der Vereine. Das Publikum war ein Farbenspiel aus Weiß, Blau, Gelb und Rot. Mit Gesängen ihrer Mannschaft stimmten sich die Fans auf das Spiel ein, viele hielten Fähnchen oder Schilder hoch.

Dieses Mal hatte Hayley eine Spiegelreflexkamera dabei, mit der sie jetzt die ersten Fotos schoss. Die begeisterten Fans in den Reihen, die glänzende Eisfläche des Spielfelds, die hübschen Cheerleader mit ihrer ersten Tanzeinlage.

Gespannte Erwartung lag über allem und Hayley genoss jede Sekunde. Sie dachte daran, wie sie damals selbst Eishockey gespielt hatte. Und sie dachte an Dean, der hier irgendwo auf den Beginn des Spiels wartete und auf den Sieg hoffte.

Sie hatte es kaum glauben können, als Will sie spätabends angerufen hatte.

„Dein Artikel geht durch die Decke!", hatte er gerufen. „Das Telefon steht nicht mehr still, und das um diese Uhrzeit. Du bist fantastisch, Hayley!"

„Oh, vielen Dank!" Ganz verlegen war sie gewesen, und dann stieg etwas in ihr auf, das sie in dieser Intensität noch nicht allzu häufig gespürt hatte: Stolz auf ihre Leistung. Dieses Gefühl tat so gut, dass sie anfing zu lächeln. Und damit hatte sie bis jetzt nicht aufgehört.

Für Will war es selbstverständlich gewesen, dass sie zum Spiel der *Calgary Hunters* fuhr.

„Wer, wenn nicht du?", hatte er gefragt. „Du verstehst dich super mit den Jungs. Sie vertrauen dir. Fahr hin und schau dir das Spiel an. Hinterher kannst du ihnen weitere Informationen entlocken. Wir haben unzählige Nachfragen von Fans bekommen, die mehr über die Jungs erfahren wollen. Nutz diese Chance, Hayley!"

Und genau das hatte sie vor.

Als die *Hunters* und die gegnerischen *Bears* auf das Spielfeld einliefen, hielt sie vor Spannung die Luft an. Wo war Dean? Will hatte ihr erzählt, dass er die Nummer fünf trug. Die *Hunters* trugen Trikots in Dunkelblau und Weiß, die *Bears* in Rot und Gelb.

Alles ging blitzschnell. Sie war nur kurz abgelenkt mit ihrer Suche nach Dean, da war das Spiel bereits in vollem Gange. Beide Mannschaften jagten dem Puck hinterher oder schlugen ihn sich gegenseitig mit dem Stock zu. Mitunter schoss die schwarze Scheibe so schnell über das Eis, dass Hayley sie aus den Augen verlor.

Da war Dean! Gebannt beobachtete sie die Nummer fünf der *Calgary Hunters*. Auf seinem Rücken las sie seinen Nachnamen. Kurz war er im Besitz des Pucks und schlug ihn elegant in Richtung des gegnerischen Tors, doch einer aus der gegnerischen Mannschaft fing ihn ab. Als Dean hinterherjagte, hielten ihn gleich zwei Gegner auf, und alle drei prallten in vollem Schwung aufeinander. Hayley ächzte vor Schreck, aber Dean lief schon weiter. Das Publikum raunte, jubelte, sang. Hayley wurde mitgerissen. Sie riss die Arme hoch oder schlug ihre Hände vor den Mund, wenn Dean unter Druck geriet. Fast vergaß sie zu fotografieren und schoss schnell einige Bilder.

Die *Hunters* spielten fantastisch. Schon folgte ein Reihenwechsel. Dieses Mal war Dean nicht dabei, aber das tat Hayleys Spannung keinen Abbruch. Beinahe hatte sie vergessen, wie rau und spannend Eishockey sein konnte. Vor allem, wenn man zwei so fantastischen Mannschaften zusehen konnte, die sich auf dem Eis nichts schenkten. Sie entdeckte Ryan mit der Nummer neunzehn. Er erreichte den Puck und spielte ihn mit einer bewundernswerten Leichtigkeit seinem Teamkameraden zu. Der kämpfte sich durch die gegnerischen Reihen bis knapp vor das Tor, schoss und ... Tor! Lauter Applaus brandete auf, und Hayley jubelte mit. Euphorisch sprang sie mit der Menge auf, riss die Arme hoch und lachte vor Freude. Der Schiedsrichter brachte den Puck zum Anspielpunkt, und je ein Spieler einer Mannschaft kam zum Bully. Die Spannung in der Halle war fast mit Händen greifbar. Wer würde in den Besitz des Pucks gelangen?

Alles ging rasend schnell. Schon ging es weiter, jagten die Feldspieler dem Puck hinterher. Das erzielte Tor wirkte wie ein Weckruf auf die *Bears*. Sie griffen nun mit vereinten Kräften an, spielten aggressiver, brachen durch die Verteidigung, und der Nummer Sieben gelang ebenfalls ein Tor. Enttäuschtes Raunen vermischte sich mit dem Jubel der gegnerischen Fans.

Erneuter Reihenwechsel. War Dean wieder dabei? Nein, immer noch nicht. Die *Hunters* waren nun wild entschlossen, es den *Bears* zu zeigen. Rücksichtslos preschten sie durch die Verteidigung. Zwei Spieler wurden ausgetauscht, zu ihrer Freude entdeckte Hayley Dean wieder. Sofort ging es weiter. Mehrere Spieler zugleich erreichten den Puck und prallten aufeinander, einige gingen dabei zu Boden. Der Schiedsrichter griff ein, offenbar hatte es ein Foul gegeben. Die Nummer elf der *Hunters* verließ das Spielfeld, und es gab ein Powerplay.

Grimmig griffen die *Bears* erneut an, entschlossen, ihren Vorteil auszunutzen. Es gelang Dean, mit dem Puck durch eine Lücke zu preschen. Dabei raste er so schnell übers Eis, dass Hayley ihm kaum folgen konnte. Schon näherte er sich dem gegnerischen Tor. Gleich drei Gegner liefen auf ihn zu und versuchten, ihm den Puck noch abzunehmen. Der Torhüter stand bereit – grimmig entschlossen, nichts durchzulassen. Aber Dean nutzte seine Chance. Er schlug vor dem Tor einen Haken, entwischte so der Reichweite zweier Gegner und schickte den Puck ins Tor.

Im Chor mit den begeisterten Fans brüllte Hayley, bis sie heiser wurde. Sie konnte ihre Augen nicht von Dean lassen, der von seinen Mannschaftskameraden umarmt und in die Luft gehoben wurde. Er platzte sichtlich vor Stolz. Seine Augen strahlten und er genoss das Bad in der jubelnden Menge.

Mit dem nächsten Bully ging es weiter und endlich dämmerte Hayley, dass sie ja aus beruflichen Gründen hier war. Sie schoss pflichtbewusst weitere Fotos und machte sich eifrig Notizen über den Spielverlauf.

Schnell war das erste Spieldrittel vorbei, und es gab eine Pause. Sie trank aus ihrer Wasserflasche und machte sich noch weitere Notizen. Die Stimmung unter den Fans war fantastisch. Laut hallten die Gesänge durch die Arena, unzählige Fähnchen wurden geschwenkt und verwandelten die Ränge in ein lebendes Aquarell. Mit einem Seitenwechsel ging es weiter und sofort nach dem Bully zog das Spieltempo wieder enorm an. Weitere Tore folgten. Immer wieder prallten die Spieler in voller Fahrt zusammen, gingen dabei zu Boden und sprangen wieder auf, als wäre nichts passiert.

Auch Hayley hielt nichts mehr auf ihrem Platz. Sie sprang ebenfalls auf die Füße, riss die Arme hoch, schrie und ächzte. Fast meinte sie wieder zu spüren, wie es sich anfühlte, wenn ein harter Körper einen rammte und man zu Boden ging. Wie es war, wenn man sich nur noch auf den Puck fokussierte und das Sichtfeld, nein, die ganze Welt, aus nichts anderem als dem Tor zu bestehen schien.

Bald begann das dritte Drittel. Lange Zeit stand es unentschieden.

Dann der Wandel. Ein Teamkollege spielte Dean den Puck zu, der ihn sofort auf das gegnerische Tor zutrieb. Die Verteidigung befand sich hinter Dean, er hatte super Chancen auf ein Tor. Hayley hielt aufgeregt die Luft an. Dean holte aus, um den Puck …

Ein lauter Aufschrei ging durchs Publikum, als von hinten ein Stock auf Dean zuflog, der ihn hart an der Schulter traf. Er verriss den Schlag und vertat seine Torchance.

Sofort griff der Schiedsrichter wegen des Fouls ein.

Vor Spannung konnte Hayley kaum noch atmen. Hatte Dean sich verletzt oder konnten seine Schützer die Wucht des Stocks abfangen? Sie beobachtete nervös, wie der Schiedsrichter und mehrere Spieler mit ihm redeten, und holte tief Luft, als sie erleichtert festgestellt hatte, dass Dean langsam wieder loslief.

Der Schiedsrichter entschied wegen des Fouls auf einen Penalty. Er brachte den Puck zum Mittelpunkt des Spielfelds und alle Spieler außer Dean mussten runter vom Eis. Angespannte Stille lag über dem Stadion. Niemand sagte ein Wort, als Dean zum Puck lief. Dann schlug er ihn an und bewegte sich zügig auf das gegnerische Tor zu. Der Torhüter stellte sich bereit, der ganze Körper angespannt. Kurz vor dem Tor schlug Dean den Puck mit aller Kraft an. So schnell, dass es dem Torwart nicht gelang, ihn aufzuhalten; er verfehlte ihn um einen Sekundenbruchteil.

Der Jubel, der nun ausbrach, war unbeschreiblich. Ohrenbetäubender Lärm erklang von allen Seiten, und die Fans der *Calgary Hunters* hoben erneut ihre Fangesänge an. Ihre Mannschaft führte nun im letzten Drittel, und so blieb es auch bis zum Ende des Spiels. Die *Hunters* siegten mit zwei Toren Vorsprung über die *Bears,* begleitet vom Freudengeschrei ihrer Fans.

Während die Fans nach dem Spiel langsam ihre Plätze verließen und auf den Ausgang des Stadions zuströmten, nutzte Hayley die Zeit, um ihre Notizen zu vervollständigen und ihre Fotos zu kontrollieren. Rasch schickte sie einige besonders gute Schüsse an Will und schrieb ein paar erste Zeilen dazu.

Anschließend ging sie zum Mannschaftsbereich des Stadions hinüber, um ein paar Worte mit Michael, dem Trainer, zu wechseln. Natürlich hatte Will ihr einen Presse-Ausweis mitgegeben, sodass sie keine Schwierigkeiten hatte, zu Michael durchzukommen. Einige Kollegen anderer Medien standen bereits um Deans Trainer herum, der sichtlich gut gelaunt von den Höhepunkten des Spiels erzählte und seine erfolgreiche Mannschaft begeistert lobte.

„Zur Feier des Erfolgs wird es heute eine kleine Party geben", verkündete Michael gerade freudestrahlend. „Ich darf Sie herzlich dazu einladen. Lassen Sie den Spielern vorher noch Gelegenheit, sich frisch zu machen und nachher genug Luft zum Atmen. Sie haben sich den Spaß heute wirklich verdient. Davon abgesehen können Sie natürlich Ihre Fragen stellen und Fotos machen. Wir freuen uns über viel positive Berichterstattung."

Vor Aufregung spürte Hayley ihren Herzschlag bis in die Kehle. Es gab eine Party, und sie durfte dabei sein! Das bedeutete, dass sie Dean treffen würde. Wer hätte das so schnell gedacht?

Die Zeit bis zum Einlass überbrückte sie mit Gesprächen mit ihren Kollegen. Alle waren begeistert über den heutigen Erfolg der *Calgary Hunters*. Und als die Presse endlich in den Mannschaftsbereich eingelassen wurde, hatte Hayley vor Aufregung ganz weiche Knie.

Sie betrat einen großen Raum mit glänzenden Fliesen, die Wände waren mit Fahnen und Plakaten der

Mannschaft dekoriert. Lautes Stimmengewirr und Musik empfing sie. Die Spieler waren bereits anwesend, und sofort stürmten einige von Hayleys Kollegen auf sie zu.

Sie hingegen stand erst einmal da und ließ die Szenerie auf sich wirken: die ausgelassene Stimmung auf der Afterparty der Siegermannschaft. Der Geruch von Duschgel, Deo, Stolz und Glück. Die freudestrahlenden Gesichter der Spieler. Ein Beamer warf eine Aufzeichnung des Spiels an eine weiße Wand. Sie entdeckte Ryan in der Menge. Mit anderen Spielern der Mannschaft stand er ihren Kollegen bereits Rede und Antwort.

Wo war Dean? Hatte er sich womöglich vorhin bei dem Foul doch verletzt? Suchend scannte sie die Gesichter. Da war er! Auch er war umringt von Reportern und Teamkollegen. Sah er nicht gerade in ihre Richtung? Lächelnd setzte sie sich in Bewegung ... Da drehte er sich um, wandte ihr den Rücken zu und verschwand zwischen einigen Gästen.

Hayley blieb stehen, als wäre sie gegen eine unsichtbare Wand geprallt. War das Zufall? Hatte er sie gar nicht erkannt? Oder ...? Entschlossen straffte sie die Schultern. Es wäre ja noch schöner, wenn er es schon wieder schaffen sollte, sie aus der Fassung zu bringen. Sie ging in die Richtung, in der sie ihn gesehen hatte, entdeckte ihn einige Schritte entfernt und steuerte auf ihn zu.

Auch als sie unmittelbar hinter ihm stand, reagierte er nicht, obwohl sich ihr einige Leute, mit denen er sich unterhielt, zuwandten – er musste sie auf jeden Fall bemerkt haben. Erst als sie sich räusperte, drehte er sich zu ihr um.

„Hayley", sagte er und tat überrascht.

Ja, nun war sie sich sicher, dass er ihr etwas vorspielte. Er hatte sie längst entdeckt, aber warum ignorierte er sie? An ihrem Artikel konnte es nicht liegen. Darin kam er äußerst gut weg.

„Hallo, Dean." Sie hielt ihm die Hand hin. „Es war ein fantastisches Spiel. Ihr wart großartig!"

Sein Gesicht hellte sich auf. „Vielen Dank! Ja, wir sind in der Tat sehr zufrieden mit unserer Leistung."

„Das könnt ihr auch sein."

„Bist du beruflich hier? Oder privat?"

„Tatsächlich beruflich."

Er grinste. „Dann nehme ich an, dass du unser Gespräch wieder aufzeichnest? Muss ich aufpassen, was ich sage?"

Verdammt, diese Grübchen in seinen Wangen und das Funkeln seiner Augen machten sie ganz nervös. Sie schmunzelte. „Kommt drauf an, was du mir erzählen willst. In erster Linie bin ich hier, um über euer Spiel zu berichten. Was sonst noch so besprochen wird, könnte ich eventuell unter privat verbuchen."

Das eine oder andere Detail der Feier würde bestimmt in ihrer nächsten Story Erwähnung finden. Aber das musste sie ihm ja nicht auf die Nase binden. Sein Ignorieren gerade eben wurmte sie immer noch.

„Na, dann wünsche ich dir viel Vergnügen."

„Danke. Was macht eigentlich deine Schulter? Das sah vorhin heftig aus mit dem Stock. Hat es sehr wehgetan?"

„Ach, kaum der Rede wert. Meine Schützer haben die Wucht des Aufpralls gut abgefangen. Ich spüre kaum etwas."

„Ein Glück!"

„Soll ich dir einige Teamkollegen vorstellen?" Dean zwinkerte ihr zu. „Damit wird deine Story garantiert noch authentischer. Sie erzählen dir bestimmt gern vom Spiel aus ihrer Sichtweise."

„Und du? Machst du das auch?"

„Mal sehen, ob ich die Zeit dafür finde. Du siehst ja, was hier heute los ist. Es sind eine Menge Leute da, mit denen ich sprechen muss."

Da war er wieder, der hochnäsige Blick. Ganz offensichtlich hielt Dean sich für einen Star. Nicht, dass er nicht auf bestem Wege war, einer zu werden. Aber musste er das denn so raushängen lassen?

„Dann wünsche ich dir viel Spaß. Es reicht sowieso, wenn ich mit zwei oder drei deiner Kollegen rede." Hayley bedachte ihn mit einem biestigen Blick. „Dafür brauche ich nicht zwingend dich."

Zuckte er tatsächlich zusammen oder lag das an der diffusen Beleuchtung hier?

„Okay. Komm mit." Er lief so schnell voraus, als wäre er auf dem Eis und umrundete dabei geschickt Grüppchen von sich unterhaltenden Leuten, dass sie ihm kaum folgen konnte. Unvermittelt blieb er stehen und wandte sich an zwei Spieler. „Habt ihr einen Augenblick Zeit für ein paar Pressefragen? Das hier ist Hayley Jones von *Brookfield News*. Ihr wisst schon, die mit dem Artikel über diesen ekelhaften Kerl im Park. Hayley, das sind Robin Westwood und Adam Parks, aber das weißt du sicherlich." Er bedachte sie mit einem Nicken und ließ sie stehen.

So ein Idiot! Schnell konzentrierte sich Hayley auf die beiden Hockeyspieler, die sie neugierig betrachteten. Sie wirkten offen und sympathisch. Ganz bestimmt waren sie wesentlich netter als dieser aufgeblasene Kerl, der sich für etwas Besseres hielt.

„Hi", begrüßte Robin sie. „Toll, dich kennenzulernen. Deine Story war der Hammer!"

„Danke!"

„Du hättest Dean ruhig etwas schlechter dabei wegkommen lassen können", sagte Adam und grinste. „Er bildet sich sonst noch was darauf ein."

Hayley lachte. „Ich werde es bei meinem nächsten Artikel beherzigen."

„Ist natürlich nur Spaß. Wir sind extrem stolz auf ihn. Ihm hätte sonst was passieren können, und das unmittelbar vor einem wichtigen Spiel."

„Ja, es war sehr mutig von ihm, sich mit diesem Kerl anzulegen. Aber jetzt mal zu euch. Wie sieht's aus, habt ihr Zeit für ein paar Fragen?"

„Liebend gern, wenn du mit uns rüber an die Bar gehst", erwiderte Robin und deutete hinüber. „Bei einem Getränk redet es sich viel besser."

„Sehr gern."

Gleich darauf saß Hayley den beiden Spielern gegenüber, vor sich ein alkoholfreier Cocktail. Während sie sich erkundigte, wie zufrieden die beiden mit ihren heutigen Leistungen waren, fühlte sie sich beobachtet. Als sie einen raschen Blick in die Menge warf, konnte sie nichts entdecken.

„Würdet ihr behaupten, dass euch der Sport mehr gegeben oder genommen hat?", erkundigte sie sich. „Ihr müsst viel Zeit investieren, um eine Leistung wie heute zu erbringen. Unzählige Trainingsstunden, Spielvorbereitungen, strenge Diäten, feste Ruhezeiten, keine Partys ... Wie kommt ihr damit klar?"

Adam winkte ab. „Das stört mich alles nicht im Mindesten. Der Sport und meine Teamkameraden bedeuten mir alles. Dass ich es mit ihnen zusammen so weit gebracht habe, erfüllt mich mit Stolz. Versteh mich nicht falsch, ich bilde mir nichts darauf ein oder so. Aber ich freu mich einfach gewaltig bei der Vorstellung, dass mich meine Familie im Fernsehen oder im Stadion sieht und weiß, aus ihrem Sohn ist etwas geworden."

Robin nickte heftig. „So geht's mir auch. Ich vermisse nichts. Okay, so ganz stimmt das nicht. Ich liebe Kuchen und Burger, weißt du? Das muss ich mir meistens leider verkneifen. Es ist nicht immer leicht."

Hayley lachte. Diese beiden Jungs waren wirklich äußerst sympathisch. Ganz anders als der arrogante Dean und sein Kumpel Ryan. „Kann ich gut verstehen, geht mir genauso. Auch als ganz normaler Mensch muss man ja auf seine Linie achten."

„Du doch nicht! Du bist bildhübsch!", rief Adam.

„Oh, vielen Dank!"

Wieder hatte Hayley das Gefühl, beobachtet zu werden. Doch dieses Mal widerstand sie dem Drang, sich umzusehen.

Robin tat, als hielte er ein Mikrofon in der Hand und würde es Hayley vor die Lippen halten. „Was tust du dafür, so toll auszusehen?"

Sie lachte und beschloss, das Spiel mitzuspielen. Der kleine Flirt mit den sympathischen Spielern tat ihrem angekratzten Ego gut. Also setzte sie eine theatralische Miene auf und seufzte. „Ach, das ist nicht so einfach. Man muss sich an strikte Vorgaben der Ernährungsberater halten und hart trainieren."

„Verstehe." Robins Augen funkelten vor Vergnügen.

Auch Adam grinste breit. „Du wirst bestimmt pausenlos von irgendwelchen Kerlen angebaggert. Gefällt dir das oder ist es eher lästig?"

Hayley schenkte ihm einen atemberaubenden Augenaufschlag. „Das kommt auf den ..."

Jemand fasste nach ihrem Arm, und Robin und Adam wandten ihre Aufmerksamkeit dem Mann zu, der sie nun mehr oder weniger unsanft vom Barhocker zog.

„Es ist ihr sogar sehr lästig", erklärte Dean, der ihre Unterhaltung jäh unterbrochen hatte. „Tut mir leid, Jungs, aber ich muss Hayley mal eben entführen." Schon zerrte er sie zwei, drei Schritte weit weg, ehe sie reagieren konnte.

„Was soll das?", fuhr sie ihn an und rammte ihre Absätze in den Boden.

„He, alles klar?", fragte Adam belustigt. „Dean ist ein großartiger Spieler und ein fantastischer Kumpel, aber mitunter kann er etwas heißblütig sein. Sollen wir ihn dir vom Leib schaffen?"

„Natürlich kommt sie klar!", fauchte Dean in Richtung seiner Kollegen und zog Hayley schnell weiter.

„Bist du verrückt geworden? Was fällt dir ein?" Sauer riss sich Hayley los und rieb ihren Arm.

„Ich konnte das nicht länger mitansehen."

„Was genau? Du hast mich doch selbst zu den beiden gebracht."

„Und die hatten natürlich nichts Besseres zu tun, als dich sofort anzugraben."

„Nicht, dass es dich etwas angeht, aber wir haben nur rumgeblödelt."

„Du kennst die beiden nicht! Die sind hinter jedem Rock her!"

„Ach ja? Und warum hast du mich dann ausgerechnet den beiden vorgestellt?" Sie kniff die Augen zusammen. „Genau das war dein Plan, oder? Du wolltest das. Damit ich beschäftigt bin und dich nicht weiter belästige. Oh, da mach dir mal keine Sorgen! An dir habe ich nicht das geringste Interesse! So ein selbstverliebter Idiot wie du kann mir ..."

„Jetzt beruhige dich erst mal. Du siehst das völlig falsch."

„Ich wüsste nicht, was es da falsch zu verstehen gibt. Und ich blöde Kuh hab so einen netten Artikel über dich geschrieben. Die Leser kriegen ein völlig falsches Bild von dir. Ich hätte es ja wissen müssen! Wer anderen den Parkplatz klaut und ..."

„Komm mit!" Erneut griff Dean nach ihrem Arm. Viel sanfter als eben zog er sie auf den Ausgang zu.

Hayley befreite sich, doch Dean nahm sofort ihre Hand und zerrte sie weiter.

„Was soll das, Dean?", rief sie. Sein Griff war zu fest, sie bekam ihre Hand nicht frei. „Lass mich sofort los oder ich schreie!"

Kaum erreichten sie die Tür, öffnete Dean sie schnell und schob Hayley in den Flur hinaus. Ohne dass sie schrie. Kein Mensch war hier draußen. Alle waren drinnen am Feiern. Niemand würde sie hören.

Tatsächlich ließ Dean sie los, aber zu ihrem eigenen Erstaunen fauchte Hayley ihn nicht an. Stattdessen sah sie in sein Gesicht und hielt inne. Jegliche Arroganz war verschwunden.

„Tut mir leid", sagte er leise. „Ich musste dich da unbedingt rausholen."

„Noch einmal, Dean: Warum? Du hast mich ihnen gerade eben selbst vorgestellt. Wir haben uns wunderbar verstanden. Im Gegensatz zu dir verfügen die beiden über Humor." Robins Reporterspiel hatte sie wirklich witzig gefunden.

„Den sie grundsätzlich anwenden, um Frauen ins Bett zu bekommen."

„Selbst wenn es so wäre, was geht es dich an?"

Er sah sie eindringlich an, und plötzlich konnte Hayley nicht mehr wegsehen. Da lag etwas in seinen Augen, das sie bannte. Ernsthaftigkeit. Sanftheit?

„Es geht mich nichts an, ich weiß", gab er leise zu. „Trotzdem habe ich es nicht ertragen, mitanzusehen, wie sie dich anbaggern."

„Wieso? Du und ich haben nicht das Geringste miteinander zu schaffen, und das ist auch gut so. Also warum ...?"

„Weil du mich in Unruhe versetzt, Hayley. Weil ich gehofft hatte, dich aus dem Kopf zu bekommen, wenn du ... wenn Robin oder Adam ... Egal. Es hat nicht funktioniert."

Sie starrte ihn irritiert an und konnte nicht glauben, was sie da hörte. Wozu sollte Dean sie aus dem Kopf bekommen wollen? Das würde ja bedeuten, dass sie ... drin war! In seinen Gedanken.

„Nicht funktioniert?", wiederholte sie vollkommen überfordert.

Er stand nur einen halben Schritt von ihr entfernt. Sie konnte seinen Duft riechen, seinen Atem hören, sehen, wie sich seine breite Brust hob und senkte. Und dann waren da seine Lippen, die plötzlich ihr ganzes Blickfeld ausfüllten. Sie kamen näher und ihr Herz schlug Purzelbäume vor Aufregung, vor Freude ... Freude? Hey, dies war Dean Walker, der eingebildete Feldspieler der *Calgary Hunters*, der ihr ...

Er kam noch näher heran, bis sie nichts anderes mehr wahrnahm als ihn. Und dann dachte sie gar nichts mehr.

Kapitel 8

Dean

Er wusste nicht, was er tat, bis er Hayleys Lippen auf seinen spürte. Bis er begriff, dass seine Finger in ihren üppigen Locken wühlten.

War sie erstarrt? Sie rührte sich nicht, erwiderte seinen Kuss nicht, berührte ihn nicht. Sie stand einfach nur da, reglos wie eine Statue.

Aber nur für den Bruchteil einer Sekunde. Ehe er darüber erschrecken konnte, befürchten musste, einen schrecklichen Fehler begangen zu haben, spürte er, dass ihre Lippen nachgiebig wurden, sie ihn zurückküsste. Sie strich mit ihrer Hand über seinen Arm. Diese sanfte Berührung löste einen wohligen Schauer über seinem Rücken aus.

Unvermittelt rückte Hayley ganz nah an ihn heran, schlang ihre Arme um ihn und drückte sich an ihn. Die Wärme wurde zu Hitze, zu einer gnadenlosen Glut, die ihn erfüllte und sein Begehren noch weiter aufheizte. Wie weich sich ihr Körper unter seinen Händen anfühlte. Sein Denken setzte nun gänzlich aus. Hungrig drang er mit seiner Zunge in ihren Mund und Hayley küsste ihn nicht minder heftig zurück. Oh ja, sie besaß Leidenschaft, das hatte er von Anfang an gespürt.

Irgendwie hatte sie es längst geschafft, sich in seinem Kopf festzusetzen. Je entschlossener er versuchte, sie daraus zu vertreiben, deshalb tiefer wurzelten die Gedanken an sie und setzten sich in ihm fest.

Es hatte keinen Zweck, er konnte es nicht länger vor sich selbst leugnen. Er wollte sie.

„Komm mit", flüsterte er ihr ins Ohr. Dann nahm er ihre Hand und zog sie den langen Flur entlang.

„Wohin gehen wir?", fragte sie ebenso leise.

Sie klang ganz atemlos, und das törnte ihn nur noch mehr an.

„Dorthin, wo uns keiner stören kann."

Wie ungewohnt still es heute war, jetzt, wo alle im großen Mannschaftssaal feierten. Vor, während und nach den Spielen ging es hier zu wie in einem Ameisenhaufen, unzählige Menschen bevölkerten das Stadion – innen und außen.

Jetzt gab es nur ihn und sie. Hayley. Klang nicht sogar ihr Name frech? Ihre Hand in seiner, ihre Nähe elektrisierte ihn.

Endlich erreichten sie den Raum, den er gesucht hatte. Er zog die Tür auf, spähte hinein und lauschte. Natürlich war niemand hier. Keiner ließ sich die große Siegesparty entgehen. Schnell zog er Hayley hinein und verschloss die Tür. Diffuses Licht fiel durch ein schmales Fenster unterhalb der Decke herein.

„Wo sind wir hier?", fragte sie und sah sich um.

„Im Aufenthaltsraum für die Pausen. Hier stört uns niemand." Er griff nach ihr, riss sie nah an sich heran.

Doch sie sträubte sich, legte die Hände auf seine Brust und hielt ihn auf Abstand.

„Warum hast du vorhin so getan, als würdest du mich nicht sehen?", fragte sie ärgerlich. „Ich hab genau gesehen, dass du mich bemerkt hast, aber du hast sofort weggeschaut und bist gegangen. Du hast mich ignoriert. Warum?"

„Aus demselben Grund, aus dem ich dich Robin und Adam vorgestellt habe. Ich wollte dich aus meinem Kopf bekommen. Ich bin Profisportler. Für mich gibt's nur Hockey, Hayley, sonst nichts."

„Und was mach ich dann jetzt hier?" Immer noch hielt sie ihn auf Abstand.

Er lächelte. „Ich hab kapiert, dass es nichts bringt. Deine Widerhaken sitzen schon zu tief."

„Was können wir denn da machen?" Ihre auf seiner Brust liegenden Finger hielten ihn nicht mehr von sich fern, sondern gingen unvermittelt auf Wanderschaft.

„Tja, ich würde sagen, wir tun das, was wir ohnehin nicht verhindern können." Erneut zog er sie an sich.

Dieses Mal ließ Hayley es geschehen. Seufzend schmiegte sie sich an ihn und legte ihm die Arme um den Hals. „Ich kann einfach nichts dagegen machen, ob ich will oder nicht", flüsterte sie und küsste ihn.

Das Gefühl ihrer weichen Zunge in seinem Mund, ihres biegsamen Körpers unter seinen Händen, ihrer Hitze, spülte bei Dean den letzten Rest Verstand weg. Seine Leidenschaft kochte empor wie Lava, heiß und unaufhaltsam. Er öffnete den Knopf ihrer Jeans, zog den Reißverschluss herunter und schob die Hose über ihre Hüften.

Hayley öffnete die Knöpfe seines Hemds so schnell, wie er es selbst nie geschafft hätte, streifte es ab und ließ ihre Finger über seine Brust gleiten, gefolgt von ihren Lippen und ihrer Zunge.

Dean stöhnte auf. Er zerrte Hayleys Shirt über ihren Kopf, tastete ungeduldig nach dem Verschluss ihres BHs. Als er herabfiel und ihre Brüste sich ihm frei und nackt entgegenreckten, griff er danach, umschloss sie mit den Händen und rieb mit dem Daumen über die Nippel.

Ihr Atem strich heiß über seine Haut, als sie aufstöhnte und sich so fest an ihn presste, dass er beinahe selbst die Beherrschung verloren hätte. Eine Bewegung, dann flog ihr Slip beiseite. Eine weitere, und auch er war nackt. Bevor er seine Hose fortwarf, zog er rasch ein Kondom aus der Tasche und benutzte es.

Dann hob er sie hoch, und sie schlang ihre Beine um seine Hüften und küsste ihn erneut. Er trug sie zu einem Billardtisch und setzte sie auf die Kante, und in der gleichen Bewegung drang er in sie ein. Ihre Hitze schloss sich um ihn, während er stöhnte und begann, in sie hineinzustoßen.

Hayley warf den Kopf zurück und umklammerte ihn mit Armen und Beinen. Sie presste sich so fest an ihn, als wollte sie ihn ganz und gar in sich hineinziehen. Schneller und schneller bewegten sie sich. Dean fühlte sich wie im Rausch, spürte, wie er in einen Strudel gerissen wurde, aus dem er sich nicht mehr befreien konnte. Er bestand aus Hayleys Wärme, aus ihrer weichen Haut, ihrem Duft, ihren kleinen spitzen Schreien, die sie ausstieß. Ihr Gesicht bestand aus reiner Verzückung.

Und dann schwand sein Denken vollends. Ein Wirbel riss ihn mit sich herab und die Welt um ihn herum hörte auf, zu existieren.

Langsam kam er wieder zu sich. Er öffnete die Augen und sah in Hayleys erhitztes Gesicht, bemerkte ihre geröteten Wangen und ihre blitzenden Augen. Jetzt sah sie sogar noch schöner aus als vorher. Sie wirkte wie ein Sinnbild aus Lebendigkeit, aus Glück. Es fiel ihm nicht leicht, aber er zog sich etwas von ihr zurück.

„Wow!", rief sie überwältigt aus. „Das war ... heftig."

„Oh ja." Grinsend hob er seine Hose auf und stieg hinein.

„Weißt du, was ich denke? Dass uns von Anfang an klar war, dass es dazu kommen würde", fuhr sie fort. Nackt, wie sie war, stieg sie vom Billardtisch und kam zu ihm. Kichernd gab sie ihm einen Kuss und hob ihren Slip auf.

Als er sie dabei beobachtete und ihren nackten Po sah, den sie ihm entgegenreckte, spürte er, dass sich die Lust in ihm schon wieder regte. Mühsam rang er sie nieder.

Sie schien seine Blicke gespürt zu haben, denn sie drehte sich um und lächelte extrem verführerisch, bevor sie fortfuhr, sich wieder anzuziehen. Aufreizend langsam, als hoffte sie, sie würden noch einmal übereinander herfallen.

Aber das würde nicht passieren. Was hatte ihn bloß geritten, dass er sich dazu hatte hinreißen lassen? Er wusste doch ganz genau, dass es nicht sein durfte. Auf keinen Fall durfte er das Risiko eingehen, diese entzückende Frau in Gefahr zu bringen. Und das konnte womöglich geschehen, wenn er noch tiefer in ihre Fänge geriet. In ihren verführerischen Bann. Denn er war der Sohn seines Vaters. Es ging nicht. Also lieber ein Ende mit Schrecken als ein Schrecken ohne Ende – für sie.

„Hast du Lust, nachher mit in mein Hotel zu kommen?", versuchte sie zu locken. „Ich hab ein Doppelzimmer für mich allein. Wir hätten genug Platz, es uns richtig gemütlich zu machen."

„Eine sehr reizende Vorstellung, aber das geht leider nicht. Ich muss hierbleiben. Presse, Trainergespräch und so, verstehst du?"

„Natürlich. Trotzdem schade."

„Ja, da hast du wohl recht. Okay, am besten gehen wir schnell zurück, ehe unser Fehlen auffällt", sagte er, ohne sie anzusehen.

„Das würde bestimmt eine Menge Gerede unter deinen Kollegen geben, oder? Besonders wahrscheinlich von Ryan. Der Eishockeystar und die Schreiberin der Zeitung."

„Ja, genau." Prüfend sah sich Dean um, so gut es im schwachen Licht möglich war. Nicht, dass er etwas hier vergaß, irgendein verräterisches Anzeichen. Er ließ Hayley an sich vorbei in den Flur gehen, folgte ihr und verschloss sorgfältig die Tür.

Auf dem Weg zurück zur Party berührte er sie nicht. Mehrmals spürte er ihre Blicke auf sich, meinte fast, ihre stummen Fragen hören zu können. Aber sie sagte nichts und griff auch nicht von allein nach seiner Hand. Wahrscheinlich dachte sie wie er. Umso besser. Das vereinfachte alles.

Die Feier war bereits in vollem Gange, niemand schien ihr Fehlen bemerkt zu haben. Allenfalls Ryan, der fragend eine Augenbraue hob. Ihm als seinem besten Freund würde er erzählen, was vorgefallen war. Sonst ging es niemanden etwas an. Das Gerede im Team würde sonst kein Ende nehmen und womöglich für Ablenkung sorgen, die sie nicht gebrauchen konnten. Ohnehin war das eben mit Hayley vollkommen bedeutungslos gewesen. Nur ein Drang der Natur, dem er nachgeben musste. Jetzt war es vorbei, und das war gut so.

„Hol dir etwas zu trinken, was immer du möchtest", bot er an, als wäre er persönlich der Gastgeber. „Und bedien dich am Buffet. Das Catering ist vorzüglich. Fühl dich wohl, okay? Ich muss dann mal." Damit nickte er ihr noch einmal zu und verschwand im Gewühl.

Das Erste, was er spürte, war Erleichterung. Hayley folgte ihm nicht, bedrängte ihn nicht mit Fragen oder Forderungen. Allerdings hatte er das Gefühl, dass ihm ihre Fragen und ihre Verwirrung stumm folgten. Aber wahrscheinlich lag das nur an seinem schlechten Gewissen. So schnell nach dem Sex hatte er sich noch nie von einer Frau getrennt. Von Hayley allerdings war es notwendig, denn er fürchtete, sich sonst zu tief in seine verwirrenden Gefühle zu verstricken.

„Dean, wo hast du gesteckt?", fragte Ryan ihn neugierig. „Ich hab dich mit Hayley weggehen sehen."

Verstohlen flüsterte Dean es ihm ins Ohr. „Zu niemandem ein Wort! Es geht keinen was an und ist sowieso schon wieder vorbei, okay?"

„Klar. Echt, ich hätte nicht gedacht, dass du die Kleine so schnell flachlegst."

„Ich auch nicht. Umso besser, oder? Jetzt kann ich wieder klar denken und mich aufs Wesentliche konzentrieren."

„Sehr schlau!" Ryan grinste. „Und jetzt komm, lass uns die Party genießen. Einen Drink hat uns Michael für heute Abend erlaubt. Den dürfen wir uns nicht entgehen lassen."

Damit zog Ryan ihn an die Bar zu Todd, Al und einigen anderen Teamkollegen. Niemand hatte offenbar mitbekommen, dass er für eine Weile verschwunden war. Während er bestellte, sah sich Dean heimlich nach Hayley um. Tatsächlich entdeckte er sie im Gespräch mit einer Frau, wahrscheinlich einer Journalisten-Kollegin. Sie wirkte niedergeschlagen, und ihr Anblick versetzte Dean einen Schlag in den Magen. Schnell wandte er sich ab. Zum Glück schob ihm Ryan gerade seinen Drink hin. Dean nahm ihn erleichtert entgegen und beschloss, nicht mehr über diese Sache nachzudenken. Das war besser für ihn.

Und ganz besonders für Hayley.

In dieser Nacht und am folgenden Morgen fiel es Dean schwer, nicht an Hayley zu denken. Das Wissen, dass sie ganz in seiner Nähe in einem weichen Hotelbett lag, ließ seine Lust gleich wieder erwachen. Es wäre so einfach, schnell zu ihr zu fahren und noch einmal mit ihr zu schlafen. Vielleicht auch zweimal. Danach wäre es sicher noch leichter, sie endlich aus dem Kopf zu bekommen.

Aber natürlich tat er das nicht. Stattdessen nahm er schweigend sein Frühstück ein und begann mit dem

Training. Wie eine Maschine absolvierte er die Kardioeinheiten und die Kraftübungen an den Geräten im Gym.

„Alles okay bei dir?", erkundigte sich Ryan beim Mittagessen.

„Logisch. Wieso?"

„Du bist so still heute. So kenn ich dich gar nicht."

„Mir geht's gut. Ich war nur zu spät im Bett."

„Es ist die süße Journalistin, hab ich recht? Sie hat sich in dir festgezeckt."

„Quatsch. Ich bin nur müde."

„Alles gut, Dean. Das muss dir nicht peinlich sein. Jeder verknallt sich mal. Den einen erwischt's früher, den anderen ..."

„Ich bin nicht verknallt, verdammt noch mal!"

„Ist ja schon gut!"

Der Rest der Mahlzeit verlief schweigend. Dean schaufelte das Essen in sich hinein, ohne zu schmecken, was er eigentlich aß. Stattdessen meinte er, die Weichheit von Hayleys Brüsten unter den Fingern zu spüren, ihr leises Keuchen zu hören, die Lust in ihren Augen zu sehen.

Verdammt!

Er stand so heftig auf, dass sein Stuhl lautstark über den Boden schrammte.

„Hey!", rief Adam erschrocken. „Pass doch auf."

„Sorry!"

Rasch verließ Dean den Speisesaal des Vereins und lief zu den Umkleiden hinüber. Grimmig streifte er Hemd und Hose ab und stieg in seine Hockeyausrüstung. Auf die Arm- und Beinschoner, den Tiefschutz und die Brust- und Rückenpanzer folgten das Trikot, die Hose und die Strümpfe. Schließlich zog er seine Schlittschuhe an, nahm seinen Helm und ging zur Eishalle.

Der Anblick der glitzernden Fläche dämpfte seine schlechte Laune ein wenig. Er hatte das Eis schon immer geliebt, stand bereits als Dreijähriger auf Schlittschuhen auf dem zugefrorenen See und lief seine ersten Schritte.

Jetzt entfernte er die Schoner von den Kufen, setzte seinen Helm auf und betrat das Eis. Eine kräftige Bewegung, und schon glitt er wie schwerelos darüber hinweg. Hier gab es nichts, was ihn behinderte, ihn aufhielt oder bedrängte.

Er war der erste am Eis und lief ein paar Runden, um zu entspannen. Nach und nach trudelten seine Kameraden ein und das Training begann.

Fokussiert folgte er dem Puck, schlug Haken, wurde abgedrängt. Immer wieder griff Michael ins Trainingsspiel ein, rief Anweisungen oder sprach Spielerwechsel oder Verbote aus.

Ryan spielte ihm den Puck zu, den Dean schnell vorantrieb, auf das gegnerische Tor zu. Von beiden Seiten kamen die Gegner, nahmen ihn in die Zange, und in letzter Sekunde kickte er den Puck mit dem Stock, während beide Gegner ihn zeitgleich von zwei Seiten rammten. Alle gingen zu Boden. Dean bekam gerade noch mit, dass er das Tor verfehlt hatte. Scheiße! Er rappelte sich hoch und stürzte sich nach dem Bully auf den gegnerischen Spieler, der nun im Besitz des Pucks war. Er rammte ihn seitlich und nahm den Puck an sich. Dann ...

„Dean!", schrie Michael. „Raus!"

„Warum?"

„Du brauchst eine Pause."

„Bullshit! Ich bin in Bestform! Es ist ..."

„Was ist los mit dir? So aggressiv kenne ich dich nicht."

„Das bildest du dir ein. Ich bin wie immer."

Michael musterte ihn nachdenklich. „Trotzdem hast du jetzt fünf Minuten Pause." Schon widmete er seine Aufmerksamkeit wieder dem Spiel, winkte und gab neue Anweisungen.

Dean saß auf der Bank und stützte die Ellenbogen auf die Oberschenkel. Wenn er ehrlich war, musste er zugeben, dass sein Trainer recht hatte. Deans Laune war schon mal besser gewesen. Und er wusste genau, woran das lag.

Hayley. Er bekam sie nicht aus dem Kopf, so sehr er es auch versuchte. Was war bloß los mit ihm? Das war ihm noch nie passiert. Okay, seit der Sache mit Mary damals. Nachdem er es versaut hatte und aus Angst vor sich selbst nicht mehr aus noch ein wusste, hatte er sich geschworen, nie wieder eine Frau so nahe an sich heranzulassen, dass sie ihn aus dem Konzept brachte. Bis jetzt war ihm das auch super gelungen. Er hatte Spaß mit Groupies, ganz unverbindlich und locker.

Was anderes war das mit Hayley doch auch nicht gewesen.

Oder?

Warum musste er immer wieder an ihre schönen Augen denken, an ihre wilden blonden Locken, die um sie schwangen, während er sie auf dem Billardtisch ...

Hör auf damit!, schimpfte er mit sich selbst. Sie ist eine Frau wie alle anderen. Noch dazu Journalistin. Das bedeutete, dass sie ganz besonders neugierig war. Dass sie ihn immer wieder mit Fragen löchern, ihn vielleicht sogar heimlich beobachten würde. Eine Stalkerin hätte ihm gerade noch gefehlt, selbst wenn sie es aus beruflichen Gründen tat.

Er musste einfach etwas Geduld haben, auch wenn das nicht zu seinen Stärken gehörte. Deshalb war er auf dem Eis auch so gut. Er griff an, sobald sich ihm auch nur die kleinste Chance bot. Er zögerte nie. Er nahm sich, was er wollte, und zog es durch, bis er gewonnen hatte. Bis er bekommen hatte, wonach es ihn verlangte.

Jetzt wollte er einfach nur seine Ruhe. Sehnte sich nach seinem Seelenfrieden zurück. Den hatte das kleine, freche Löwenköpfchen ganz gehörig durcheinandergewirbelt. Aber er hatte schon ganz andere Dinge geschafft. Er hatte seine Familie verlassen und sich damit dem einengenden Einfluss seines dominanten Vaters entzogen, um die Gefahr zu minimieren, so zu werden wie er.

Hayley zu vergessen, wäre da doch eine Kleinigkeit.

Kapitel 9

Hayley

Auch drei Tage nach dem Spiel in Calgary war Hayley noch auf hundertachtzig. Was war dieser Dean Walker nur für ein furchtbarer Kerl? Kackstiefel, Vollidiot und Trottel waren viel zu harmlose Ausdrücke.

Noch nie hatte ein Mann sie dermaßen abgekanzelt. All das dämliche Geschwafel davon, dass er sie nicht mehr aus dem Kopf bekäme, dass sie ihn in Unruhe versetzte, hatte nur dem Zweck gedient, sie flachzulegen. Der Honk hatte sie tatsächlich nur deshalb von Adam und Robin, die echt nett waren, losgerissen, um sich kurz selbst mit ihr zu vergnügen, seine Lust an ihr zu stillen und sie anschließend fallenzulassen wie eine heiße Kartoffel.

Was hatte sie nur an ihm gefunden? Deans schönes Äußeres, seine hinreißenden Grübchen, wenn er lächelte: All das war nur Fassade, um seine tiefschwarze Seele zu kaschieren. *Egomane, dein Name ist Dean,* dachte sie grimmig. So etwas Selbstverliebtes wie ihn hatte sie noch nie erlebt.

Oh, wie konnte sie nur dermaßen dämlich sein und auf ihn hereinfallen? Wenn sie an den Sex mit ihm dachte, daran, wie sie es auch noch genossen hatte, könnte sie sich selbst in den Hintern beißen. *Dummes Huhn!*

Das Schlimmste war, dass sie nach diesem Spiel und der verhängnisvollen Party ihren Artikel verfassen musste. Am liebsten hätte sie die Seiten mit einem einzigen Satz gefüllt:

Dean Walker ist ein arrogantes Arschloch! Dean Walker ist ein arrogantes Arschloch!

Immer wieder.

Um ihm einen kleinen Seitenhieb zu verpassen, lobte sie ganz besonders die herausragenden Fähigkeiten von Adam Parks und Robin Westwood. Wenn Dean dies las, würde er wissen, was sie ihm damit sagen wollte.

Wenigstens war Will höchst zufrieden mit ihrer Story – mit einer winzigen Ausnahme.

„Wieder mal großartige Arbeit, Hayley!", lobte er begeistert. „Man hat den Eindruck, selbst beim Spiel dabei zu sein. Aber warum hast du Dean Walker kein einziges Mal erwähnt? Er stammt aus Brookfield, die Leser wollen mehr von ihm erfahren. Besonders nach deiner spannenden Story von neulich, als er diese Heldentat vollbracht hatte."

„Heldentat!", schnaubte sie. „Der andere Kerl war ein Würstchen. Ein Kind wäre mit ihm fertig geworden."

Will betrachtete sie prüfend. „Das klang in deinem Artikel noch ganz anders. Ist etwas vorgefallen zwischen Dean Walker und dir?"

Schnell schüttelte sie den Kopf. „Nein. Ich mag ihn bloß nicht. Er ist viel zu arrogant und von sich selbst eingenommen. Hält sich für den Größten und Tollsten. So etwas kann ich nicht ausstehen."

„Na ja, er ist ein bekannter Eishockeyspieler, Hayley. Seine Mannschaft hat die Meisterschaft von Alberta gewonnen und jetzt haben sie die besten Chancen, den kanadischen Titel für sich zu gewinnen. Er kann sich das leisten. Dein Job hingegen ist es, unvoreingenommen darüber zu berichten."

„Genau das hab ich gemacht."

Will rieb nachdenklich sein Kinn. „Weißt du, in den Zeitungen aus Calgary stand etwas anderes. Deans Name fiel dabei mehrfach, weil er sich stark, schnell und resolut gegen seine Gegner durchgesetzt und das entscheidende Tor erzielt hatte."

„Das Tor und wie es dazu kam, hab ich auch erwähnt."

„Aber du hast Deans Namen nicht genannt. Stattdessen hast du nur *Nummer Fünf* geschrieben."

„Ich dachte eben, das reicht. Man weiß ja, welche Nummer Dean hat."

„Ist wirklich alles in Ordnung mit dir? Und zwischen euch?"

„Es gibt kein *zwischen euch*. Und, ja, es ist alles bestens."

„Gut. Kommende Woche findet im Nachbarort die Eröffnung eines neuen Supermarkts statt. Ich möchte, dass du hinfährst und darüber berichtest."

„Geht klar."

„Okay, Hayley, was ist los?" Will sah sie besorgt an.

„Nichts. Wieso? Ich fahr hin, kein Problem."

„Genau das *ist* das Problem! Bis vor ein paar Tagen hättest du sofort ein gelangweiltes Gesicht aufgesetzt und *wenn's sein muss* gemault."

Wider Willen musste Hayley schmunzeln. „Im Ernst?"

Will nickte heftig. „Und jetzt nimmst du das einfach so hin. Das allein ist ein Grund zur Sorge! Bist du krank? Fühlst du dich nicht wohl?"

„Nein, echt, Will. Es ist alles okay."

„Brauchst du vielleicht mal paar Tage Urlaub? Wenn ich dich so ansehe, wirkst du schon etwas blass."

Hayley setzte ihr strahlendstes Lächeln auf und hoffte, dass es ihren Chef überzeugte. „Es geht mir super. Nächste Woche berichte ich über die Supermarkteröffnung und ich verspreche auch, ab sofort alle Leute immer namentlich zu erwähnen. Zufrieden?"

„Ich habe nicht die Absicht, dich zu ärgern, verstehst du?" Will setzte seine väterliche Miene auf. „Aber es ist nun mal so, dass Dean Walker aus unserer ansonsten völlig unbedeutenden Kleinstadt stammt. Er ist unser großer Pluspunkt. Auch seinetwegen kommen Touristen und lassen ihr Geld in unseren Hotels und Restaurants. Sie kaufen unsere Zeitungen und Souvenirs aus Deans Heimatort. Mit deinem Artikel über den Vorfall vom Park hast du das Potenzial auch voll ausgeschöpft. Jetzt warst du beim Spiel dabei und konntest ihn hinterher sogar treffen. Und das Resultat? Kein einziges Wort über ihn. Das geht wirklich besser, Hayley. Das *muss* besser gehen!"

Zum ersten Mal während dieses Gesprächs erschrak sie, denn Wills letzter Satz klang beinahe wie eine Drohung.

„Ich werde es beherzigen", versprach sie.

Während der folgenden Woche versuchte Hayley alles, um Dean endlich aus ihren Gedanken zu verbannen. Sie traf sich mit Sue im *Lunas Light* und nahm ein paar Drinks. An ihrem freien Tag machte sie eine lange

Wanderung in der Umgebung und powerte sich richtig aus.

Während sie die anspruchsvollen Wege entlanglief und immer wieder stehen blieb, um einen Schluck Wasser zu trinken, betrachtete sie die paradiesische Umgebung. Dabei drang wieder ihr großer Traum an die Oberfläche ihres Bewusstseins, den sie meistens verdrängte. Bei einer Zeitung arbeiten zu können, die über andere Themen berichtete als die Begebenheiten einer Kleinstadt. Wäre es nicht fantastisch, für ein Outdoormagazin schreiben zu können? Sie könnte wiederholt hier draußen sein und die Natur genießen, würde Fotos schießen und ihre Begeisterung in Worte fassen und dafür auch noch bezahlt werden. Aber Will hatte so viel für sie getan, besonders nach dem furchtbaren Verlust ihrer Eltern. Konnte sie ihn wirklich verlassen? Stand sie nicht in seiner Schuld?

Pflichtgemäß berichtete sie in ihrem nächsten Artikel erst einmal über die Eröffnung des Supermarkts und wie zwiespältig sie aufgenommen wurde. Einerseits genossen es viele Kunden, nicht mehr so weit fahren zu müssen, andererseits kritisierten Naturschützer, dass sich mit dem Bau der verfügbare Raum für Pflanzen und Tiere verringerte. Das Thema sorgte für einen weiteren längeren Artikel in der Zeitung, den Hayley verfassen konnte.

„Hervorragende Arbeit, Hayley", lobte Will zufrieden, als er die Lektüre beendet hatte. „Du hast diesmal alle Aspekte beachtet und mehr aus dem Thema herausgeholt, als ich anfangs gedacht hatte. Wirklich, du hast großes Talent."

„Danke."

„Auf der Weide vom alten Miller sind einige Rinder ausgebrochen und auf die Straße gelaufen. Sie sind schon wieder eingefangen, aber fahr doch mal zu ihm rüber und stell ihm einige Fragen. Du weißt schon: Unterbringung der Tiere, wie viel Platz ihnen zur Verfügung steht und so. Das wollen die Leser wissen."
„Mach ich."
„Schieß auch ein paar schöne Fotos. Vielleicht sogar von niedlichen Kälbchen."
„Wird erledigt."
„Ist wirklich alles gut bei dir? Ich weiß auch nicht, aber du kommst mir gar nicht mehr vor wie du."
„Doch, alles in Ordnung, keine Sorge."
Nichts war in Ordnung, aber das würde sie natürlich nicht mit ihrem Chef klären, auch wenn er sozusagen die Vaterstelle für sie eingenommen hatte. Vielmehr war es die arme Sue, die sich beinahe täglich ihre Klagelitaneien anhören musste.
„Ich bekomme diesen Dödel einfach nicht aus dem Kopf, kannst du dir das vorstellen?"
Das bewusste Spiel mit dem anschließenden Sex lag inzwischen knapp zwei Wochen zurück. Hayley saß bei ihrer Freundin auf der Couch.
„Manche Dinge kann man nicht so einfach vergessen", sagte Sue besorgt und stellte Gläser auf den Tisch. „Dean war offenbar nicht einfach nur ein One-Night-Stand, oder? Du hast dir mehr davon versprochen."
„Offen gestanden weiß ich überhaupt nicht mehr, was ich mir dabei gedacht habe. Ich kenne den Armleuchter schon seit einer halben Ewigkeit, wenn auch

nur aus der Ferne. Ich wusste, wie blöd er ist. Und trotzdem bin ich auf ihn reingefallen. Wie selten dämlich bin ich gewesen!"

„He, sogar ich muss zugeben, dass er wirklich sehr überzeugend sein kann, wenn er sich Mühe gibt. Dean Walker ist ein Meister der Täuschung. Wahrscheinlich muss man das sein, wenn man so fantastisch Hockey spielen will wie er. Du hast dir also nichts vorzuwerfen. Jede wäre darauf reingefallen. So what? Fehler passieren jedem mal. Schwamm drüber. Oder ist der Kerl auch nur einen einzigen Gedanken wert?" Sue schenkte ihnen Coke ein und drückte Hayley eins der Gläser in die Hand.

„Natürlich nicht! Deshalb will ich ihn ja endlich aus dem Kopf bekommen! Aber der hat sich darin festgesetzt wie eine Amöbe."

„Also magst du ihn."

„Nein! Ich hasse ihn! Er ist der schrecklichste Mensch, den ich mir nur vorstellen kann. Deshalb ist es ja so schlimm, dass er nicht endlich aus meinem Kopf verschwindet." Aufgebracht trank Hayley einen großen Schluck Coke.

„Süße, im Grunde ist es doch besser für dich, dass er so ein Honk ist, oder? Stell dir vor, er wäre wahnsinnig in dich verliebt und auf eine feste Beziehung aus. Was würdest du dann machen?"

„Soweit hab ich ehrlich gesagt noch nicht gedacht. Ich war zu sehr damit beschäftigt, mich über seine miese Art zu ärgern." Nachdenklich stellte Hayley das Glas auf den Tisch und fuhr sich mit den Fingern durch ihr Haar. „Im Grunde hast du recht. Diese Vorstellung ist überhaupt nicht gut. Beim Gedanken an etwas Festes überläuft mich eine Gänsehaut."

„Also hat es sich immer noch nicht gebessert? Du leidest immer noch so sehr unter Verlustängsten?"

Hayley nickte und plötzlich standen ihr Tränen in den Augen. „Ich kann niemanden fest in mein Herz lassen. Mom und Dad waren darin und dann waren sie tot, von einem Augenblick auf den nächsten. Es war so ein Schock und tat grässlich weh. Noch einmal würde ich so etwas nicht überleben."

Sue schloss sie in die Arme und drückte sie fest. „Ach, das ist echt schlimm! Ich wünsche dir so sehr, dass du diese Angst endlich überwindest. Und ich weiß, dass du das kannst. Du bist sehr stark."

Hayley sah in Sues Augen, die Zuversicht ausstrahlten. „Ich wünsche mir so sehr, ich könnte es glauben."

Sie lösten sich voneinander, und Hayley trank einen weiteren Schluck Coke.

„Was, wenn du dir einen anderen anlachst?", schlug Sue vor und stellte eine Schüssel mit Chips auf den Tisch. „So ein richtig süßer Typ aus dem Ort. Der würde dich bestimmt auf andere Gedanken bringen."

„Ich kann nicht mit einem anderen flirten, solange dieser Idiot noch in mir festsitzt. Erst muss Dean weg!"

„Was hältst du von einem Ausflug? Fahr paar Tage weg. Vielleicht nach Vancouver oder ..."

„Da muss ich gleich wieder an die *Vancouver Bears* denken und damit an das Spiel und diesen saudämlichen Plattfisch!" Hayley nahm eine Handvoll Chips und steckte einen in den Mund.

„Dann eben irgendwo ins Grüne! Mach einen Ausflug in die Berge, geh wandern oder klettern. Ich würde liebend gern mitkommen, aber ich bekomme leider momentan keinen Urlaub, tut mir leid." Sue hob bedauernd die Schultern und bediente sich ebenfalls aus der Schüssel.

„Macht nichts. Ich hab keine Lust, wegzufahren. Dieser Tölpel schafft es, mir die Lust an allem zu nehmen."

„Das darfst du nicht zulassen!"

„Will ich ja auch nicht! Je mehr ich aber versuche, mich abzulenken und nicht an ihn zu denken, desto penetranter taucht der in meinen Gedanken auf. Der macht mich noch wahnsinnig!" Hayley aß weitere Chips.

„Dann gibt's nur eine Lösung: Ruf ihn an und klär das mit ihm. Sonst wird das nie aufhören!"

„Auf keinen Fall!", rief Hayley kauend. „Ich bin doch nicht irre! Wie der mich abgekanzelt hatte, war das Allerletzte. Freiwillig rede ich ganz sicher kein einziges Wort mehr mit dem."

„Danach geht's dir bestimmt besser."

„Wohl eher noch schlechter", sagte Hayley seufzend.

„Dann mach ihn zur Sau!", schlug Sue vor. „Schmeiß ihm alles an den Kopf, was du mir während der letzten zwei Wochen über ihn erzählt hast."

„Ich war doof, oder? Sorry, dass ich dich damit zumülle."

Sue lächelte sanft. „Wofür sind Freunde da? Trotzdem kann es so nicht weitergehen. Du musst wieder zur Ruhe kommen, Hay. Ich will meine entspannte Freundin zurück, die für jeden Spaß zu haben ist."

„Ich verspreche dir, mir ab sofort noch mehr Mühe zu geben, keinen weiteren Gedanken an diesen Kerl zu verschwenden."

Sue nickte zufrieden. „So gefällst du mir schon besser."

Beim großen Stadtfest am folgenden Wochenende kam Hayley tatsächlich für einige Stunden nicht zum Nachdenken. Tausende Gäste strömten in den Ort und bevölkerten die Straßen der idyllischen Kleinstadt. Sie amüsierten sich in den vielen Fahrgeschäften, ließen sich Köstlichkeiten an den Ständen schmecken oder genossen den einen oder anderen Drink an einer der mobilen Bars.

Will hatte Hayley mit der Aufgabe betraut, von dem Event zu berichten, daher stürzte sie sich voller Elan in ihre Aufgabe. Sie hatte sich fest vorgenommen, den ganzen Tag nicht an Dean zu denken. Leider gelang ihr das nicht besonders gut, denn sie ertappte sich dabei, immer wieder die Gesichter der Feiernden zu scannen. Was, wenn er ebenfalls hier war? Wenn er zusammen mit seiner Familie an dem Fest teilnahm?

Zu ihrer grenzenlosen Erleichterung entdeckte sie ihn nicht. Zugleich verspürte sie Enttäuschung, denn sie hätte ihn wirklich gern wiedergesehen. Natürlich nicht, um ihr Liebesabenteuer fortzusetzen, sondern eher, um ihm die Ohren gewaltig langzuziehen.

Es lag nicht daran, dass sie nur einmal Sex gehabt hatten und danach von ihm nichts mehr kam. So funktionierte eben ein One-Night-Stand. Was sie allerdings wurmte, war die Art und Weise, wie Dean sie hinterher behandelt hatte. *Hol dir was zu trinken, ich muss dann mal,* und weg war er. Den Rest des Abends ging er ihr bestmöglich aus dem Weg, als hätte sie eine ansteckende Krankheit. So etwas machte man nicht. So ging man nicht mit jemandem um, den man gerade noch geliebt hatte. Auch nicht, wenn man ein großer Eishockeystar war.

Während sie am Montag, knapp drei Wochen nach dem so unschön endenden Abend in Calgary, an ihrem Schreibtisch saß und den Artikel über das Stadtfest verfasste, trat Will heran. In der Hand hielt er eine Tasse Kaffee, die er auf ihren Tisch stellte.

„Hier, für dich. Kannst du bestimmt gebrauchen. Du hast seit zwei Stunden nicht einmal von deiner Arbeit aufgesehen."

„Stalkst du mich oder woher weißt du das?" Hayley schmunzelte, während sie die dampfende Tasse nahm und vorsichtig daran nippte. „Danke. Kommt genau richtig."

Zu ihrer Überraschung lächelte ihr Chef nicht, sondern wirkte eher besorgt. Oder entschlossen? Diese rätselhafte Mischung bewirkte, dass sich Hayleys Pulsschlag beschleunigte.

„Ich muss mal mit dir reden", begann er vorsichtig.

„Ja? Was gibt's denn?"

Der Kaffee war heiß und gut. Hayley pustete auf die dunkle Flüssigkeit und genoss den herrlichen Duft, während sich ihr Herz vor Sorge zugleich zusammenzog. Wenn Will so schaute wie jetzt, wurde es unangenehm. Wohin wollte er sie schicken? Zur Vorstandssitzung der Schweinezüchter? Zur Bewertung der Marktlage auf dem Recyclinghof? Oder gab es etwa eine Beschwerde?

„Michael hat mich angerufen", begann er. „Du weißt schon, der Trainer der *Calgary Hunters*."

Verdammt, das konnte doch wohl nicht wahr sein! Da hatte sie es endlich geschafft, diesen verfluchten Namen für ein paar Stunden aus ihrem Gedächtnis zu tilgen, schon erinnerte ihr eigener Chef sie daran.

„Aha."

„Der Verein hat einen Werbevertrag mit *Wilderness Tours* abgeschlossen. Die kennst du ja. Die Ausstatter von Wohnmobilen, die hier in Brookfield eine Filiale haben."

„Hm." Warum schmeckte der Kaffee mit einem Mal so bitter?

„Wir haben zusammen eine Idee ausgearbeitet. Dean Walker stammt aus Brookfield und ..."

Bei der Nennung des verhassten Namens verschluckte sich Hayley und hustete.

Will schlug ihr auf den Rücken. „Geht's wieder?"

„Ja, ja."

„Also, was ich sagen wollte ... Michael machte den Vorschlag, dass Dean für ein paar Tage mit einem Wohnmobil losfährt. Du weißt schon – Banff, Jasper Nationalpark und so – atemberaubende Landschaften eben. Weil Dean ja von hier kommt und es hier die Filiale gibt." Will grinste schief. „Passt doch wunderbar."

„Wie schön für ihn."

„Und für dich."

„Wie bitte?" Entgeistert starrte Hayley ihren Chef und Ersatzvater an.

Der strahlte jetzt von einem Ohr zum anderen. „Ist doch ganz einfach", begann er. „Dean soll natürlich nicht allein durch die Gegend kurven. Davon hätte ja niemand etwas, außer ihm vielleicht." Will lachte trocken.

Hayley lachte nicht mit. Dafür grummelte ihr Magen jetzt zu heftig. Was zum Teufel ging hier vor?

„Deshalb haben Michael und ich uns etwas ausgedacht. Wenn jemand Dean begleitet, einen Bericht dazu verfasst und Fotos macht, bringt das allen etwas. Wir haben reichlich Stoff für unsere Leser, *Wilderness Tours* bekommt großartige Werbung und das Gleiche gilt für die *Calgary Hunters*. Wenn ihr mehrere Tage lang unterwegs seid, gibt das genug Material für einen Mehrteiler. Sowohl im Online-Magazin als auch in den Printausgaben. Die Leute werden uns die Zeitungen aus den Händen reißen! Dean, der Star ihrer Heimatstadt, unterwegs zu den schönsten Orten des Landes. Na, was sagst du dazu? Bist du dabei?" Will strahlte, als hätte er Hayley soeben einen Lottogewinn verkündet.

Sie starrte ihn entgeistert an. „Nein!"

Das Lächeln ihres Chefs verging und es wirkte, als schöbe sich eine Gewitterwolke vor die Sonne. „Nein? Was soll das heißen?"

„Dass ich das nicht mache. Schick jemand anderen. Du weißt, dass ich wirklich über jeden Mist berichte, aber das, nee, das geht gar nicht. Sorry, aber da bin ich raus."

„Bist du von allen guten Geistern verlassen? Nach so einem Auftrag leckt sich doch jeder die Finger!"

„Wie ich gerade sagte: Schick jemand anderen." Allein beim Gedanken daran, mit Dean im selben Fahrzeug zu sitzen und tagelang seine Arroganz einatmen zu müssen, schüttelte es sie.

„Jemand anderes kann es nicht machen", erklärte Will.

„Wieso nicht? Was ist mit Nathan? Der hat ..."

„Michael hat explizit dich verlangt."

Hayley spürte, wie ihr alle Farbe aus dem Gesicht wich. „Was? Aber wieso?"

„Du hast hervorragende Artikel verfasst, sowohl über das Erlebnis im Park und den Aufenthalt von Dean und Ryan hier in Brookfield als auch über das Spiel gegen Vancouver. Klar, Michael mokierte sich ebenfalls über die fehlende Erwähnung von Deans Namen, aber er meinte, darüber könne er großzügig hinwegsehen, weil ihm dein Schreibstil gefällt. Stattdessen hast du sehr positiv über Robin Westwood und Adam Parks berichtet, was ihm ebenfalls gefiel."

„Aber ich kann nicht ..."

„Und weil du Dean bereits seit der Schulzeit kennst."

Erneut erstarrte Hayley. „Ich kannte ihn doch überhaupt nicht! Er war zwei Stufen über mir. Neulich hat er mich nicht einmal wiedererkannt."

„Trotzdem habt ihr euch gut verstanden. Der Bericht vom Vorfall im Park ist das beste Beispiel dafür. Bei euch stimmt die Chemie, Hayley!"

„Nein, gerade das tut sie nicht! Es sei denn, ihr plant eine Explosion im Wohnmobil aufzuzeichnen! Denn dazu wird es kommen, wenn man uns beide zusammen einsperrt."

„Himmel noch mal, Hayley! Diese Chance können wir uns nicht entgehen lassen, weder wir als Zeitung noch der Verein. Du erinnerst dich noch an den Skandal vor einigen Jahren wegen Ben Smith, oder? Die *Calgary Hunters* legen seither extrem großen Wert darauf, der

Öffentlichkeit ein möglichst positives Bild von sich zu zeigen. Und was wäre dazu besser geeignet als ein Ausflug ihres Top-Spielers in die Naturschönheiten Kanadas?"

„Klar, das verstehe ich, aber ..." Hayley spürte, wie ihr Widerstand bröckelte. Will hatte recht. Zugleich spürte sie, wie wunderbare Bilder in ihr aufstiegen. War es nicht so, dass sie sich genau so etwas schon seit Langem wünschte? Ein Auftrag, der sie in diese Wildnis führte, zu all den Naturschönheiten des Landes, über die sie dann endlich aus erster Hand berichten konnte? War dies womöglich ihre Chance, auf die sie gewartet hatte?

Wie dämlich wäre sie, wenn sie wegen dieses Trottels von Dean Walker darauf verzichten würde? Wenn sie sich seinetwegen diese großartige, vielleicht einmalige Möglichkeit entgehen ließ, den Grundstock für ihre Karriere zu legen?

„Und bedenke: Auch *Wilderness Tours* wären enttäuscht. Ach, was sage ich, sauer!", fuhr Will fort, der nichts von ihren Gedanken ahnte. Immer noch schien die graue Wolke aus Ärger und Unverständnis über ihm zu schweben. „Du kannst dich nicht drücken, Hayley. Vor allem wäre es absolut dumm von dir. Und das bist du nicht. Wovor hast du denn Angst? Dies ist eine riesengroße Chance für dich! Wir können alles regeln, hörst du?"

Sie atmete tief durch. Einen allerletzten Versuch wollte sie noch starten, diese Sache möglicherweise abzumildern. „Okay. Ich mache es. Unter einer Bedingung."

Wills Gesicht hellte sich wieder auf, als die Wolke vorübergezogen war. „Was immer du willst."

„Jemand anderes als Dean fährt mit. Vielleicht Adam oder Robin. Mit den beiden habe ich mich sehr gut verstanden. Egal, wer. Nur nicht Dean."

„Das geht leider nicht. Sowohl Michael als auch *Wilderness Tours* verlangen explizit Dean. Eben, weil er aus Brookfield stammt."

„Was ist mit Ryan? Der kommt auch aus der Gegend." Nicht, dass Hayley sich wünschte, mit ihm unterwegs zu sein. Im Vergleich mit Dean schnitt er in Sachen Arroganz sogar noch schlechter ab. Trotzdem war allein die Vorstellung, tagelang mit Dean unterwegs sein zu müssen, einfach grausig, selbst wenn sich ihr damit die Möglichkeit für eine große Karriere bot.

„Aber eben nur aus der Gegend, nicht direkt aus Brookfield", erklärte Will. „Außerdem ist er längst nicht so populär wie Dean. An ihm haben die Leute einen Narren gefressen. Er sieht fantastisch aus, kommt von hier, ist sozusagen einer von ihnen. Unsere Leser wollen *ihn*, verstehst du? Und du hast die Chance, ihnen zu geben, wonach sie verlangen. Weißt du eigentlich, was das bedeutet? Das kann eine ganz große Sache werden, auch und besonders für dich."

Ja, darüber war sie sich im Klaren.

„Nicht, dass ich dich loswerden will, ganz im Gegenteil, das weißt du hoffentlich", fuhr er fort. „Aber ich wünsche dir, dass du glücklich bist."

„Danke, Will!" Hayley lächelte gerührt, dann umarmte sie ihren Ziehvater spontan. Ein paar Sekunden lang genoss sie das Gefühl der Geborgenheit, das sie dabei durchströmte.

Auch Will war sichtlich bewegt, während er sich behutsam wieder von ihr löste. „Ich weiß selbst, dass wir nur eine kleine Zeitung sind. Du hast mehr verdient, Hayley, nach allem, was du durchgemacht hast. Und ich bin mir sicher, dass sich nach dieser Tour die großen Zeitungen in Calgary oder Vancouver um dich reißen werden. Du könntest richtig Karriere machen!"

„Ich mach es ja!" Der Gedanke, dieser Auftrag könnte das Trittbrett zu einem großartigen Job werden, war sehr verführerisch, doch zugleich machte er ihr Angst. Sie hatte ihr ganzes Leben in Brookfield verbracht. Wollte sie wirklich von hier weg? Aber wollte sie andererseits für den Rest ihres Lebens über Zuchtbullen oder Parkplatzprobleme schreiben?

„Hat Dean dir etwas angetan?", fragte Will plötzlich leise. „Ich meine, dich verletzt oder ... du weißt schon. Ist er dir zu nahegetreten?"

„Nein, da war nichts, keine Sorge."

„Na, siehst du! Dann ist ja alles halb so schlimm. Stell dir einfach vor, du würdest drei oder vier Tage mit ihm Urlaub machen. Denn genau so wird es sich anfühlen. Ihr habt nichts anderes zu tun, als das Wohnmobil zu den schönsten Orten zu fahren, Fotos davon zu machen, und was dich betrifft, deine Reiseeindrücke mit ein paar Zeilen festzuhalten. Wenn die Artikelreihe gut ankommt, und das wird sie, gibt's auch einen saftigen Bonus von mir obendrauf."

Vor Hayleys innerem Auge erschienen Bilder des Banff Nationalparks. Türkisgrüne Seen inmitten schneebedeckter Berge, gesäumt von tiefgrünen Wäldern. Die pure Erholung, das reinste Glück. Und dafür würde sie sogar noch bezahlt werden. Wie dämlich wäre sie, diese Chance auszuschlagen wegen dieses

Vollpfostens namens Dean! Damit würde sie nur sich selbst schaden.

„Vielen Dank, Will. Das ist sehr großzügig von dir. Ich werde dich nicht enttäuschen."

Sie würde Dean einfach bestmöglich ignorieren und sich nur auf die Umgebung und ihren Bericht fokussieren. Und anschließend wäre sie womöglich ein ebenso gefeierter Star wie er. Nur wesentlich weniger hochnäsig.

Will strahlte erfreut. „Fantastisch! Das wollte ich hören. Ich rufe sofort Michael an, damit wir alles besprechen können. Du wirst sehen, es wird ein voller Erfolg!"

Hayley beschloss, es ganz genauso zu sehen. Wer war Dean Walker überhaupt, um ihr noch länger die Laune zu verhageln?

Kapitel 10

Dean

„Kann das nicht jemand anderes machen?", maulte Dean, während seine Laune mit jeder Sekunde weiter sank wie ein Barometer vor einem Blizzard.

„Nein. Die Firma hat ihren Sitz in Brookfield, und du kommst von da. Du weißt selbst, wie wichtig Werbeaufträge für uns sind. Und positive Publicity ganz besonders."

Michael sah aus wie ein strenger Lehrer. Er erinnerte Dean an Mister Nicks, der Chemie unterrichtete, was nicht zu seinen Stärken gehört hatte. Das holte schlagartig weitere Kindheitserinnerungen hoch und gerade daran wollte Dean nicht mehr denken. Er wollte überhaupt nichts mehr mit Brookfield zu tun haben.

„Wir sind mitten in der Qualifizierung für die kanadische Meisterschaft", warf er deshalb ein. „Ich kann jetzt nicht weg und tagelang aufs Training verzichten. Das darf ich mir nicht erlauben und vor allem dem Team nicht antun."

„Wenn es danach geht, kann sich das niemand aus der Mannschaft erlauben. Dean, du bist einer unserer Besten. Wenn sich jemand ein paar Tage Pause gönnen darf, dann du. Vor allem kannst du auch unterwegs trainieren. Geh im See schwimmen, jogge einen Hügel hoch, nimm ein paar Hanteln mit. Was meinst du, wie großartig der Bericht werden wird? Eine bessere Werbung können wir uns kaum wünschen. Alle Spiele werden ausverkauft sein, das Merchandise wird uns aus den Händen gerissen und ..."

Dean hörte nicht mehr zu. Was Michael da sagte, war nicht von der Hand zu weisen. Er sah sich selbst auf farbenprächtigen Fotos inmitten der atemberaubenden Natur Kanadas. Er mit freiem Oberkörper in einem glasklaren See oder joggend auf einem Waldweg, im Hintergrund die Gipfel der Rockies. Wer konnte schon sagen, welche Folgeaufträge das nach sich ziehen könnte? Designer von Sportbekleidung könnten ihn als Werbegesicht haben wollen, womöglich sogar von Nahrungsergänzungsmitteln oder Sonnenbrillen. Das könnte zu einem sehr lukrativen Nebeneinkommen führen.

„Ja, okay, das klingt nicht schlecht", gab er zu. „Wer begleitet mich von der Zeitung? So wichtig wie die Sache ist, übernimmt das bestimmt Will persönlich, oder?"

„Nein. Er schickt Hayley."

Allein der Klang ihres Namens bewirkte, dass Deans Herz schneller schlug. Plötzlich sah er sie wieder vor sich, nackt auf dem Billardtisch liegend und leidenschaftlich seinen Namen rufend.

Er schüttelte den Kopf. „Dann mache ich es nicht."

„Wie bitte? Warum nicht? Sie hat schon einige hervorragende Artikel über uns geschrieben und kennt euch inzwischen gut. Sie ist geradezu prädestiniert für diese Aufgabe, Dean."

„Nein!", wiederholte er scharf. „Wenn sie es macht, schick jemand anderen."

„Die Zeitung will dich, *Wilderness Tours* will dich und ich will ebenfalls, dass du es machst! Der Vertrag kommt nur mit dir zustande oder gar nicht. Und das wäre überhaupt nicht gut, das muss ich dir bestimmt nicht extra sagen."

„Das tust du ohnehin permanent."

„Was hast du gegen das Mädchen, Dean? Sie ist kompetent, flexibel und sehr hübsch. Du könntest es wirklich schlechter treffen, als ein paar Tage an ihrer Seite durch die Wildnis zu fahren." Sein Trainer zwinkerte ihm vielsagend zu.

„Ich habe nichts gegen sie. Es ist nur ..."

„Na, siehst du? Dann gibt's ja keine Einwände. Betrachte es als Trainingsanweisung, okay? Ich ruf gleich Will an, dann kann er alles Weitere wegen des Wohnmobils klären." Vorfreudig rieb sich Michael die Hände. „Das wird großartig! Die Sache wird uns einen Haufen weiterer Werbeaufträge und Vereinsmitgliedschaften einbringen, du wirst schon sehen. Davon profitieren wir alle."

Dean hatte keine Gegenargumente mehr. Die, die ihm noch blieben, konnte er seinem Trainer nicht anvertrauen. Er würde einfach das Beste aus der Sache machen. Ein paar Tage Urlaub, Training in der freien Natur, das klang doch wunderbar. Hayley würde er bestmöglich ignorieren und einfach so tun, als wäre sie gar nicht da. Das könnte er schaffen. Mit Leichtigkeit.

Dann gab es auch keine Probleme.

Dass es so schnell ging mit dem Wiedersehen, hätte Dean allerdings nicht vermutet. Bereits eine Woche später kam Michael nach dem Training zu ihm. Er grinste breit.

„Du kannst deine Sachen packen. Übermorgen geht's los."

„Schon?"

„Umso besser, oder? Desto eher fließt das Geld in unsere Kassen."

Nach dem ersten Schreck musste Dean seinem Trainer recht geben. Je früher es losging, desto schneller hatte er es hinter sich. Danach konnte er sich wieder mit aller Energie auf die Qualifikationsspiele für die Meisterschaft konzentrieren, ohne abgelenkt zu werden. „Okay. Bringen wir es hinter uns."

„Ich versteh dich nicht, Dean. Jeder andere würde sich um diese Aufgabe reißen. Urlaub im Paradies in Begleitung eines Engels, und du bekommst auch noch Geld dafür."

Michael konnte ja nicht ahnen, dass sich dieser Engel hartnäckiger in ihm festgesetzt hatte als der Teufel in der Hölle.

Während Dean zwei Tage später unterwegs nach Brookfield war, fühlte er sich, als wäre er auf dem Weg zu einer Wurzelbehandlung beim Zahnarzt. Wenn er ehrlich war, wäre ihm das sogar lieber als eine erneute Begegnung mit Hayley.

Sie trafen sich direkt auf dem Gelände von *Wilderness Tours*. Zuerst entdeckte Dean Will und zwei weitere Männer im Gespräch. Von Hayley war nichts zu sehen, aber er wagte nicht, aufzuatmen. Vielleicht hatten sich die Pläne kurzfristig geändert? Möglicherweise war sie krank geworden und Will übernahm die Aufgabe jetzt doch selbst. Er steuerte seinen Wagen auf einen freien Parkplatz, holte seine Reisetasche aus dem Kofferraum und ging auf die drei Männer zu.

„Hi, Dean", begrüßte Will ihn freudestrahlend und streckte ihm die Hand entgegen. „Super, dass du da bist. Darf ich vorstellen? Hank Lewis und John Shoemaker von *Wilderness Tours.*"

Dean schüttelte allen die Hände und schenkte ihnen sein professionelles Lächeln. Immer noch keine Spur von Hayley. Er begann, sich vorsichtig zu entspannen. Vielleicht ging dieser Kelch ja doch noch einmal an ihm vorüber.

„Vielen Dank, dass ich eines Ihrer Fahrzeuge repräsentieren darf", erwiderte Dean. „Es ist mir eine große Ehre."

„Die Ehre ist ganz unsererseits, Mister Walker. Mit Ihnen gewinnen wir das bekannteste Gesicht Brookfields für unsere Werbekampagne." Hank Lewis lächelte stolz.

„Es ist eine Win-Win-Win-Situation", stellte Will sichtlich zufrieden fest. „Wir alle profitieren davon."

Verstohlen musterte Dean den Zeitungsboss. Er trug ein weißes Oberhemd mit Krawatte und polierte schwarze Lederschuhe. Das war nicht gerade das passende Outfit, um in die Wildnis zu fahren. Aber vielleicht wollte er den Camper mit ihm zusammen ja lieber in einer Großstadt präsentieren?

„Ja, ich würde sagen, dann zeigen wir Ihnen mal Ihr Zuhause für die nächsten vier Tage", schlug John Shoemaker vor und wies mit einer Handbewegung auf das Gefährt.

Zusammen gingen sie los. Gerade, als sie es erreichten, öffnete sich die Tür – und Hayley erschien, vor Freude strahlend und von einer wogenden Lockenfülle umgeben.

Der Engel, von dem Michael gesprochen hatte.

Und Deans ganz persönlicher Höllenbote.

Hayley hatte ihn ganz sicher entdeckt. Sie konnte ihn nicht übersehen haben, denn er stand inmitten der anderen drei Männer. Doch sie ignorierte ihn und tat so, als wäre er gar nicht anwesend.

„Der Camper ist großartig!", rief sie enthusiastisch. „Es ist wirklich alles vorhanden, was man braucht."

„Sag ich ja!" Hank Lewis lächelte sie verliebt an.

Dean starrte ihn an. Jetzt erst fiel ihm auf, dass der Kerl echt attraktiv war. Volles dunkles Haar, ein kantiges Gesicht, braune Augen mit langen Wimpern. Darauf standen die Frauen doch! Sogar die Brille mit dem schmalen Goldrand stand ihm hervorragend und verlieh ihm etwas, na ja, Intelligentes.

Tatsächlich strahlte Hayley zurück. Was musste sie den Typ denn so lange anglotzen? Fehlte nur noch, dass sie anfing zu sabbern. Noch auffälliger ging es ja überhaupt nicht!

Oder ... Ein gewaltiger Schreck durchfuhr Dean, als ihm ein beängstigender Gedanke kam. Waren die beiden womöglich zusammen? Er konnte sich denken, dass es eine ganze Menge Männer gab, die auf Hayleys blonde Mähne und ihren reizvollen Körper abfuhren. Auf ihr ebenmäßiges Gesicht und ihre großen blauen Augen. Ihre lebensfrohe, süße Art. Hatte er sie mit seiner Abfuhr bei der Party direkt in die Arme dieses Wohnmobil-Fuzzis getrieben?

Und wenn schon, versuchte er sich zu beruhigen. Wäre doch umso besser. Dann bekäme er sie viel leichter endlich aus seinen Gedanken.

„Gehen Sie ruhig hinein und sehen sich alles an", lud John Shoemaker Dean ein. „Wir geben Ihnen gleich noch eine gründliche Einweisung, ehe Sie losfahren. Ich bin mir sicher, Sie sind begeistert."

Dean war jetzt schon alles andere als das. Hayley, die ihn weiterhin ignorierte, als wäre er Luft, dazu die verknallten Herzchen in den Augen dieses ...

Sie sprang von der kleinen Treppe herunter und gab den Platz frei.

Ohne sie anzusehen, stieg Dean die drei Stufen hoch und betrat das Innere des Campers. Er war größer, als es von außen den Anschein gehabt hatte. Nach rechts ging es zur Fahrerkabine, vor ihm befand sich eine schmale Tür, die zu einem WC führte. Links daneben erstreckte sich eine Küchenzeile und im hinteren Teil entdeckte er den Wohnbereich mit zwei Bänken, einem Tisch und Schränken.

„Sie sehen, wir haben an alles gedacht", pries John an, während er auf die stylishen Lampen über dem Tisch und an den Seitenwänden hinwies und die Tür zum Bad öffnete. „Sie haben sogar eine Dusche. Mitten in den Rockys an einem rauschenden Wildbach eine heiße Dusche zu nehmen – was für ein Luxus, nicht wahr?"

Dean spürte, wie so etwas wie Vorfreude in ihm aufstieg. Dieser Camper war in der Tat hervorragend ausgestattet, die Firma hatte an Komfort und Luxus nichts gespart.

„Ja, nicht schlecht", gab er zu. Durch das Fenster in der Seitenwand sah er Hayley, die sich angeregt mit Hank unterhielt. Die beiden wirkten so vertraut, als hätten sie wirklich etwas miteinander. Schnell wandte er sich ab.

„Hier können Sie leckere Mahlzeiten zubereiten", schwärmte John weiter. „Die Küche ist mit allem ausgestattet, was Sie dafür benötigen. In Ihrem Fall haben wir sogar bereits eine Auswahl an Lebensmitteln besorgt. Sehen Sie nachher kurz durch, ob etwas fehlt oder Sie noch Wünsche haben, ehe Sie losfahren."

„Das ist toll, vielen Dank."

„Sehen Sie, falls Ihnen mal langweilig werden sollte – was ich mir angesichts der wunderbaren Natur, durch die Sie fahren werden, und Ihrer entzückenden Begleitung beim besten Willen nicht vorstellen kann –, haben Sie einen modernen Fernseher. Kann ja sein, dass es mal einen verregneten Abend gibt." John lachte.

„Sehr schön."

„Und hier oben werden Sie schlafen wie ein Baby, das kann ich Ihnen jetzt schon versprechen." John zeigte auf eine schmale Leiter, die zum erhöhten Schlafbereich führte. „Ausgestattet mit weichen, warmen Decken und Kissen und hochwertigen Matratzen werden Sie eventuell das Bett gar nicht mehr verlassen wollen." John hüstelte vielsagend und lachte.

Dean konnte sich denken, woran er dachte. Tagelang mit einer Frau wie Hayley allein in der Wildnis – da konnte man schon mal auf Hintergedanken kommen, nicht wahr? Tja, John hatte ja keine Ahnung!

„Klasse, oder?", mischte sich Will begeistert ein. Bisher war er ihnen stumm gefolgt, hatte in Schränke gesehen und auf der Bank Probe gesessen. „Mann, ich bin richtig neidisch auf euch! Am liebsten würde ich selbst mitfahren."

„Mach das doch!", rief Dean hoffnungsvoll.

Aber Will schüttelte den Kopf. „Geht leider nicht. In den folgenden Tagen stehen einige wichtige Termine und Interviews an, die ich selbst wahrnehmen muss. Außerdem hat Michael ausdrücklich auf dir bestanden." Er seufzte schwer. „Du Glücklicher. Und Hayley erst. Urlaub machen und dafür auch noch bezahlt werden. Aber sie hat es sich verdient. Kaum jemand hat in letzter Zeit so viel gearbeitet wie sie. Sie hat sogar Termine wahrgenommen, zu denen sonst keiner wollte, hat alles gemacht, ohne zu meckern."

Dean wusste nicht, was er darauf erwidern sollte. Er wusste ja nicht einmal, was er von Hayleys Arbeitswut halten sollte. Lag es etwa an ihm? Hing auch Hayley ihr Erlebnis nach der Party immer noch nach? So wie ihm?

Plötzlich starrte Will Dean misstrauisch an. „Sag mal, es ist alles in Ordnung zwischen Hayley und dir, oder?"

Dean zuckte zusammen. „Ja. Klar. Wieso nicht?"

„Tja, ich weiß auch nicht ... Sie ist so seltsam, seit sie bei euch in Calgary war, verstehst du? Ist irgendwas vorgefallen?"

„Nicht, dass ich wüsste. Wenn sie nichts gesagt hat ...", begann Dean vorsichtig. Was wusste Will?

Der Zeitungschef schüttelte sofort den Kopf. „Nein, kein Wort. Es sei alles in bester Ordnung, betont sie ständig. Etwas zu sehr, wenn du mich fragst. Hast du wirklich nichts mitbekommen? Vielleicht ist ihr einer deiner Kollegen blöd gekommen? Ich meine, Hayley ist eine sehr hübsche junge Frau. Sicher verdreht sie einer Menge Männern den Kopf."

„Nein, ich habe nichts mitbekommen. Tut mir leid. Vielleicht ist sie einfach nur müde? Braucht mal Urlaub. Irgend so etwas." Er wollte nicht mehr länger über Hayley nachdenken. Und jetzt musste er es bereits vor Beginn der Tour. Das konnte ja noch heiter werden.

Will hob die Schultern. „Ja, wahrscheinlich hast du recht. Ich bin echt froh, dass sie ein paar Tage lang ausspannen kann. In erster Linie ist es natürlich Arbeit und kein Urlaub, aber ich denke, dass allein die schöne Umgebung dafür sorgen wird, dass sie sich etwas entspannen kann."

„Ganz bestimmt", murmelte Dean, um Will zu beschwichtigen und dieses beunruhigende Thema endlich zu beenden.

„Weißt du, ich fühle mich für sie verantwortlich", erklärte Will. „Sie hat schon so viel ... Nein, wenn, dann soll sie dir das selbst erzählen. Na, wie auch immer, ich hoffe jedenfalls, dass ihr die Tage genießen werdet und Hayley mit einigen spannenden Storys zurückkommt."

Dean war sonst nicht um Worte verlegen, aber hier und jetzt wusste er nicht, was er antworten sollte. Stand Hayleys Boss etwa auf sie? Oder was wollte er damit ausdrücken? Warum machte er sich derartige Sorgen um sie? Das war für einen Chef doch nicht normal. „Wird schon werden", brachte er heraus.

„Haben Sie noch Fragen zur Ausstattung?", mischte sich John ein.

Dean war ihm dankbar für den Themenwechsel. „Nein, danke, so weit ist alles klar", erwiderte er und lächelte. „Wir werden schon herausfinden, was es noch alles zu entdecken gibt."

„Ja, da bin ich mir sicher. Dann kommen Sie mal mit, ich werde Sie jetzt in das Führen des Fahrzeugs einweisen. Keine Sorge, es ist nicht kompliziert. Es ist mit Automatikgetriebe ausgestattet. Lediglich die Ausmaße des Fahrzeugs könnten eine Schwierigkeit bedeuten."

„Damit komme ich klar."

„Am besten holen wir auch Hayley dazu. Oder wollen Sie die Strecke allein fahren?"

„Ich, äh ... Ich gehe davon aus, dass ich das machen werde, ja." Bei all den Dingen, die gerade auf ihn einstürmten, war er noch gar nicht dazu gekommen, sich darüber Gedanken zu machen.

„Okay. Trotzdem ist es besser, wenn Sie beide wissen, wie man diesen Camper fährt und alles bedient. Wäre ja möglich, dass sich einer von Ihnen so sehr in die herrliche Umgebung verliebt, dass er gar nicht mehr wegwill. Dann kann uns der andere wenigstens das Fahrzeug zurückbringen." John lachte über seinen eigenen Scherz. Dann streckte er seinen Kopf aus der Tür und rief Hayley.

Als sie einstieg und nur einen Schritt von ihm entfernt stehen blieb, spürte Dean ihre Nähe so überdeutlich, als würde er sie berühren. Er wusste genau, wie sich die Haut an ihrem Nacken unter seinen Lippen anfühlte, wie weich die Härchen darauf waren. Sie hatte inzwischen ihre Mähne mit einem Zopfgummi gebändigt. Dean hatte Schwierigkeiten, seine Aufmerksamkeit von ihrem entzückenden Nacken auf John zu lenken, der gerade die Elektrik des Wohnmobils erklärte und die Funktionsweise der verschiedenen Hebel und Schalter.

„Ich glaube, das bekommt ihr hin, was?", fragte John.

Dean hatte nicht einmal die Hälfte seiner Erläuterungen mitbekommen, aber so schwer konnte es ja nicht sein.

„Sicher", erwiderte Hayley. Ihr Gesicht leuchtete vor Aufregung und Freude. Sie trug ein ärmelloses Top, das ihre Brüste und ihren flachen Bauch wunderbar betonte.

„Ich freu mich für dich, Mädchen", sagte Will. „Wenn du zurückkommst, bist du bestimmt ein ganz anderer Mensch. Entspannt und erholt."

„Wollen's hoffen", gab sie zurück und bedachte Dean zum ersten Mal heute mit einem Blick. Einem sehr finsteren.

Ganz offensichtlich war sie sauer. Sie stieg aus, die anderen folgten, Dean verließ den Camper als letzter.

„So, jetzt überprüft bitte noch einmal gründlich, ob wir alles besorgt haben, was ihr braucht. Lebensmittel, Getränke ... Wir haben sogar an Mückenschutz und Sonnencreme gedacht." Will strahlte stolz.

„Danke." Hayley beugte sich über eine der beiden großen, prall gefüllten Kisten und wühlte darin herum. „Auf den ersten Blick sieht es gut aus. Falls wir doch noch etwas brauchen, gibt es unterwegs ja auch Geschäfte. Zumindest einen Kiosk werden wir schon finden. Macht euch keine Sorgen, verhungern werden wir bestimmt nicht."

„Da bin ich ja beruhigt", gab Will zurück. „Und denk dran, Hayley: Mach viele Fotos! Und schreib am besten alles auf, was ihr unternehmt und erlebt, jede Kleinigkeit kann nützlich sein. Vergiss nicht, dass Dean und das Wohnmobil im Mittelpunkt stehen. Beide sollten in jeder Story Erwähnung finden. Ach, ich kann die Artikel kaum erwarten! Wenn du genug Stoff lieferst, wird es wahrscheinlich sogar eine ganze Reihe!"

Sie nickte mit unbewegtem Gesicht. „Das mach ich."

„Wollen Sie auch nochmals die Vorräte sichten, Mister Walker?", schlug Hank vor.

Dean bedachte ihn mit einem giftigen Blick. „Nein, nicht nötig."

Hank zuckte verwirrt zurück. „Okay, wie Sie meinen."

„Sorry", lenkte Dean rasch ein. Er wollte es sich auf keinen Fall mit seinen Sponsoren verderben. Nicht einmal, wenn einer von ihnen an Hayley rumbaggerte. Das ging ihn sowieso nichts an. „Es ist nur ... Wir sollten keine Zeit mehr verlieren, sondern möglichst bald aufbrechen." Es gelang ihm sogar, dem Kerl ein Lächeln zu schenken.

Hank erwiderte es offensichtlich erleichtert. „Alles klar. Sie haben natürlich recht. Je früher Sie losfahren, desto mehr kann die Zeitung später darüber berichten. Gut, hat jemand noch eine Frage?"

Dean schüttelte den Kopf, Hayley ebenfalls. Sie hatte seinen Wortwechsel mit Hank mit düsterer Miene verfolgt. Die beiden standen wohl wirklich aufeinander.

„Wem darf ich den Schlüssel geben?", fragte Hank.

Höflich wies Dean auf Hayley, die ihn mit einem strahlenden Lächeln entgegennahm. Zog Hank seine

Hand nicht viel zu langsam von ihrer zurück? Und sein schmieriges Grinsen ging Dean zunehmend auf die Nerven.

„Danke", flötete Hayley.

„Es ist mir ein Vergnügen. Ja, dann wünsche ich gute Fahrt und eine wunderschöne Reise."

„Vielen Dank", wiederholte Hayley. „Wir werden das Beste draus machen. Ich jedenfalls."

Will sah sie besorgt an. „Ruf jederzeit an, wenn irgendwas ist, ja?"

„Mach ich."

„Hast du dein Gepäck schon eingeladen?"

„Ja, ich hab mich vorhin schon häuslich eingerichtet."

Das war das Stichwort. Dean hob seine Reisetasche auf und nickte den beiden Firmeninhabern sowie Will zu. „Dann wollen wir mal loslegen. Danke auch von mir. Und bis bald." Damit stieg er ein.

Hayleys Verabschiedung dauerte etwas länger. Vom Fenster aus verfolgte Dean, wie sie sich einzeln von jedem der drei Männer verabschiedete, jedem die Hand drückte und Will sogar umarmte. Erneut meldete sich sein Misstrauen. Was lief da zwischen den beiden? Während er zusah, ging ihm auf, dass er selbst viel zu kurz angebunden gewesen war. Und zu polterig. Das war unhöflich und unprofessionell. Schnell ging er zur Tür, sodass ihn alle noch einmal sehen konnten und hob die Hand. Er winkte den Männern kurz zu und rief einen Abschiedsgruß.

Als Hayley kam und einstieg, trat er beiseite und ließ sie an sich vorbeigehen. Während er versuchte, ihren irritierenden Duft zu ignorieren, sah er noch einmal zu den Männern auf dem Parkplatz und winkte erneut. „Auf Wiedersehen!"

„Kommt gesund wieder!"

„Machen wir. Vielen Dank!" Nach einem letzten freundlichen Lächeln schloss Dean die Tür.

Hayley saß bereits auf dem Fahrersitz und schnallte sich gerade an. „Können wir dann?", fragte sie kurz angebunden.

„Du willst fahren?", fragte er ungläubig.

„Natürlich. Wozu habe ich wohl den Schlüssel entgegengenommen?"

„Na ja, weil es sich so anbot. Sieht eben besser aus, wenn die Frau das macht. Aber fürs Fahren ist der Mann zuständig. Dies ist nicht irgendein beliebiger Kleinwagen. Der Camper ist schon ein anderes Kaliber."

Sie schnaufte abfällig. „Aus welchem Jahrhundert stammst du denn? Schnall dich an oder lass es bleiben. Ich fahr jetzt jedenfalls los."

Sie stellte den Schalter auf D, startete den Motor und gab Gas.

Langsam rollte das Wohnmobil los. Während Dean sich hastig auf dem Beifahrersitz anschnallte, hupte Hayley zum Gruß. Im Rückspiegel sah Dean die drei winkenden Männer.

Hayley hatte wirklich ein Talent dafür, Menschen für sich einzunehmen. In erster Linie männliche.

Fast war es ihr auch bei ihm gelungen. Dean dachte an den Grund, aus dem es letztlich gescheitert war. Scheitern musste. Eine Beziehung kam für ihn nicht infrage. Nicht nach dem Desaster mit Mary. Klar, sogar seine Mutter behauptete, dass er ein ganz anderer Charakter als sein Vater war, und die musste es ja im Grunde wissen. Andererseits war sie eben seine Mutter und sah nur das Beste in ihm. Und selbst mit einer minimalen Gefahr dafür durfte er keine Frau diesem Risiko aussetzen.

Und eine Traumfrau wie Hayley schon mal gar nicht. Es war besser so. Für alle.

Kapitel 11

Hayley

Während der ersten Meilen sprach niemand ein Wort. Konzentriert steuerte Hayley den Camper durch Brookfield und versuchte, Deans Anwesenheit bestmöglich zu ignorieren. Kaum hatte sie die Ortsgrenze erreicht, beschleunigte sie. Schnurgerade erstreckte sich der kaum befahrene Highway vor ihr, und sie gab mehr Gas. Würde Deans Anwesenheit ihre Stimmung nicht niederdrücken, könnte sie diese Fahrt genießen.

Andererseits war es irgendwie lustig, ihn aus den Augenwinkeln zu beobachten. Der Starspieler auf dem Eis fühlte sich offensichtlich unwohl. Er saß sehr verkrampft da, leicht nach vorn gebeugt, statt sich entspannt gegen die Rückenlehne zu lehnen, und seine Hände umfassten fest die Sitzkanten.

„Du fährst viel zu schnell", sagte er irgendwann.

„So ein Quatsch. Ich fahre genau nach Vorschrift."

„Hast du das Licht eingeschaltet?"

„Siehst du das nicht?", gab sie zurück. Sie zeigte auf das deutlich sichtbar leuchtende Kontrolllämpchen auf der Konsole. Vielleicht war er ja kurzsichtig? Oder hatte er während Johns Erläuterung der Bedienung nicht aufgepasst?

Weitere Minuten schwiegen sie. Die Umgebung wurde immer ländlicher. Bald hatten sie jegliche Bebauung hinter sich zurückgelassen und fuhren an schier endlos großen Feldern und Wiesen entlang. Hayley begann sich zu entspannen. Wenn Dean weiterhin so schweigsam blieb, könnten es angenehme Tage werden. Abgesehen von den Fahrten und schnellen Fotosessions würde sie sich so fern von ihm halten, wie es eben ging.

„Soll ich nicht lieber übernehmen?", fragte er irgendwann.

„Nicht nötig. Mir geht's wunderbar."

Erneutes Schweigen. Im Stillen amüsierte Hayley sich über Deans offenkundige Unsicherheit. Was war los mit ihm? Ertrug er es nicht, einmal nicht selbst die Kontrolle zu haben? Sie wusste, dass viele Selbstfahrer es nur schwer aushielten, auch mal der Beifahrer zu sein. Aber er wirkte ja, als hätte er Angst. Er, der große Eishockeystar. Still grinste sie in sich hinein.

Sie durchfuhren einen schattigen Wald und folgten für eine Weile einem Flusslauf.

„Wenn ich fahre, kannst du dir Notizen machen", schlug er schließlich vor. „Oder was du eben so für deine Arbeit machen musst."

„Bis jetzt ist noch nichts passiert, worüber es sich zu berichten lohnt", entgegnete sie.

Einige Sekunden lang sah er aus dem Fenster. „Du bist sauer", stellte er schließlich fest.

„Ach, wie kommst du bloß auf so eine absurde Idee?", gab sie ironisch zurück.

„Wir hatten doch neulich einen schönen Abend. Oder hat es dir nicht gefallen?"

„Ja, es war einfach wunderbar, unmittelbar nach dem Sex einfach stehen gelassen zu werden!"

„Hayley, wir hatten einen One-Night-Stand, okay? Ohne Verpflichtungen und all das. Einfach nur ein wenig Spaß, das war's."

„Ist mir klar. Bilde dir bloß nicht ein, dass ich mehr von dir will! Alles, was ich an diesem Abend erwartet hatte, war ein wenig Respekt von dir. Aber das war wohl zu viel verlangt von einem Superstar wie dir." Sie schnaufte erbost.

„Respekt? Habe ich dich etwa beleidigt? Oder etwas gegen deinen Willen getan? Ich hatte eher den Eindruck, dass du das alles sehr genießt."

Hayley fuhr zu ihm herum. Sie musste ihn einfach anfunkeln, mit aller Wut, die sie empfand. „Du kapierst es nicht, oder? Was meinst du, wie es sich für eine Frau anfühlt, unmittelbar nach dem Sex abserviert zu werden wie ein lästiger Bettler?"

Dean starrte sie mit großen Augen an. „Schau auf die Straße, Hayley!"

„Oh, ich kann alles wunderbar erkennen." Sie wandte sich wieder der Fahrbahn zu. „Vor allem, was für ein widerlicher Narzisst du bist. *Hol dir was zu trinken. Ich muss dann mal*", lästerte sie. „Und dann hast du mich einfach stehen lassen. Ich hab dich den ganzen Abend über nicht mehr zu Gesicht bekommen. Weil du mir bewusst aus dem Weg gegangen bist. Du hast nicht mal den Anstand besessen, dich kurz von mir zu verabschieden. Danke für nichts, Arschloch!" Vor Wut knirschte sie mit den Zähnen.

„Ich dachte eben, zwischen uns ist alles klar."

„Sogar sonnenklar! Wer nicht einmal ein kurzes *‚Tschüss, hat mich gefreut'* über die Lippen bringt, kann mir gestohlen bleiben."

„Sorry, ich wusste ja nicht, dass dir das so wichtig ist."

„Was, Freundlichkeit? Ein Funken von Anstand? Ach nein, das konntest du natürlich nicht wissen. Jemandem wie dir ist das alles bestimmt total fremd."

„Wenn ich so schrecklich bin, warum hast du diesen Auftrag dann angenommen?"

„Weil ... Das geht dich gar nichts an. Glaub mir, ich hab alles versucht, mich davor zu drücken. Ich kann mir wirklich Schöneres vorstellen, als jetzt tagelang rund um die Uhr in deiner Nähe sein zu müssen."

„Für mich ist es auch nicht gerade verlockend, die Zeit mit einer Kratzbürste zu verbringen."

„Frag dich mal lieber, warum sie so kratzbürstig ist."

„Weil sie von Natur aus eine Ziege ist."

„Wie bitte?" Erneut ruckte Hayley ihren Kopf zu ihm herum.

Stumm wies er auf die Straße. „Du hast mich doch von Anfang an so angezickt."

„Nein, im Gegenteil. Ich habe dich ignoriert, so gut es mir möglich war."

„Ich meine, bevor wir losfuhren, schon auf dem Parkplatz. Oder möchtest du das abstreiten?"

„Weil ich allen Grund dazu hatte! Vor allem dachte ich, dass wir das geklärt haben. Meine Güte, bist du nachtragend!"

„Das sagt die Richtige!"

„Ach, leck mich doch!" In ihrem Zorn gab Hayley mehr Gas und weidete sich daran, wie Dean seine Finger fester in den Sitz krallte. Dafür lohnte es sich sogar, einen Strafzettel wegen Geschwindigkeitsüberschreitung zu bekommen. Andererseits, nein, das war dieser Mistkerl nicht wert. Keinen einzigen Cent war er wert. Sie nahm den Fuß wieder vom Gaspedal und fuhr im erlaubten Tempo weiter. Bald erreichte sie den Bereich um Calgary und umfuhr die Stadt in einem weiten Bogen. Ausgerechnet jene Stadt, in der sie von diesem Schwachkopf so übel gedemütigt worden war.

Um die Mittagszeit steuerte sie einen Parkplatz an und hielt an. „Ich hab Hunger." Ohne Deans Antwort abzuwarten, stieg sie aus und begutachtete den Inhalt der beiden Kisten. Rasch suchte sie Brot, Butter und Käse zusammen, nahm eine Tomate dazu und stieg wieder in den Camper.

Auch Dean war ausgestiegen, hatte jedoch gewartet, bis sie mit der Kiste fertig war. Während Hayley einen Teller und ein Messer zusammensuchte und alles auf den kleinen Tisch legte, kam er herein. „Haben wir keine Eiweißshakes dabei?"

„Wenn du keine findest, wohl nicht."

„Du hast vor der Abfahrt gesagt, dass wir alles haben, was wir brauchen."

„Ist ja auch so."

„Ich ersetze täglich eine Mahlzeit durch einen Eiweißshake."

„Dann hättest du darauf achten sollen."

Dean wirkte, als wollte er noch etwas sagen, doch er verschluckte es und verschwand erneut nach draußen. Als er nach einigen Minuten noch nicht wieder hereingekommen war, warf Hayley neugierig einen Blick aus dem Fenster. Dean stand ein paar Schritte entfernt auf dem Parkplatz und aß einen Apfel. Seiner Miene nach zu urteilen, befand er sich gerade auf dem Weg zu zehn Jahren Zwangsarbeit im Straflager.

Amüsiert biss sie in ihr Sandwich und kaute. Der Ausflug begann ihr Spaß zu machen. Wenn sie Dean ärgern konnte, war das sogar ein paar Unannehmlichkeiten wert. Zum Beispiel, ihm tagelang nicht ausweichen zu können.

„Ich fahre jetzt weiter", entschied Dean, sobald er wieder hereinkam, und setzte sich hinters Steuer.

Hayley räumte in aller Ruhe ihr Besteck weg, verstaute die Lebensmittel in einem Schrank und nahm auf dem Beifahrersitz Platz.

Angespannt betrachtete Dean die vielen Schalter und Hebel des Cockpits.

„Suchst du was?", fragte Hayley betont ruhig, obwohl sie innerlich kicherte. Da hatte jemand vorhin während Johns Einweisung wohl tatsächlich nicht richtig aufgepasst.

„Nein, alles klar." Probeweise bediente er einige Knöpfe und Rädchen. Die Scheibenwaschanlage sprang an, die Lüftung, das Fernlicht.

Stumm wies Hayley auf den Schalter für das Abblendlicht.

Ohne ein weiteres Wort drückte Dean darauf, gab Gas und fuhr vom Parkplatz.

Eine Weile fuhren sie schweigend dahin. Dann ging ein Anruf auf Deans Handy ein. Natürlich hatte er es nicht zuvor über Bluetooth mit der Freisprechanlage verbunden.

„Mist", murmelte er und linste auf das Display, um den Anrufer erkennen zu können.

„Achte auf die Straße", erteilte Hayley ihm eine Retourkutsche, während sie in sich hinein grinste.

Dean focht deutlich erkennbar einen inneren Kampf aus. Schließlich räusperte er sich. „Würdest du bitte drangehen und mir das Telefon ans Ohr halten?"

„Ich will mal nicht so sein", erwiderte sie. Plötzlich hatte sie verdammt gute Laune. Hätte er vorhin bei den Einweisungen aufmerksamer zugehört, wäre ihm das nicht passiert. Auch der ach so unfehlbare Supersportler machte Fehler. Sie nahm das Gespräch an und hielt das Handy an Deans Ohr.

„Hi, Ryan", sagte er. „Ja, wir sind schon unterwegs. Bisher hat alles super geklappt. Und bei euch, wie läuft das Training?"

Ryans Antworten konnte Hayley nicht verstehen, aber natürlich bemerkte sie den Seitenblick, den Dean ihr zuwarf, und konnte sich zusammenreimen, worum es ging. Sie bedachte ihn mit ihrem zuckersüßesten Lächeln und bemerkte, dass sich seine Augen erstaunt weiteten.

„Oh, alles wunderbar", sagte er gerade. Schmunzelte er etwa? „Doch, doch, wir kommen sehr gut miteinander aus. Hör mal, ich bin gerade am Fahren. Ich melde mich später wieder, okay? Bis dann."

Er nickte ihr zu, und Hayley nahm das Handy von seinem Ohr und legte es auf die Mittelkonsole. „Danke", sagte er. Er wirkte überhaupt nicht mehr grantig.

„Gern geschehen."

Wieder sagte niemand etwas. Hayley sah aus dem Fenster. Hin und wieder begegneten sie anderen Fahrzeugen, meistens Campern oder Pick-ups, hin und wieder einem Motorrad, aber oft hatten sie die Straße meilenweit für sich allein. Die Landschaft änderte sich, wurde urwüchsiger, wilder. Die Felder und Wiesen lagen nun hinter ihnen. Jetzt tauchten sie immer häufiger in dichte Wälder ein, dunkel und schattig – und die hohen Gipfel der Rockies kamen näher.

Hatte sie geseufzt oder etwas gesagt?

Plötzlich sah Dean sie von der Seite an. „Schön, nicht wahr?" Seine Stimme klang ganz anders als vorhin. Sanft. Freundlich.

„Ja. Sehr sogar", gab sie versöhnlich zurück.

Angesichts der paradiesischen Natur und vor allem nach der unterhaltsamen Episode bei seinem Anruf gelang es ihr nicht länger, biestig zu bleiben. Sie mussten ja keine Freunde werden, aber der Ausflug verlief sicherlich angenehmer, wenn sie einigermaßen normal miteinander umgehen konnten. Dieser Ärger und Stress wurden auf Dauer ziemlich anstrengend.

„Wollen wir eine kleine Pause machen?", schlug Dean nach einer Weile vor. „Ich brauche dringend etwas Bewegung. Wenigstens ein paar Minuten laufen oder so was."

„Okay. Wenn du willst, können wir die ersten Fotos machen. Bisher hab ich keine einzige Zeile geschrieben. Wenn wir nicht eine ganze Woche unterwegs sein wollen, sollten wir anfangen."

„Eine furchtbare Vorstellung!" Dean lachte und nahm damit seinen Worten die Spitze.

„Da bin ich ganz bei dir", gab sie trocken zurück.

Sie mussten noch ein paar Meilen weiterfahren, ehe sie eine Möglichkeit zum Halten fanden, eine schmale Parkbucht entlang der Straße.

Hayley schnallte sich ab, bedachte Dean mit einem kurzen Lächeln und verließ den Camper. Draußen streckte sie sich ausgiebig, bevor sie ihre Blicke schweifen ließ. „Sieh dir das an!", rief sie staunend.

Dean machte gerade ebenfalls ein paar Lockerungsübungen und kam neugierig heran. Er stellte sich neben sie, und zusammen bewunderten sie den Anblick, der sich ihnen bot. Einige Yards unterhalb der Straße strömte ein rauschender Wildbach durch ein Bett aus hellen Kieseln. Das Wasser musste direkt von einem Gletscher stammen; es war türkisblau und leicht milchig. Hinter dem Bach erstreckten sich Nadelbäume, und dahinter erhoben sich die grauen Felswände der Rockies, gekrönt von schneebedeckten Gipfeln.

„So etwas Schönes hab ich lange nicht gesehen!", schwärmte Hayley.

„Es ist wirklich fantastisch", stimmte Dean ihr zu.

Sie sah ihn gespielt überrascht an und grinste. „Wow, wir sind endlich mal einer Meinung."

Auch Deans Mundwinkel hoben sich. „Ja, mitunter geschehen Wunder."

Und dann lachten sie zusammen. Es war unglaublich, aber es tat enorm gut. Es reinigte die Atmosphäre zwischen ihnen wie ein Gewitter. Als sie sich nun ansahen, war aller Unmut verschwunden. Zumindest vorübergehend.

„Ich mache schnell ein paar Fotos!", rief Hayley und holte ihre Kamera. Sie lief ein paar Schritte zurück und hielt den Anblick des Wohnmobils vor der atemberaubenden Kulisse im Bild fest. „Kannst du dich in die Tür stellen?", bat sie Dean.

Ergeben erfüllte er ihren Wunsch, und sie schoss weitere Fotos.

„Ich laufe runter zum Bach", erklärte Dean. „Du kannst dort fotografieren. Ich muss mich unbedingt bewegen, sonst roste ich ein." Schon kletterte er den mit Schotter bedeckten Abhang zum Bachlauf hinunter.

Mit klopfendem Herzen sah Hayley ihm zu. Plötzlich bekam sie Angst. Was, wenn Dean stolperte, stürzte und sich verletzte? Wenn er sich den Kopf anschlug und ohnmächtig wurde, wie sollte sie ihn allein zum Camper schaffen?

Aber er kam wohlbehalten unten an und winkte ihr zu. „Es ist fantastisch! Willst du auch herkommen? Das Wasser ist glasklar. Hier gibt's jede Menge tolle Motive!"

Das musste er ihr nicht zweimal sagen. Ohnehin hatte er recht, etwas Bewegung konnte nicht schaden. Sie verschloss den Camper, dann hängte sie sich die Kamera um den Hals und begann mit dem Abstieg. Es war schwerer, als es bei Dean ausgesehen hatte. Die Steine waren unterschiedlich groß und einige waren sehr glatt. Schritt für Schritt stieg sie vorsichtig hinunter.

Als sie es halb geschafft hatte, stand Dean plötzlich vor ihr und hielt ihr seine Hand hin. „Hier, halt dich fest, dann geht es leichter."

Tatsächlich kam sie nun rasch voran. Das Gefühl von Wärme, das sich in ihr ausbreitete, als sie Deans Haut spürte, versuchte Hayley zu ignorieren. Es gelang ihr beinahe, jedoch nicht ganz. Es fühlte sich gut an. Zu gut. Und das wurmte sie.

Kaum stand sie auf ebenem Boden, ließ sie schnell seine Hand los. Wenige Schritte entfernt floss der Bach.

Er war breiter, als es von oben den Anschein gehabt hatte, und auch wesentlich tiefer. Rasch strömte er in Richtung Tal, gurgelte und rauschte er laut.

Begeistert sank Hayley am Ufer auf die Knie und tauchte ihre Finger in das eiskalte Wasser. „Total erfrischend!" Sie benetzte Gesicht und Arme, während sie die rasch dahin strömenden Fluten beobachtete.

Als sie wieder aufsah, hielt sie überrascht die Luft an.

Dean stand bis zu den Knien mitten im Fluss. Mit nacktem Oberkörper, seine Hosenbeine hatte er hochgekrempelt. Es war ein atemberaubender Anblick. Sein Bauch und seine Brust waren muskulös, seine Haut leicht von der Sonne gebräunt. Er wirkte wie ein Naturbursche und zugleich wie ein Hollywoodschauspieler.

„Meinst du, dass es so ein gutes Motiv für Fotos ist?", fragte er mit einem unschuldigen Lächeln.

„Ja", erwiderte sie. *Perfekt,* hätte sie beinahe gesagt. Sie konnte es sich gerade noch verkneifen. Nicht, dass das Wort den Schnösel in ihm triggerte. Es war schon schlimm genug, dass Deans halb nackter Körper sofort alle Erinnerungen an ihr Liebesabenteuer mit ihm wieder wachrief, die sie doch eigentlich nur vergessen wollte.

Sie atmete einige Male tief durch, um ihre bebenden Finger wieder unter Kontrolle zu bringen, die am liebsten über seine haarlose Brust streichen würden. *Hör sofort auf damit*, schimpfte sie mit sich selbst.

Dann hob sie die Kamera und begutachtete die Szene durch das Display. Sie lief ein paar Schritte weiter nach rechts. Hinter Dean erstreckte sich nun die ganze Schönheit der Berge, die atemberaubende Schroffheit der Felsen vor dem grenzenlosen Blau des Himmels, das satte Grün der Wälder, und der Bach, in dem er stand, schien ihn direkt mit diesen Wundern zu verbinden.

„Es ist wirklich perfekt", flüsterte sie und schoss einige Fotos aus unterschiedlichen Perspektiven.

Dean war ein Profi. Nicht nur auf dem Eis, denn er wusste auch, wie er sich richtig in Szene setzte. Er fuhr sich mit den Fingern durchs Haar, bis es verführerisch verwuschelt wirkte, und sah sie von unten her an. Dann kam er durch das Wasser langsam ein paar Schritte auf sie zu. Seine Muskeln spielten unter seiner glatten Haut, und fast hätte Hayley vergessen, den Auslöser zu betätigen.

„Hast du's?", rief er.

„Ja. Es sind ein paar sehr gelungene Aufnahmen dabei. Deine Fans werden dich lieben."

Verdammt, warum hatte sie das gesagt? Auf keinen Fall wollte sie erneut den Egomanen in ihm wecken.

Zu ihrer Erleichterung sagte er nichts dazu, aber sein zufriedenes Grinsen verriet, was er dachte.

„Super", sagte er lediglich. „Das Wasser ist nämlich echt sehr kalt. Ich komm lieber wieder raus und ..."

Es sah aus, als kippte er in Zeitlupe, obwohl es natürlich blitzschnell ging. Scheinbar unendlich langsam glitt sein linkes Bein zur Seite, gefolgt von seinem Körper, und er ruderte wild mit seinen Armen im vergeblichen Versuch, das Gleichgewicht zu halten, ehe er mit einem Fluch ins Wasser platschte.

Für einen Moment stand Hayley nur da und starrte. Dann kicherte sie los, und schließlich hielt sie sich den Bauch vor Lachen. Sie konnte nicht anders. Es hatte einfach zu komisch ausgesehen.

Dean kam wieder hoch, prustend und Wasser spuckend. Und fluchend.

„Verdammte Scheiße! Das hast du hoffentlich nicht im Bild festgehalten."

„Leider nicht", japste Hayley. „Es ging so schnell, dass ich gar nicht dran gedacht habe. Zu schade! Das wären die Fotos des Jahres geworden."

Dean sah an sich herab und bedachte sie mit einem finsteren Blick. „Fuck, alles ist nass!"

„Du hast ja bestimmt genug Sachen dabei."

„Natürlich. Trotzdem ärgerlich." Er watete durch das Wasser aufs Ufer zu. An der Stelle wurde der Fluss tiefer und die Strömung war besonders stark. Dean tat sich offensichtlich etwas schwer. „Diese verfluchten Steine sind so verdammt glitschig."

„Warte, ich helfe dir." Kurzentschlossen legte Hayley die Kamera in sicherer Entfernung auf einen trockenen Stein und trat ans Ufer, wegen ihres Lachanfalls von einem schlechten Gewissen geplagt. Sie streckte Dean die Hand entgegen. „Kommst du ran?"

Er versuchte, sie zu erreichen. „Nicht ganz. Kannst du noch ein winziges Stück näherkommen?"

„Ich versuch's." Rasch streifte sie ihre Schuhe ab und ging einen Schritt weit ins Wasser. „Huch, das ist ja wirklich eisig!", rief sie erschrocken aus.

Bewundernswert, dass Dean das schon so lange aushielt. Ein Weichei war er offenbar nicht.

Erneut versuchte er, ihre Hand zu erreichen. Es fehlten nur noch wenige Zoll.

Vorsichtig tastete sich Hayley einen halben Schritt vor. Dean hatte recht, die Steine waren extrem glitschig. Zusätzlich zog die Strömung an ihren Füßen, und die Kälte sorgte dafür, dass sie rasch das Gefühl in ihnen verlor. Kein Wunder, dass er ausgerutscht und ins Wasser gefallen war. Es war gemein von ihr gewesen, ihn auszulachen.

Andererseits hatte er genau das verdient.

Sie spürte seine Fingerspitzen an ihren und lehnte sich noch etwas weiter vor, während sie den anderen Arm ausstreckte, um besser das Gleichgewicht halten zu können. Seine Finger berührten ihre Handfläche, und sie griff zu.

„Gut!", rief sie. „Halt dich fest, ich zieh dich rüber. Du musst nur aufpassen, dass ..."

Ein Zug an der Hand, und schon spürte sie, dass sie kippte. Schnell setzte sie einen Fuß vor, um die Balance zu halten, doch sie trat auf einen runden, glatten Stein und schon rutschte ihr Fuß weg. Die sprudelnde Wasseroberfläche kam näher und ... *Platsch!* Kalt schlug es über ihr zusammen, so eisig, dass es ihr den Atem verschlug. Prustend kam sie sofort wieder hoch, Deans Hand immer noch in ihrer.

Besorgt starrte er sie an. „Alles in Ordnung?"

Hayley öffnete den Mund, um etwas zu erwidern, aber sie klapperte so sehr mit den Zähnen, dass es erst beim dritten Anlauf gelang. „J... ja. Alles b... bestens."

„Komm, raus aus dem Wasser! Du musst sofort trockene Sachen anziehen." Fest, ganz fest hielt Dean ihre Hand und half ihr die letzten Schritte aus dem Fluss hinaus aufs Trockene.

Es war ein warmer, sonniger Tag. Trotzdem bibberte Hayley am ganzen Körper. Es fühlte sich an, als wäre die Kälte bis auf ihre Knochen gedrungen. Selbst das Denken fiel schwer.

„D... das hast du mit Absicht g... gemacht", klagte sie Dean an. „Weil ich gelacht h... habe."

„Nein, das habe ich nicht. Du wirst mir nicht glauben, aber tatsächlich habe ich nur versucht, mich mithilfe deiner Hand aus der Strömung zu befreien. Tut mir leid, dass ich zu fest gezogen habe. Ich dachte, du hättest einen sicheren Stand."

Konnte das stimmen? Sagte er womöglich wirklich die Wahrheit? Sie starrte ihn an. Dean wirkte komplett ernst. Nicht so, als würde er sich über sie lustig machen. Wahrscheinlich las er ihr die Zweifel am Gesicht ab.

„Wirklich, Hayley, ich hätte das nicht gemacht. Das Wasser ist eisig kalt. Ich bin Kälte gewohnt, weil ich täglich auf dem Eis trainiere. Aber dir würde ich das nicht zumuten. Du könntest ernsthaft krank werden. Jetzt komm. Ich helfe dir hoch, damit du schnell ins Warme kommst."

Behände kletterte er über die Steine den Abhang hoch, während er ihr zugleich mit festem Griff dabei half. Schon stand sie oben und ging zum Camper. Ihre alte Knieverletzung machte sich bemerkbar, es schmerzte ein wenig. Zum Glück hatte sie wenigstens den Schlüssel nicht verloren. Sie zerrte ihn aus der Hosentasche, bekam ihn jedoch nicht ins Schloss, weil sie so zitterte.

„Warte, ich helfe dir." Dean nahm ihr den Schlüssel ab und zog die Tür auf. „Los, rein mit dir. Stell dich unter die heiße Dusche, dann geht's dir schnell wieder besser."

„Oh, ich hab d... die Kamera vergessen!", rief Hayley erschrocken. „Und meine Schuhe stehen auch n... noch unten am Ufer."

„Kein Problem, ich hole sie. Meine sind auch noch da."
„Du musst dich auch aufwärmen!"
„Mach ich gleich. Geh duschen. Ich komm sofort nach." Dean schob sie ins Wohnmobil und zog die Tür hinter ihr zu.
Während Hayley sich die nassen Sachen auszog, so schnell ihre klammen Finger es zuließen, dachte sie an Dean. Warum verhielt er sich auf einmal so fürsorglich? So kannte sie ihn ja überhaupt nicht. Gerade eben hatte sie nicht einmal die Spur des üblichen Egoisten an ihm entdecken können. Stattdessen wirkte er richtig besorgt um sie. Fast schon liebevoll. Was war los mit ihm?
Sie stellte sich unter die Dusche, drehte den Warmwasserhahn auf und seufzte wohlig, als die Kälte langsam aus ihr verschwand.

Kapitel 12

Dean

So schnell er konnte, kletterte Dean mit Hayleys und seinen eigenen Schuhen samt ihrer Kamera den Abhang wieder hoch. Zwar begannen seine nassen Haare in der warmen Sonne bereits wieder zu trocknen. Trotzdem war ihm immer noch unsagbar kalt. Klar vertrug er Kälte vergleichsweise gut. Das musste er auch in seinem Job. Dies war allerdings eine Überdosis an eiskaltem Wasser gewesen.

Hoffentlich wurde Hayley nicht krank! Sie hatte ja richtig gezittert. Und all das nur, um ihm zu helfen. Andererseits hatte sie sich vor Lachen ausgeschüttet, als er ins Wasser gefallen war. Das war auch nicht die feine Art gewesen.

Als Dean den kleinen Parkplatz erreicht hatte, lief er rasch zum Camper. Auch er konnte sich keine Erkrankung erlauben. Bei den Spielen für die kanadische Meisterschaft musste er topfit sein. Er zog die Tür auf und stieg ins Wohnmobil.

Aus dem kleinen Badezimmer drang das Geräusch von laufendem Wasser. Hayley duschte noch. Er hatte sich ganz schön erschrocken, als sie ins Wasser gefallen war. Aber wie es schien, hatten sie Glück im Unglück gehabt.

Ein leises Seufzen drang durch die Tür. Lächelnd ging Dean näher heran. Er sah Hayley vor sich, wie sie geradezu selig unter dem warmen Wasserstrahl stand und langsam wieder auftaute. Er konnte förmlich vor sich sehen, wie das Wasser über ihren schönen Körper perlte. Wie sich die Tropfen an ihren Brustwarzen sammelten, bevor sie herabfielen.

Plötzlich wurde ihm ganz heiß. Okay, wenn er sich auf diese Weise vor einer Erkältung schützen konnte, gingen solche Gedanken in Ordnung. Er stellte sich also vor, mit Hayley in der winzigen Duschkabine zu stehen, ganz nah bei ihr, so nah, dass sich ihre Körper berührten, und er …

Das Wasser wurde ausgestellt, wenige Sekunden darauf trat Hayley in ein großes Badetuch gehüllt aus der engen Dusche. Ihr Haar war noch feucht, ihr Gesicht von der Hitze gerötet.

„Du kannst rein. Es tut so gut, wenn man wieder auftaut."

Er lächelte. „Das glaub ich dir sofort." Oberhalb des Handtuchs erkannte er den Ansatz ihrer Brüste. Zwischen ihnen hatte sich Feuchtigkeit gesammelt; es gelang ihm kaum, seinen Blick abzuwenden.

„Ich koche uns einen Kaffee, ja?", lenkte sie ihn ab. „Oder möchtest du lieber Tee?"

„Kaffee ist super. Schön heiß, das vertreibt die letzte Kälte aus den Knochen."

„Wird sofort erledigt."

Gleich darauf stand Dean unter der Dusche. Hayley hatte nicht übertrieben. Es war eine Wohltat, das warme Wasser auf seiner unterkühlten Haut zu spüren. Er meinte noch, ihren Duft in der feuchten Luft wahrnehmen zu können. Ob sie wohl, wenn er fertig war, immer noch nur ihr Handtuch trug? Er könnte sie langsam daraus auswickeln wie ein Geschenk ...

Verdammt, was dachte er denn da? Was war los mit ihm? Das Erlebnis nach dem Spiel würde sich nicht wiederholen. Dies war ein rein beruflicher Ausflug, noch dazu mit einer Zicke als Begleitung, und überdies konnte er ohnehin keine Frau in seinem Leben gebrauchen. Höchste Zeit, dass er sich wieder daran erinnerte.

Als er den Wohnbereich des Campers betrat, standen zwei Tassen und eine Kaffeekanne auf dem Tisch und Hayley war wieder vollständig angezogen. Ihr Haar hatte sie erneut zusammengebunden.

Umso besser. Dann fiel es ihm wesentlich leichter, die irritierenden Gedanken wieder abzuschütteln.

„Das duftet wunderbar", sagte Dean.

„Ja. Setz dich. Ist dir wieder warm geworden?"

Und wie! Heiß! „Sehr. Die Dusche hat echt gutgetan."

Sie warf ihm einen kurzen Blick zu, ehe sie ihm Kaffee einschenkte. „Tut mir leid, dass ich dich vorhin ausgelacht habe. Das war nicht nett. Die Steine waren echt rutschig, und ins eisige Wasser zu klatschen, war kein Vergnügen."

„Schon vergessen. Hat bestimmt auch ulkig ausgesehen."

Ihre Mundwinkel hoben sich. „Und wie!" Sie kämpfte sichtlich gegen ein erneutes Lachen an. „Bei mir bestimmt genauso."

Jetzt stieg auch in Dean ein Grinsen hoch. „Wenn ich ehrlich bin, kann ich das nicht abstreiten. ‚Ah!'", imitierte er ihren spitzen Schrei und riss dabei seine Arme hoch.

Dann sahen sie sich an und brachen beide in Gelächter aus.

„Ich glaube, wir sind quitt, oder?", japste Hayley schließlich und tupfte sich die Lachtränen ab.

„Ja, das sind wir." Dean leerte seine Kaffeetasse. „Darf ich die Fotos mal sehen? Dann weiß ich wenigstens, ob sich das kalte Bad gelohnt hat."

„Natürlich." Rasch holte Hayley die Kamera, schaltete sie ein und gab sie Dean. „Wenn du meine Meinung hören willst ... Es hat sich mehr als gelohnt! Die Bilder sind super geworden."

Hayley hatte recht. Selbst auf dem kleinen Display konnte man erkennen, wie gut sie ihn getroffen hatte. Er inmitten der urwüchsigen, wunderbaren Natur. Freude stieg in ihm auf.

„Du hast recht, sie sind wirklich sehr gut." Lächelnd gab er ihr die Kamera zurück.

Errötete sie etwa? „Danke. Freut mich, dass sie dir gefallen."

„Sehr sogar." Er stand auf und brachte seine Tasse zur Spüle. „Ist dir wieder warm genug, dass wir weiterfahren können? Hier in der schmalen Haltebucht ist kein idealer Parkplatz für die kommende Nacht. Wir sollten zusehen, dass wir den Banff Nationalpark vor der Dämmerung erreichen, was meinst du? Ist ja nicht mehr weit."

„Auf jeden Fall. Da gibt's einige wunderbare Campingplätze. Ich bin mir sicher, dass John und Hank den schönsten für uns reserviert haben."

„Bestimmt. Willst du fahren, oder soll ich?"

Sie lächelte. „Du hast dazugelernt und fragst vorher. Wenn du möchtest, fahr du ruhig. Ich möchte nicht, dass du heute nach dem Schreck womöglich noch einen Nervenzusammenbruch wegen meiner Fahrweise erleidest."

„So schlimm war es gar nicht. Ich bin es nur nicht gewohnt, Beifahrer zu sein."

„Umso wichtiger, dass ich morgen auch wieder ein Stück fahre, okay? Damit du dich daran gewöhnst."

Dean war noch nicht völlig überzeugt. Schließlich seufzte er. „Na gut, wenn du meinst."

„Deinen Spruch bei unserem Start, dass fürs Fahren der Mann zuständig sei, fand ich schon etwas merkwürdig. Ich meine, aus welchem Jahrhundert stammt der denn?"

Dean spürte, dass ihm die Hitze ins Gesicht schoss. „Das war daneben, ich weiß. Es war, weil ... Bei meinen Eltern ist immer mein Vater gefahren, weißt du? Ich bin es eben schon mein Leben lang so gewohnt."

„Was nicht bedeutet, dass man nicht mit der Zeit gehen und seine Betrachtungsweise ändern kann."

„Das weiß ich natürlich."

„Dann ist es ja gut."

Was er erzählte, entsprach nur zu einem kleinen Teil der Wahrheit. Vielmehr war es so, dass sein Vater es seiner Mutter nicht zugetraut und ihr daher nicht erlaubt hatte, ein Auto zu steuern. So etwas wäre Männersache, weil Frauen viel zu hysterisch wären und deshalb allzu leicht einen Unfall bauten. Schließlich bezahlte er das Auto und dessen Unterhalt und wollte nicht sinnloses Geld verpulvern, nur weil sie irgendwo dagegen schrammte. Als junge Frau hatte seine Mutter zwar einen Führerschein gemacht, war aber seit ihrer Hochzeit, soweit sich Dean erinnern konnte, kein einziges Mal mehr gefahren. Was hatte ihn bloß geritten, vorhin einen derart blöden Spruch loszulassen?

Sie nahmen Platz, Dean startete den Motor und fuhr auf die Straße. Hayley machte sich einige Notizen.

„Arbeitest du schon an deiner Story?", erkundigte er sich nach einer Weile.

„Ja. Immerhin gibt's ja jetzt schon etwas zu berichten."

„Etwa unseren Wasserplatscher?"

Sie grinste. „Lass dich überraschen."

„Arbeitest du eigentlich schon lange bei der Zeitung?"

„Kann man so sagen. Seit dem Schulabschluss. Ich hab dort meine Ausbildung gemacht und bin danach dageblieben."

„Du kommst gut mit Will klar, oder?"

„Ja, er ist ein ausgezeichneter Chef." Hayley machte eine kurze Pause. Als sie weitersprach, wirkte sie nachdenklich. Fast schon traurig. „Er ist sozusagen wie ein Vater für mich."

Aus unerfindlichen Gründen war Dean erleichtert. Das war auf jeden Fall besser, als würde Will auf sie oder sie auf ihn stehen – oder womöglich gleich beides.

„Muss schön sein, in so einer Atmosphäre zu arbeiten", meinte er.

„Meistens schon. Kann aber auch reichlich anstrengend werden. Familie eben." Sie lachte kurz, aber es klang nicht fröhlich.

Dean zögerte. Stand ihm so eine Frage zu? Schließlich siegte seine Neugier. „Was meinst du? Du sagtest ‚sozusagen wie ein Vater.'"

Hayley antwortete nicht sofort, sondern sah eine Weile stumm aus dem Fenster. Gerade fuhren sie durch einen dichten Mischwald. Die hohen Bäume beschatteten die Straße und ließen nur hin und wieder einzelne Sonnenstrahlen durch, die bizarre Muster auf den Asphalt zauberten.

„Kurz vor meinem achtzehnten Geburtstag starben meine Eltern bei einem Verkehrsunfall", erzählte sie schließlich kaum hörbar. „Sie standen am Ende eines Staus, und ein Lkw raste ungebremst in sie hinein."

„Großer Gott!" Schockiert starrte Dean sie an, ehe er seinen Blick wieder auf die Straße richtete. „Das ist ja furchtbar. Wirklich, Hayley, das tut mir so leid."

„Danke. Ja, es war eine schreckliche Zeit. Ich dachte, ich werde nie darüber hinwegkommen, sie verloren zu haben. Ich habe keine Geschwister und war noch nicht volljährig. Da hat Will mich unter seine Fittiche genommen. Er war der beste Freund meines Vaters. Er kümmerte sich um mich, um die Beerdigung, unser Haus, den Papierkram und überhaupt um alles. Seitdem ist er mein Ersatzdad."

„Verstehe. Was für ein Glück, dass du ihn hast."

„Das ist wahr. Ich weiß nicht, was ich ohne ihn getan hätte. Anderthalb Jahre lang war ich nicht in der Lage, mich in ein Auto zu setzen. Ich fing sofort an zu zittern und bekam Panikattacken. Will fand für mich eine ausgezeichnete Therapeutin, und inzwischen kann ich glücklicherweise wieder ohne Schwierigkeiten ein Fahrzeug steuern. Nur meine Verlustängste, unter denen ich seit dem Tod meiner Eltern leide, konnte auch sie mir nicht nehmen. Ich mache mir ständig große Sorgen um die Menschen, die mir etwas bedeuten, verstehst du? Allein schon der Gedanke, eine feste Bindung einzugehen, versetzt mich in Panik, weil ich permanent damit rechne, diesen Menschen gleich wieder zu verlieren." Hayley sprach immer schneller und spielte unruhig mit dem Kugelschreiber in ihrer Hand.

„Das ist ja kein Wunder nach dem Unfall deiner Eltern!", sagte Dean. Unvermittelt war der Wald zu Ende, und vor ihnen erstreckte sich eine offene, mit Gräsern und Blumen bewachsene Ebene.

Hayley betrachtete die Landschaft einen Moment lang und schien tief in Gedanken versunken. Sie hörte auf, den Kugelschreiber zwischen ihren Fingern zu drehen, und legte ihn auf den Notizblock im Ablagefach vor ihr. „Ich fing dann eine Ausbildung bei Will an und arbeite seitdem in seiner Redaktion", erzählte sie schließlich weiter. „Wir verstehen uns sehr gut. Er ist jetzt meine Familie."

„Du bist eine unglaublich starke Frau, Hayley. Es ist bewundernswert, wie du das alles geschafft hast."

„Wie gesagt: nur durch Wills Hilfe und Unterstützung. Und durch Sue."

„Ah, deine Freundin, oder? Sie macht einen netten Eindruck."

Zum ersten Mal stahl sich ein Lächeln auf Hayleys Züge. „Sie ist großartig! Ohne sie könnte ich es mir nicht vorstellen."

„Es ist wichtig, jemanden zu haben, dem man bedenkenlos vertrauen kann", gab Dean ihr recht.

„Stimmt", sagte sie, und ihr Lächeln verschwand wieder. „Vertrauen ist das Wichtigste."

Zack, der Stich hatte gesessen. „Was ist mit dieser Wohnmobilfirma? Kennst du die Inhaber auch schon so lange?", wechselte Dean rasch das Thema.

„John hatte ich heute erst kennengelernt. Aber mit Hank hatte ich tatsächlich mal ein Date."

„Im Ernst?"

Sie nickte. „Letztes Jahr. Er war gerade hergezogen, um bei *Wilderness Tours* anzufangen. Ich ging mit Sue ins *Lunas Light*, und er kam auch hin. Um Kontakte zu knüpfen, wie er sagte. Ein paar Tage später gingen wir zusammen essen."

„Und? Ist was daraus geworden?" Dean dachte an die verliebten Sternchen in Hanks Blick, als er vorhin Hayley angegafft hatte, und umfasste das Lenkrad fester.

Sie schüttelte den Kopf, und der Duft ihres Shampoos aus ihren immer noch leicht feuchten Locken stieg Dean in die Nase. Wunderbar.

„Nein. Hank ist nicht mein Typ. Von seiner Seite aus hätte es klappen können, er schien nicht abgeneigt."

„Das hab ich bemerkt", entfuhr es Dean. Verdammt, konnte er nicht einfach seine Klappe halten? Hayley könnte womöglich denken, er wäre eifersüchtig. Was er natürlich keinesfalls war.

Ihr Kopf fuhr zu ihm herum. „Echt?", fragte sie erstaunt. „War es so offensichtlich?"

„Ja. Er konnte ja kaum den Blick von dir wenden. Es hätte mich nicht gewundert, wenn er gesabbert hätte."

„Um Himmels willen!"

Er warf ihr einen Blick zu, den sie erwiderte, und erneut lachten sie los.

„Dann bist du solo?", rutschte es ihm heraus, ehe er sich zurückhalten konnte. War doch völlig egal, ob sie das war.

„Bin ich."

Er wartete, aber da kam nichts mehr.

„Ist auch besser so", sagte er schließlich. „Man kann tun und lassen, was man will, ist frei und unabhängig."

„Genau. Ganz meine Meinung."

Sie näherten sich dem Nationalpark, und die Schönheit der Landschaft nahm jetzt ihre ganze Aufmerksamkeit gefangen. John hatte im Vorfeld bereits Eintrittskarten für sie gekauft, und nun fuhren sie staunend durch eine Natur, die voller Wunder war. Über schneebedeckten Berggipfeln spannte sich ein stahlblauer Himmel. Tiefgrüne Wälder und Geröllflächen mit vereinzelt stehenden Bäumen wechselten sich ab.

Als sie an einem Wildbach vorbeikamen, der ein Stück weiter in einen Wasserfall mündete, hielten sie an und stiegen aus.

„Lass uns ein Stück den Weg entlanglaufen", schlug Dean vor.

„Aber nicht wieder ins Wasser gehen", witzelte Hayley.

Dean konnte nicht anders, als sie anzusehen. Ihre Augen funkelten vor Freude, während sie losgingen. Er schlug ein zügiges Tempo an, weil er dringend Bewegung brauchte, und bemerkte nach wenigen Schritten, dass Hayley Probleme hatte, mit ihm mitzuhalten. Prüfend betrachtete er sie. „Du humpelst!", stellte er besorgt fest.

Achtlos winkte sie ab. „Ach, nicht der Rede wert."

„Du hast dich vorhin beim Sturz in den Fluss verletzt, oder? Komm, lass mich mal nachsehen. Vielleicht brauchst du einen Arzt."

„Nein, wirklich, es ist nichts. Ich kenne das schon. Mitunter macht mir die alte Verletzung von damals etwas zu schaffen. Du weißt schon, der Kreuzbandriss, von dem ich dir erzählt hatte. Wahrscheinlich war es das eisige Wasser."

„Oder du hast dir doch etwas getan! Damit ist nicht zu spaßen, Hayley!"

Sie bedachte ihn mit einem zuckersüßen Lächeln, das ihn förmlich dahinschmelzen ließ. „Total lieb, dass du dir Sorgen machst. Ehrlich, das hätte ich dir gar nicht zugetraut."

Er lächelte ebenfalls. „Tja, ich verfüge über eine Menge geheimnisvolle Seiten. Trotzdem solltest du mich dein Bein ansehen lassen, damit …"

„Sollte es wirklich schlimmer werden, dann ja, okay? Aber wie gesagt, das wird nicht passieren."

„Na gut, wie du meinst." Schade eigentlich. Er hätte gern einen genaueren Blick auf ihre hübschen Beine geworfen. Sofort schimpfte er im Stillen mit sich selbst. Was dachte er denn da? Er wollte doch rein beruflich mit Hayley umgehen.

Etwas langsamer gingen sie weiter. Bald erreichten sie den Wasserfall.

„Atemberaubend!", rief Hayley und machte ihre Kamera startklar. „Hier möchte ich einige Fotos machen. Die Kulisse ist perfekt."

„Super Idee." Dean kletterte auf einen kleinen Vorsprung, der in den Fluss hineinragte. Angesichts seines Erlebnisses von vorhin passte er nun sehr gut auf, nicht wieder auszurutschen.

„Geh so in die Hocke, damit ich dich im Profil habe", wies Hayley ihn an.

Er erfüllte ihren Wunsch und hörte das leise Klicken des Auslösers, den sie wieder und wieder betätigte. Mehrmals wechselte er die Position, richtete sich auf, wandte ihr den Rücken zu, und schließlich strahlte er in die Kamera.

„Du könntest Werbung für Zahnpasta machen!", rief sie lachend. „Oder für Shampoo. Oder für Sportbekleidung. Falls du irgendwann mal keine Lust mehr auf Eishockey hast, musst du dir bestimmt keine Sorgen um dein Einkommen machen."

„Freut mich, zu hören. Du übrigens auch nicht. Als Fotografin hast du echt Talent. Die bisherigen Fotos sind fantastisch geworden."

„Danke." Sie errötete, was ganz zauberhaft aussah.

Schnell sah er wieder weg und betrachtete den Wasserfall mit seiner weiß schäumenden Gischt. Was Hayley betraf, musste er sich noch mehr vorsehen als vor glitschigen Steinen. Blieb er nur einen Moment unvorsichtig, könnte er ihr erneut ins Netz gehen. Sie war einfach zu anziehend. Hübsch, sexy, schlagfertig und auf eine reizvolle Weise übermütig.

Dieser Ausflug wäre sicherlich einfacher gewesen, wenn Will mitgefahren wäre. Allerdings nicht halb so schön.

Nachdem sie noch eine Weile dem Flusslauf gefolgt waren und Hayley Fotos von ihm vor den Bergen und einem in der Sonne glitzernden Gletscher gemacht hatte, liefen sie zurück zum Wohnmobil.

„Wir sollten nun langsam wirklich den Campingplatz ansteuern", schlug Hayley vor. „Es geht auf den Abend zu."

„Ja, ich hab auch schon gewaltigen Hunger. Der Apfel von vorhin hat nicht lange vorgehalten." Diese kleine Spitze konnte er sich nicht verkneifen.

„Wir haben so viele leckere Sachen dabei. Wärst du nicht so ungeduldig gewesen, hättest du garantiert etwas gefunden."

„Aber keine Eiweißshakes." Er merkte selbst, dass er klang wie ein bockiger kleiner Junge und setzte schnell ein versöhnliches Lächeln auf. „Weißt du was? Wenn wir da sind, lade ich dich zum Essen ein."

Ihr Gesicht hellte sich auf. „Oh! Womit hab ich das denn verdient?"

„Na ja, erst mal wegen des Schrecks vorhin am Bach, und dann, weil ich nicht immer ganz einfach bin."

„Das ist nur ganz leicht untertrieben." Sie grinste spitzbübisch.

Am liebsten hätte er ihr Gesicht zwischen seine Hände genommen und Hayley geküsst. Sie lockte ihn wie eine Blüte die Biene. Und was zur Hölle dachte er denn da schon wieder? Er war Dean Walker, der um jeden Preis solo bleiben wollte, bleiben musste – und sie nur eine kleine Zicke von der Zeitung. So etwas wie der

One-Night-Stand nach der Siegesfeier durfte sich auf keinen Fall wiederholen. Er hatte ja gemerkt, für wie viel Stress das gesorgt hatte. Und deshalb musste er dringend mit derartigen Gedanken aufhören.

„Willst du fahren?", bot er großzügig an.

„Natürlich, was denkst du denn?"

Sie fuhren in Richtung Lake Louise, wo John einen Campingplatz für sie reserviert hatte.

Als sie dort angekommen waren und anhielten, sog Hayley vor Staunen scharf die Luft ein. „Ich denke immer, noch schöner geht es nicht, aber dann werde ich doch wieder eines Besseren belehrt", sagte sie.

Dean konnte ihr nicht widersprechen.

Sie parkten am Ufer des Sees und stiegen lächelnd aus. Vor ihnen erstreckte sich ein Panorama, wie es auch ein begnadeter Künstler nicht hätte schöner malen können. Der See leuchtete türkisgrün wie ein Juwel und die tief stehende Sonne ließ die Gipfel der dahinterstehenden Berge rosafarben leuchten. Die Zacken spiegelten sich im stillen Wasser. Was für ein Farbenspiel.

Beinahe hätte Dean nach Hayleys Hand gegriffen. Gerade noch rechtzeitig zog er sie wieder zurück. Zum Glück hatte sie nichts von seiner emotionsgeladenen Anwandlung mitbekommen. Auch sie war gefangen vom Anblick dieses Naturwunders, das sich vor ihnen und um sie herum erstreckte.

Spontan nahm Dean sein Handy und fotografierte Hayley vor der atemberaubenden Kulisse. Sie passte perfekt hinein. Auch davon hatte sie nichts bemerkt, und so hatte er Muße, sie zu betrachten. Sie wirkte verträumt, ihre Lippen waren zu einem leichten Lächeln verzogen.

Als sie sich abrupt umwandte und ihn ansah, erschrak Dean beinahe. Auf keinen Fall durfte sie ihn dabei ertappen, dass er sie wie ein verknallter Teenager anstarrte.

„Man kann sich kaum von dem Anblick losreißen", sagte sie.

„Stimmt." Damit meinte er mindestens ebenso sehr sie wie den wunderschönen See. Zum Teufel, jetzt reichte es aber mit seinem romantischen Anfall! „Ich geh eine Runde joggen. Heute hab ich zu viel rumgesessen, das geht so nicht weiter, ich brauche dringend Bewegung. Wenn ich zurück bin, gehen wir essen, okay?"

„Gern. Ich setz mich gleich an meinen ersten Artikel. Oh, warte noch kurz. Das Abendlicht ist gerade so schön. Kannst du dich zum Camper stellen? Dann bekomme ich euch alle drei drauf."

„Alle drei?", fragte Dean verwundert.

Sie nickte. „Dich, das Wohnmobil und den See. John und Hank werden die Fotos lieben."

Geduldig folgte er ihren Anweisungen und beobachtete Hayley beim Fotografieren. Sie lief nach links und nach rechts, ging in die Hocke und hielt die Kamera mal horizontal, mal vertikal. Man merkte, wie viel Spaß es ihr machte. Sie ging dabei ganz in ihrer Aufgabe auf. Es war schön, wenn sie etwas gefunden hatte, was sie offenbar erfüllte und glücklich machte.

Nachdem sie zufrieden war, rief er per Videocall Ryan an. Rasch versammelten sich hinter ihm Adam, Robin und weitere Teamkameraden.

„Wir sind am ersten Ziel angekommen. Es ist großartig hier." Dean stellte die Außenkamera an und drehte sich damit einmal im Kreis. Auch Hayley war kurz zu sehen. Sie stand am Seeufer und prüfte gerade ihre Aufnahmen auf der Kamera.

„Hast du es gut!", rief Ryan und alle anderen stimmten ihm lautstark zu.

„Den nächsten Auftrag übernehme ich!", rief Adam lachend. „Vor allem, wenn ich ebenfalls von dieser süßen Maus begleitet werde."

„Vergiss es", erwiderte Dean, ehe er überlegen konnte.

Seine Kameraden lachten. „Ah, da stellt jemand Besitzansprüche", stellte Robin grinsend fest.

„Quatsch! Wie lief denn das Training?", fragte Dean, um rasch das Thema zu wechseln.

„Super, aber du fehlst. Und bei dir? Setzt du schon Fett an, nachdem du den ganzen Tag rumgesessen hast?"

„Ich bin gerade auf dem Weg zu einer großen Joggingrunde." Er richtete die Kamera auf den See und den sich dahinter ausdehnenden Wald.

„Du Glücklicher!", ertönte es im Chor.

„Ja, es könnte schlimmer sein. Gut, ich muss dann mal. Macht's gut, Jungs, und bis bald." Dean winkte in die Kamera und schaltete das Handy aus.

Schließlich lief er los. Ein Weg führte ein längeres Stück direkt am See entlang. Er griff weit aus und genoss das herrliche Gefühl, als sich seine Lungen mit der frischen Luft füllten und seine Beinmuskeln arbeiteten. Zu seiner Rechten zeigte sich der schimmernde Spiegel des Sees. Links begann der dichte Mischwald, tief und gesund. Er lief und lief. Mit jedem Schritt fühlte er sich glücklicher, zufriedener, ausgeglichener. Es war doch alles wunderbar. Er hatte in seinem Leben viele richtige Entscheidungen getroffen. Professionelles Eishockey zu spielen und dafür nach Calgary zu ziehen, hatte sich als wahrer Glücksgriff erwiesen. Solo zu bleiben, war ebenso richtig. An seiner Mutter sah er ja, wohin Beziehungen führen konnten. Es war gut, dass er sich mit Hayley wieder vertragen hatte. Noch ein Erlebnis der speziellen Art würde es zwischen ihnen nicht geben.

Alles war geradezu perfekt.

Kapitel 13

Hayley

Zufrieden klappte Hayley ihr Notebook zu. Gerade hatte sie ihren ersten Artikel beendet und mitsamt einer Handvoll wunderbarer Fotos an Will verschickt. Überhaupt hätte der heutige Tag gar nicht besser laufen können. Okay, abgesehen von ihrem unfreiwilligen Bad im eiskalten Bach vielleicht. Wenigstens hatten Dean und sie sich so weit zusammengerauft, dass sie einigermaßen friedlich miteinander auskamen. Immerhin mussten sie einige Tage lang aufeinander hocken. Das war in friedlicher Atmosphäre sehr viel angenehmer als im Kleinkrieg.

Ab und zu kam in Dean zwar immer noch die Flachflöte zum Vorschein, aber wenn sie an das Ekel dachte, das ihr am ersten Tag auf dem Parkplatz begegnet war, oder noch schlimmer, nach ihrem One-Night-Stand, schien er sich jetzt große Mühe zu geben. Vielleicht hatte ihm sein Trainer ja eins auf den Deckel gegeben. Hoffentlich hielt er das einige Tage lang durch, bis sie wieder zurück waren.

Rasch tippte sie eine kurze Nachricht an Sue:

Wir sind gut am Lake Louise angekommen. Es ist wunderschön hier! Offenbar hat die paradiesische Umgebung sogar positiven Einfluss auf Dean. Anfangs war er der bekannte Idiot, aber inzwischen kommt tatsächlich ein ganz normaler Mensch zum Vorschein.

Zufrieden verließ sie den Camper, breitete die Arme aus und streckte sich. Wie klar die Luft hier war. Langsam ging sie zum See hinunter. Die Kulisse der sich dahinter erhebenden schneebedeckten Berge im Licht der untergehenden Sonne war so schön, dass sie schon unwirklich war. Kurzentschlossen holte sie ihre Kamera und schoss ein paar Fotos, einfach nur für sich. Gerade, als sie zum Weg hinübersah, den Dean vorhin entlanggelaufen war, kam er zurück.

Bei seinem Anblick fing Hayleys Herz sofort an zu rasen. Konnte ein Mann dermaßen attraktiv sein? Selbst mit verschwitztem Shirt und feuchtem Haar sah er einfach unverschämt gut aus.

Gerade hatte er sie entdeckt und trabte locker auf sie zu. Er blieb vor ihr stehen und begann mit Dehnübungen.

„War das herrlich!", schwärmte er. „Beim nächsten Mal solltest du unbedingt mitkommen, falls dein Knie es zulässt. Man hat immer wieder andere Ausblicke auf den See, die Berge und den Wald. Weiter hinten ist eine Wiese, die reicht bis an das Wasser heran, mit unzähligen bunten Blumen. Keine Ahnung, wie die heißen, aber sie waren pink und gelb und weiß. Das hätte dir bestimmt gefallen."

„Oh! Ja, klingt wundervoll."

„Ich hätte dir gern ein paar mitgebracht, aber ich fürchte, bei meinem Tempo hätten sie nicht bis hierher überlebt."

Verwirrt starrte Hayley ihn an. Er hatte überlegt, ihr Blumen mitzubringen? Was war nur los mit ihm? War das noch derselbe Dean, der sie nach dem Sex so gefühllos abgekanzelt hatte?

Ihm schien aufzugehen, was er gesagt hatte, denn er wandte sich rasch ab. „Ich geh schnell duschen, und danach können wir essen gehen, okay?"

„Gut. Warte, ich komm mit rein."

Sie stiegen nacheinander in den Camper und während Dean duschte, suchte Hayley in ihrer Hälfte des Kleiderschranks nach dem passenden Outfit für den Abend. Es sollte einigermaßen chic sein, aber nicht zu aufgebrezelt, schließlich befanden sie sich mitten in der Natur. Und auf keinen Fall durfte es zu sexy sein. Nicht, dass Dean auf dumme Gedanken kam. Das mit den Blumen gab ihr immer noch zu denken.

Sie zog sich bis auf Slip und BH aus und probierte ein paar Teile an. Die engere Auswahl legte sie vor sich auf die Bank und betrachtete sie eingehend. Damit war sie so beschäftigt, dass sie nicht auf das endende Geräusch des laufenden Wassers aus der Dusche geachtet hatte. So erschrak sie, als Dean sich unvermittelt hinter ihr räusperte.

Sie riss ein Shirt hoch, hielt es vor sich und fuhr zu ihm herum. „Musst du dich so anschleichen?", fauchte sie.

Er grinste entwaffnend. „Ich bin ganz normal gegangen. Im Übrigen sehe ich nichts, was ich nicht bereits kenne."

Sie spürte, wie ihr die Hitze ins Gesicht schoss. Natürlich hatte er recht, während sie sich gerade anstellte wie ein verklemmtes Schulmädchen.

Er sah an ihr vorbei und zeigte auf ein hummerrotes Top. „Ich rate dir zu dem da." Vor sich hin pfeifend fing er an, in seinen eigenen Klamotten herumzuwühlen.

Hayley entschied sich für eine karierte Bluse zu einer engen Jeans. Falls Dean überhaupt bemerkte, dass sie seinen Vorschlag ignoriert hatte, äußerte er sich nicht dazu.

„Gehen wir?", fragte er lediglich und rieb über seinen muskulösen Bauch. „Wenn ich nicht bald was zu essen kriege, geh ich in den Wald und verspeise das nächstbeste Tier, das ich erwische."

„Okay, daran will ich nicht schuld sein. Ich bin fertig."

In entspannter Stimmung verließen sie den Camper und liefen zum Restaurant, das ungefähr eine halbe Meile entfernt am Ufer des Sees lag. Auf dem Weg dorthin sprachen sie nicht viel.

Verstohlen betrachtete Hayley Dean von der Seite. Er trug ein weißes T-Shirt, das seine athletische Figur wunderbar betonte, zu einer Bluejeans. Sein braunes Haar hatte er zurückgekämmt, sodass sein ebenmäßiges Gesicht, seine vollen Brauen und großen Augen zur Geltung kamen. Ja, er war ein attraktiver Mann, aber was nützte das, wenn er Frauen wie Einweghandschuhe behandelte?

Als sie das Restaurant betraten, bemerkte Hayley, dass es gut besucht war, doch es gab noch ein paar freie Tische. Der Kellner führte sie zu einem davon an der Wandseite. Offensichtlich hatte er Dean erkannt, denn er wirkte ganz aufgeregt, schien jedoch nicht zu wagen, ihn darauf anzusprechen.

Das änderte sich wenige Sekunden später. Noch während Dean Hayley den Stuhl zurechtrückte, fiel ihr das Getuschel an einigen Tischen auf. Und sobald sie saß, strömten gleich mehrere Fans aus unterschiedlichen Richtungen auf sie zu und umringten Dean wie ein Schwarm hungriger Haie.

„Du bist doch Dean Walker!", rief ein Junge im Teenageralter. „Darf ich ein Autogramm haben?"

Darum baten auch die anderen, außerdem um gemeinsame Selfies, und sie stellten ihm Fragen zu den nächsten Spielen und welche Chancen er sich gegen die gegnerischen Mannschaften ausrechnete.

„Bitte lassen Sie den Mann jetzt in Ruhe", mischte sich der Kellner ein.

Tatsächlich zogen sich die Fans zögernd zurück wie Wasser vor einem Tsunami. Jedoch nur, um anderen Platz zu machen, die auf ihren Tisch zusteuerten. Dean war noch nicht einmal dazu gekommen, Platz zu nehmen.

Hayley reagierte impulsiv, ohne nachzudenken. Sie sprang auf und wandte sich mit freundlichem Lächeln an die Fans. „Bitte haben Sie Verständnis dafür, dass wir uns nun ein wenig Privatsphäre wünschen, ja? Danke schön!" Dann schlang sie Dean die Arme um den Hals und küsste ihn.

Nach kurzer Verwirrung küsste er sie zurück und zog sie nah zu sich heran.

Es funktionierte! Leise miteinander tuschelnd verschwanden weitere Fans.

„Vielen Dank für Ihr Verständnis", sagte der Kellner in die Runde, und Hayley hätte am liebsten auch ihn geküsst. Zögerlich gingen nun auch die letzten hartnäckigen Fans an ihre Tische zurück.

Als Hayley sich von Dean löste, erschien es ihr, dass er sie nur ungern losließ. Sein Blick wirkte verklärt, als müsste er erst langsam wieder in die Realität zurückfinden.

Hatte er den Kuss etwa genossen? Dabei war er nur Mittel zum Zweck gewesen, was ihm sicherlich klar war. Oder etwa nicht?

Sie nahmen nun beide wieder Platz und der Kellner überreichte ihnen die Speisekarten. Er starrte Dean dermaßen hingerissen an, dass Hayley vermutete, er müsse selbst ein riesiger Fan sein. Vorsichtig stupste sie Dean an. „Ich glaube, dieser Mister hier hat ein Autogramm mit Widmung verdient, meinst du nicht auch?"

„Ja, da stimme ich dir zu. Wo soll ich unterschreiben?"

Der Kellner riss ungläubig die Augen auf. „Wirklich? Das ist ... Das wäre großartig. Ich meine, vielen Dank!" Schnell riss er ein Blatt vom Rechnungsblock ab und reichte es Dean zusammen mit einem Kugelschreiber.

„Wie heißen Sie?", erkundigte sich Dean.

„Andy, Sir. Andy Masters."

Für Andy Masters mit bestem Dank für die großartige Hilfe. Dean Walker, Calgary Hunters

schrieb Dean.

Der Kellner nahm den Zettel mit derartigem Stolz entgegen, als wäre er eine Medaille. „Vielen Dank, Sir. Ich werde ihn einrahmen und an die Wand hängen."

„Wenn Sie meinen." Dean lachte und nahm sich nun die Speisekarte vor. „Und wenn ich jetzt nicht gleich etwas zu essen bekomme, verdrücke ich den nächstbesten Gast, der mich anspricht."

Hayley lachte, und er lachte mit. Immer noch meinte sie, seinen Kuss auf den Lippen zu spüren. Sie war froh, dass Dean ihn nicht erwähnte.

„Du bist ganz schön tapfer, Dean", sagte sie.

Erstaunt sah er von der Karte auf. „Inwiefern?"

„Du musst schon seit Stunden einen Mordshunger haben. Gedroht hast du ja schon lange genug, und nach nur einem einzigen Apfel kann ich das vollkommen verstehen. Trotzdem sitzt du hier immer noch ganz entspannt. Wenn ich Hunger habe, werde ich unausstehlich."

„Das ist alles Übungssache. Als Sportler sind regelmäßige Mahlzeiten natürlich wichtig, aber während der Spiele kommt man trotzdem oftmals nicht dazu. Die Spiele gehen in die Verlängerung, eine Journalistenmeute lauert einem auf, die Schiedsrichter haben dies und das zu bemäkeln … Es kommt immer wieder etwas dazwischen. Deshalb kenne ich es, mal länger aufs Essen zu warten." Er lächelte. „Trotzdem danke für das Kompliment. Und auch dir vielen Dank für deine Hilfe. Ohne dein schnelles Eingreifen wäre ich wahrscheinlich immer noch belagert."

„Gern geschehen." Sie erwiderte sein Lächeln.

„Übrigens war es eine überaus angenehme Art, gerettet zu werden."

„Freut mich zu hören. Sie wird sich allerdings nicht wiederholen."

„Davon gehe ich aus."

„Muss furchtbar sein, so berühmt zu sein", sagte sie ironisch.

„Ach, weißt du, man gewöhnt sich daran." Deans übertrieben großkotziger Tonfall verriet ihr, dass er schauspielerte. Dann lachte er, und sie lachte mit.

Nachdem sie ihre Bestellungen aufgegeben hatten und der Salat serviert wurde, stießen sie mit einem Glas Wein an. Hayley hielt inne. So wohl hatte sie sich schon lange nicht gefühlt. Wer hätte gedacht, dass sich Dean doch als so angenehme Begleitung erweisen würde?

Auch das Lachsfilet mit gerösteten Kartoffeln schmeckte köstlich. Dean entschied sich für ein Steak vom Wapiti und kaute mit Genuss.

„So ein schöner Abend", schwärmte er.

Hayley erhob ihr Glas. „Auf einen erfolgreichen Ausflug!"

Sie stießen miteinander an, und die Gläser klirrten verheißungsvoll.

Nach dem Essen gingen sie langsam zum Wohnmobil zurück. Es war ein lauer Sommerabend. Deshalb hoben sie den Tisch und zwei Stühle aus einem der äußeren Klappfächer, holten sich etwas zu trinken und setzten sich vor den Camper, mit Blick auf den See. Inzwischen war es dunkel geworden. Das Mondlicht spiegelte sich auf der Wasseroberfläche und verlieh ihm einen silbrigen Schimmer.

„Bist du zufrieden mit dem Verlauf des ersten Tages?", erkundigte sich Dean.

„Ja, sehr. Es ist alles super gelaufen, ich habe einen abwechslungsreichen Artikel geschrieben und tolle Fotos gemacht. Wenn es so weitergeht, kann ich nicht klagen."

„Das freut mich."

Eine Mücke machte es sich auf ihrem Arm bequem und Hayley erschlug sie schnell. „Weg da, du Biest! Sorry!" Sie grinste schief. „Und du? Wie gefällt es dir bisher?"

„Ebenfalls sehr gut. Wichtig ist, dass *Wilderness Tours* zufrieden sind. Allerdings ist es ein seltsames Gefühl, so kurz vor den wichtigen Entscheidungsspielen entspannt rumzusitzen. Ich müsste auf dem Eis stehen und trainieren."

„Du bist ein hervorragender Spieler, Dean. Diesen kurzen Trainingsausfall holst du locker wieder auf."

„Ich hoffe es."

Gleich mehrere Mücken sirrten vor ihrem Gesicht herum, und Hayley wedelte wild mit der Hand. „Verdammte Plagegeister! Eine hat mich schon gestochen." Sie kratzte sich am Knöchel.

„Ja, das ist der Nachteil hier am Wasser", gab Dean ruhig zurück. Wie es schien, wurde er nicht belästigt. Oder es störte ihn nicht.

Eine Weile sahen sie schweigend auf den mondbeschienenen See hinaus. Ein Stück entfernt bellte der Hund eines anderen Campers, und von der gegenüberliegenden Seite zog der Duft von gegrillten Würstchen weiterer Gäste zu ihnen herüber. Davon abgesehen war es wunderbar ruhig. Mit Ausnahme der kleinen Plagegeister.

„Die Mücken gehen mir auf die Nerven. Außerdem wird es kühl", stellte Hayley irgendwann fest. „Wir sollten schlafen gehen. Morgen haben wir viel vor."

„Du hast recht." Dean stand auf und verstaute Tisch und Stühle im dafür vorgesehenen Fach.

Hayley putzte sich die Zähne, bürstete ihr Haar und zog sich ein Shorty für die Nacht an. Während Dean im Bad war, kletterte sie die Leiter in den Schlafbereich hoch. Es sah wirklich äußerst gemütlich aus. Allerdings entdeckte sie ein Problem, über das sie bisher nicht nachgedacht hatte: Es gab nur ein Doppelbett.

Sobald Dean die Leiter erklomm, sprach sie ihn darauf an.

„Warum soll das ein Problem sein?", fragte er.

„Das liegt wohl auf der Hand. Ich soll ernsthaft mit dir in einem Bett schlafen? Nach dem, was auf der Party zwischen uns geschehen ist und vor allem, wie du mich hinterher behandelt hast?"

„Ich dachte, das hatten wir geklärt."

„Haben wir auch. Trotzdem will ich nicht Seite an Seite mit dir schlafen."

„Tja, du hast die Wahl: entweder das oder du machst es dir irgendwo anders im Camper gemütlich."

„Wieso ich?"

„Weil es mir nicht das Geringste ausmacht, neben dir zu schlafen. Ich kann das ausgezeichnet trennen."

„Was du nicht sagst." Fieberhaft dachte Hayley nach. Der Gedanke an die Sitzbank unten war nicht gerade verführerisch. Vor allem sah das Bett wirklich sehr weich und warm aus und sobald es hell wurde, hatte man vom Dachfenster aus bestimmt einen wunderschönen Ausblick.

„Also ich lege mich jetzt jedenfalls hin." Dean krabbelte an ihr vorbei, legte sich hin und zog die Decke über sich. Er seufzte wohlig. „Ach, es liegt sich einfach wunderbar. So schnell kriegt mich hier keiner mehr weg."

Seufzend kroch auch Hayley ins Bett, äußerst darauf bedacht, möglichst weit von Dean entfernt zu liegen. Allerdings musste sie zugeben, dass das Bett tatsächlich so bequem war, wie es aussah. Und allzu schlimm war es gar nicht, Dean nur eine Armlänge entfernt zu wissen. Schließlich waren sie beide erwachsen.

„Tja, dann ... gute Nacht." Dean drehte sich auf die Seite, weg von ihr.

Hayley wünschte ihm dasselbe und schloss die Augen.

Es war wunderbar ruhig. Nicht das leiseste Geräusch drang zu ihnen. Noch nicht einmal Dean. Atmete er überhaupt? Klar tat er das, er war ein kerngesunder Sportler. Auch von außen hörte sie nichts, weder Motorenlärm noch Musik oder sich unterhaltende Leute. Dämmte das Wohnmobil so gut oder schliefen alle anderen Gäste bereits? Langsam wich die Anspannung und Hayley spürte, dass sie sich immer mehr entspannte und der Schlaf sich näherte.

Ein leises Summen. Sie hielt den Atem an und lauschte. Kam das von draußen? Vielleicht ein Motorrad? Es wurde lauter, noch lauter ... Diese verdammten Scheißmücken! Schon sirrte es direkt neben ihrem Ohr. Blind schlug sie danach und das nervtötende Geräusch verstummte. Sie atmete auf, doch schon summte es erneut, näherte sich und ... Stille. Wohin hatte das Stechvieh sich gesetzt? Schnell zog Hayley ihre Beine und Arme unter die Decke. Für einen Moment blieb es ruhig, und sie atmete erleichtert auf. Leise seufzend drehte sie sich auf die Seite, um endlich einzuschlafen.

Bsss! Direkt an ihrem Ohr! Hayley wedelte wild in der Luft herum und fluchte leise. Sie zog die Decke über ihren Kopf, aber schnell wurde es ihr zu warm und sie zog die Decke wieder tiefer.

Ohne in der Dunkelheit etwas erkennen zu können, spähte sie zu Deans Bettseite hinüber. Dort rührte sich nichts, er schlief seelenruhig. Warum ließen die Mücken ihn in Ruhe? Schmeckte ihr Blut süßer? Und war an dieser Binsenweisheit überhaupt etwas dran?

Wieder wälzte sie sich auf den Rücken und starrte hellwach mit offenen Augen in die Nacht. Es dauerte nicht lange, da näherte sich das Summen erneut. Als es direkt neben ihrem Gesicht erklang, schlug sie einige Male entnervt in der Luft herum. Endlich kam ihr der rettende Gedanke: Hatten sie nicht Mückenspray eingepackt? Ja, soweit sie sich erinnerte, hatte sie es gesehen. Allerdings befand es sich in einer der Kisten unten. Sie müsste die Leiter hinunterklettern und darin herumwühlen, ohne Dean dabei zu wecken.

Zaudernd lag sie da und während sie noch überlegte, ob sie wirklich das gemütliche Bett verlassen und sich im Finstern nach unten tasten wollte, stellte sie fest, dass das Summen aufgehört hatte. War es ihr gelungen, die Mücke zu erschlagen? Oder saugte sie sich jetzt doch an Dean voll, der nicht so wehrhaft war wie sie?

Egal. Hauptsache, es war endlich wieder still und sie konnte einschlafen. Allerdings hatte der Ärger sie inzwischen hellwach gemacht, sodass sie sich erst wieder beruhigen musste. Aber langsam spürte sie, dass sich der Schlaf wieder näherte. Ihr Atem ging langsamer und sie …

Deans Bettdecke raschelte leise, er drehte sich im Schlaf um. Vielleicht hatte die Mücke ihn tatsächlich gestochen und sein Unterbewusstsein hatte es bemerkt? Wie auch immer. Er lag wieder still, und jetzt konnte sie hoffentlich ebenfalls einschlafen. Die Gedanken hörten auf zu kreisen, tiefe Entspannung senkte sich über sie. Langsam driftete sie in den Schlaf.

Himmel, was war das denn? Ein lautes Geräusch ließ sie hochschrecken. Und während sie noch mit klopfendem Herzen dalag, ertönte es erneut. Es kam von Deans Bettseite. Er schnarchte! Ach, du lieber Himmel, nicht auch noch das! Erneut ein lautes Röcheln, das mit einem Grunzen endete. Das war ja noch viel schlimmer als die Mücken! So würde sie tatsächlich kein Auge schließen.

Als Dean erneut schnarchte, stupste sie ihn vorsichtig an. Als Reaktion folgte nur ein weiteres Röhren.

„Dean!" Sie zischte verärgert und schüttelte ihn energischer.

Er murmelte etwas, und die nächsten Atemzüge kamen wieder geräuschlos.

Ein Glück! Eine ganze Nacht damit wäre ja nicht auszudenken und ...

Krrchmph!

„Verdammt! Dean, du schnarchst!", rief sie lauter.

Seine Antwort bestand in einem lang gezogenen Sägegeräusch.

Entnervt setzte sich Hayley auf. Das konnte ja wohl nicht wahr sein! Da hatte er es im Laufe des Tages endlich geschafft, sie wieder milde zu stimmen, und als Dank machte er ihr jetzt die Nacht zur Hölle. Okay, bevor sie gar keinen Schlaf bekam, war die Sitzbank unten das kleinere Übel. Entschlossen schaltete sie das Licht neben ihrem Bett an, riss Bettdecke und Kissen an sich, ohne Rücksicht darauf zu nehmen, dass sie Dean damit wecken könnte, und kletterte vorsichtig die Leiter hinunter. Dean schien allerdings einen Schlaf zu haben wie ein Bär während der Winterruhe, nichts weckte ihn auf. Mit jeder Sprosse hörte sie sein Geröchel etwas leiser, und als Hayley unten angekommen war, klang es schon wesentlich erträglicher.

Aber kalt war es! Im Bett hatte sie so schön warm und gemütlich gelegen! Im Stillen verfluchte sie nun Dean und nahm all ihre positiven Gedanken ihm gegenüber wieder zurück. Schnell wickelte sie sich in ihre Bettdecke, drückte das Kissen auf die Bank und legte sich hin. Hart war es und eng. Unbequem. Sie versuchte, sich etwas gemütlicher zurechtzulegen und schlug sich die Hand an der Tischkante an. Ihre Laune erreichte nun endgültig den Tiefpunkt. Nein, sie sank sogar noch tiefer, denn als sie die Augen schloss und versuchte, sich zu entspannen, um endlich, endlich einzuschlafen, stellte sie fest, dass sie Deans Schnarchen doch deutlich hören konnte. Gedämpfter, aber es war noch da. Mit jedem einzelnen Atemzug säbelte er weiter an ihren Nerven herum.

Ohrstöpsel hatten sie leider nicht dabei. Warum zum Teufel hatten sie nicht daran gedacht? Dass es hier so kalt war, war jetzt ihr Glück, denn sie zog sich erneut die Decke so hoch über den Kopf, dass zumindest ihre Ohren bedeckt waren. Erleichtert atmete sie auf, als sie feststellte, dass Deans Röhren jetzt fast vollständig eliminiert war. Es dauerte noch eine ganze Weile, aber endlich schlief sie ein.

Kapitel 14

Dean

Das Erste, was Dean beim Erwachen feststellte, war seine total verstopfte Nase. So eine Scheiße! Hatte er sich gestern beim unfreiwilligen Bad im Fluss tatsächlich erkältet? Oder reagierte er auf irgendetwas im Camper allergisch?

Am diffusen Dämmerlicht schätzte er, dass die Sonne noch nicht aufgegangen war, aber es würde nicht mehr lange dauern. Er wandte den Kopf zur Seite, um Hayley anzusehen. Sie sah bestimmt total süß aus, ihre Locken vom Schlaf verwuschelt und …

Sie war weg! Sofort saß Dean hellwach im Bett! Wo steckte sie? Vielleicht musste sie auf Toilette? Dann bemerkte er, dass auch ihr Bettzeug fehlte. Ihre Bettseite war bis auf das Laken leer.

Die Sache ließ ihm keine Ruhe. Hatte er sie im Halbschlaf betatscht, ohne sich daran zu erinnern? Vielleicht, weil er von ihr geträumt hatte? War sie deshalb abgehauen? Vor ihm geflohen? Er krabbelte zum Fußende des Betts und stieg hinunter. Sein Blick fiel auf die Sitzbank, und da entdeckte er sie. Eingerollt wie eine Mumie, bis zur Nasenspitze zugedeckt lag sie da, und schlief tief und fest. Atmete sie überhaupt? Dean hörte nicht das leiseste Geräusch.

Wie jeden Morgen wollte er als Erstes eine große Runde joggen. Gestern hatte er sich viel zu wenig bewegt. Wenn er für die nächsten Spiele fit sein wollte, musste er heute deutlich aktiver werden.

Zögernd sah er erneut zu Hayley hinüber. Sollte er sie da liegen lassen? Auf der gewiss sehr harten Bank? Er plante mindestens zwei Stunden lang unterwegs zu sein. Da hätte sie es oben im Bett doch viel bequemer, oder? Allerdings müsste er sie dafür wecken. Was, wenn sie ihn deshalb anzickte? Womöglich lag sie gern so hart und das Bett war ihr zu weich gewesen? Wohl eher nicht. Ach herrje, die Ärmste. Erst die Mücken gestern Abend und jetzt das. An ihre Laune, die sie heute haben würde, mochte er gar nicht denken.

Er beschloss, dass man schlafende Hunde nicht wecken sollte, und ging ins Bad, um sich die Zähne zu putzen. Hoffentlich wurde Hayley vom Wasserrauschen nicht wach. Dean ließ es so kurz wie möglich laufen und verließ das Badezimmer schließlich auf Zehenspitzen. Dann zog er leise seine Sportkleidung an und drückte die Türklinke des Campers hinunter.

„Wo willst du hin?"

Dean erschrak fast zu Tode. Er war fest davon ausgegangen, dass Hayley noch schlief. Stattdessen saß sie jetzt auf der Bank, immer noch in ihre Decke gewickelt, und starrte ihn verwirrt an. Eine Locke hing ihr ungebändigt in die Stirn. Sie sah unglaublich süß aus.

„Sorry, hab ich dich geweckt? Das wollte ich nicht."

„Du hast geschnarcht", klagte sie ihn an.

„Im Ernst? Tut mir leid."

„Ich hab die halbe Nacht nicht geschlafen. Du hast geröhrt wie ein Hirsch", brummte sie beleidigt wie ein Bär, den man aus dem Winterschlaf geweckt hatte, und sah irgendwie auch wie einer aus. Sehr niedlich.

„Oje. Ich muss eine Allergie haben oder so was, meine Nase ist ganz verstopft. Ich gehe jetzt joggen. An der frischen Luft wird es bestimmt schnell besser. Schlaf weiter, es ist noch früh."

„Das mach ich auch, aber oben. Der Störenfried ist mit dir ja jetzt weg. Lass dir Zeit beim Joggen." Damit raffte sie Decke und Kissen an sich, stand auf – ganz entzückend sah sie aus in ihrem kurzen Shorty – und tappte zur Leiter.

„Schlaf schön", sagte Dean. Nach einem letzten Blick auf Hayley verließ er das Wohnmobil. Die Arme. Und er selbst erst! Nach einer fast schlaflosen Nacht mochte er sich ihre Laune heute gar nicht vorstellen. Und das, nachdem sie sich gestern gerade etwas zusammengerauft hatten.

Draußen sog er tief die frische Luft in seine Lungen. Nebel lag über dem See, der aussah, als würde er dampfen. Ein wunderschönes Bild. Wie herrlich still es um diese Zeit noch war. Keine Menschenseele war zu hören. Keine Rufe, kein Gebell, kein Motorenlärm störte die Ruhe. Nur die Gesänge einiger früher Vögel unterbrachen die Stille und das leise Plätschern der Wellen.

Er lief los und folgte wieder dem Weg, der am See entlangführte. Mitunter, wenn Felsbrocken oder Bachläufe ihn unterbrachen, musste Dean einen Umweg laufen, aber er genoss jeden einzelnen Schritt. Langsam wurde es heller, und als die Sonne aufging und den See in rosafarbenes Licht tauchte, blieb er entgegen seinen sonstigen Gewohnheiten für einen Moment stehen, um diesen magischen Augenblick zu genießen. Ganz allein war er hier. Um diese frühe Stunde war noch niemand unterwegs. Er ging bis ans Ufer heran. Leise glucksend schlugen kleine Wellen auf den Kies, hoch oben am Himmel zog ein Raubvogel seine Kreise und stieß einen schrillen Schrei aus, der nach Sehnsucht klang. Davon abgesehen blieb es vollkommen still.

Hoffentlich konnte Hayley noch etwas schlafen. Dann würde sich ihre Stimmung heute vielleicht noch im Rahmen halten oder sogar bessern. Er stellte sich vor, wie sie in ihrem Bett lag und sich ihre Brust sacht hob und senkte. Vielleicht ragte eins ihrer hübschen Beine aus der Decke. Er könnte mit den Fingerspitzen daran entlangstreichen und ...

War er eigentlich vollkommen verblödet? Was dachte er denn da? Hayley war ein One-Night-Stand und mehr nicht. Ein äußerst biestiger noch dazu. Das würde sich auf keinen Fall wiederholen. Auch wenn ihm ihr Kuss gestern Abend sehr gut gefallen hatte. Allerdings lag das nur an den Umständen und war deshalb vollkommen bedeutungslos.

Widerstrebend riss er sich von den angenehmen Erinnerungen und dem Anblick des wunderbaren Sees los und trabte weiter. Der Weg führte ihn schließlich durch dichten Wald und der bloße Gedanke, dass hier wilde Tiere lebten wie Bären, Wölfe und Luchse, jagte ihm einen Schauder über den Rücken. Was, wenn ihm gleich ein wütender Elchbulle gegenüberstand? Dean lebte inzwischen schon so lange in der Großstadt, dass ihm der Gedanke an diese urwüchsige Natur ein wenig unheimlich war. Vielleicht hätte er doch auf Hayley warten und mit ihr zusammen loslaufen sollen. Vorausgesetzt, sie hatte sich gestern ihr Knie nicht schlimmer verletzt, als sie zugeben wollte. Wenn sie auf Tiere träfen, hätte sie tolle Fotos von ihnen machen können. Warum musste er eigentlich immer wieder an sie denken? Das war doch nicht normal. Seit Mary hatte das keine Frau mehr geschafft, und das war auch gut so.

Er lief schneller, atmete die würzige Waldluft ein und stieß bald wieder an den See. Die Sonne stieg höher und löste den Nebel rasch auf. Es würde ein warmer Tag werden.

Nach etwa einer Stunde machte er sich wieder auf den Rückweg. Als er den Campingplatz erreichte, waren einige Gäste schon auf. Sie frühstückten neben ihren Wohnmobilen und riefen ihm Grußworte zu. Er griff nach der Klinke des Campers ... und ließ sie wieder los. Gerade eben war er doch an einer Lichtung vorbeigekommen, auf der Wildblumen blühten. Ob die wohl Hayleys gewiss finstere Laune ein wenig aufhellen könnten? Entschlossen lief er das kurze Stück zurück und pflückte ein paar gelbe und rosafarbene Blumen. Dann lief er zurück, bemüht, die Pflanzen ruhig zu halten, und betrat das Wohnmobil, das wissende Grinsen der Campingnachbarn im Rücken.

Hayley schlief noch. Die Ärmste musste völlig fertig sein. Er hatte gar nicht gewusst, dass er überhaupt schnarchte, und dann noch so schlimm. Zum Glück war seine Nase inzwischen wieder völlig frei.

Im Schrank suchte er nach einem Glas, füllte Wasser ein und stellte die Blumen hinein. Dann platzierte er das Glas auf den Tisch und ging schnell duschen. Anschließend deckte er den Tisch und kochte Kaffee. So langsam könnte Hayley wirklich mal aufstehen. Schließlich hatten sie heute noch einiges vor. Er klapperte also besonders laut mit dem Besteck und den Tassen herum.

Wie aufs Kommando erschien Hayleys Lockenkopf oben an der Leiter. „Was ist denn das für ein Radau?"

„Ah, du bist wach!", rief Dean betont fröhlich. „Komm runter, das Frühstück ist fertig."

Tatsächlich kletterte sie die Leiter runter und blieb neben dem Tisch stehen. Ihr Blick fiel auf die Blumen. Täuschte er sich oder hellte sich ihr Gesicht ein wenig auf?

„Für dich", sagte er schnell und wies auf die provisorische Vase am Tisch.

„Die sind schön. Danke. Ich geh mich eben waschen, ja? Geht auch schnell."

Dean atmete auf. Wie es schien, hatte sein Trick mit den Blumen geholfen und Hayleys schlechte Laune vertrieben.

Tatsächlich lächelte sie, als sie bald darauf am Tisch Platz nahm und das Frühstück bewunderte, das Dean inzwischen arrangiert hatte. „Das sieht ja echt lecker aus. Ich weiß gar nicht, womit ich anfangen soll."

„Vielleicht erst mal mit Kaffee?"

Sie nickte und Dean schenkte ihr eine Tasse ein. Sie tat ein Stück Zucker und einen Schuss Milch dazu, rührte um und nippte am Gebräu.

„Ah, der ist gut. Da geht's mir gleich besser."

„Nochmals sorry wegen meiner Schnarcherei. Ich hab's leider nicht gemerkt."

„Ich hab dich geschüttelt und angestupst, aber du warst nicht wachzukriegen."

„Tut mir echt leid."

„Du warst es ja nicht allein. Vorher nervten die Mücken. Ich dachte, ich werde wahnsinnig. Na ja, irgendwann bin ich auf der Bank dann eingeschlafen, aber es war definitiv zu kurz."

„Dann fahre ich heute, oder? Vielleicht kannst du während der Fahrt noch etwas schlafen."

„Auf keinen Fall! Ich will nichts verpassen. Dafür ist es hier viel zu schön." Ihr Blick streichelte die Blumen. „Und die auch. Danke nochmals."

„Hab ich gern gemacht. Als ich sie sah, musste ich gleich an dich denken."

Verdammt, warum hatte er das gesagt? Was sollte sie denn jetzt von ihm denken? Sie könnte auf völlig falsche Ideen kommen. Und wahrhaftig – schon starrte sie ihn mit großen Augen an und war offensichtlich überrumpelt.

Er grinste schief. „Weil ich so ein schlechtes Gewissen hatte, weißt du? Wegen des Schnarchens", fügte er schnell erklärend hinzu.

„Klar." Sie sprang auf. „Weißt du was? Das ist der ideale Aufhänger für meinen nächsten Artikel. Ich beginne mit dem herrlichen Frühstückstisch. Darüber werden sich deine Fans ebenso freuen wie *Wilderness Tours. So ein gutes Frühstück gibt's nur in unseren De-Luxe-Campern*", pries sie an.

„Du solltest in die Werbung gehen."

„Und du unter die Floristen."

Sie sahen sich an und lachten.

Hayley holte ihre Kamera und machte einige Fotos vom Frühstückstisch mit Dean. „Nimm mal die Tasse in die Hand. Ja, und jetzt die Schüssel mit dem Oatmeal."

Dean befolgte ihre Anweisungen, führte genussvoll einen Löffel Haferbrei zum Mund und goss anschließend mit einem Strahlen Ahornsirup über das Müsli.

„Am besten gehen wir beide ins Marketing", schlug Hayley kichernd vor. „Du als Model und ich als Fotografin."

„Super Idee! Die Firmen werden sich um uns reißen. Und ich wäre mit einer Kollegin wie dir echt zu beneiden."

Scheiße! Schon wieder! Warum konnte er nicht seinen Mund halten?

Zu seinem Glück schwieg Hayley, aber ihr Blick wirkte wissend. Sie legte die Kamera weg, setzte sich an den Tisch und griff nach einer Scheibe Brot, die sie mit Erdnussbutter und Cranberrymarmelade bestrich.

„Was machst du eigentlich so, wenn du nicht mit Eishockey beschäftigt bist?", fragte sie, offensichtlich bemüht, das Thema zu wechseln, und biss von ihrem Brot ab.

„Puh, schwer zu sagen. Eigentlich besteht mein Leben nur aus Hockey."

„Hast du keine Hobbys? Gibt's nichts, was dir neben dem Sport Spaß macht oder dich erfüllt?"

„Tja ..." Er hob die Schultern.

„Wie sieht's mit Freunden aus? Ausgehen, Party machen, natürlich alles in einem vernünftigen Rahmen."

„Ehrlich gesagt bin ich nicht gerade das, was man einen Partylöwen nennt. Mir reicht es, wenn ich beim Training oder bei den Spielen viele Menschen um mich habe. Davon abgesehen sind meine Teamkameraden die besten Freunde, die ich haben könnte. Ich weiß, dass ich mich auf jeden einzelnen von ihnen jederzeit verlassen kann."

„Das muss sehr schön sein."

„Ja, das ist es. Ich bin sehr glücklich darüber." Fast hätte er hinzugesetzt, dass sie sozusagen sein Familienersatz waren. Aber das schien dann doch zu privat, zumal Hayley, was er auf keinen Fall vergessen durfte, Journalistin war.

„Wie sieht es mit Musik aus?", fragte sie. „Konzerte, Festivals?"

„Dafür hab ich leider keine Zeit."

„Filme, Serien, Kino?"

„Dito."

„Hast du Haustiere?"

„Leider nein. Wenn es irgendwann ruhiger wird, schaffe ich mir vielleicht einen Hund an. Aber momentan ... wie gesagt, keine Zeit."

Hayley nippte an ihrer Tasse und sah ihn unter gesenkten Lidern hinweg an. Dean wurde ganz heiß unter ihrem Blick.

„Was ist mit einer Beziehung? Ich weiß, dass du gerade solo bist, aber davon abgesehen ... Hast du Pläne zur Familiengründung? Willst du Kinder?"

„Oh, das ist alles noch so weit weg. Dazu kann ich derzeit nichts sagen. Wie gesagt steht für mich der Sport an erster Stelle. Und an zweiter und dritter."

Täuschte er sich oder zog ein Schatten über ihr Gesicht?

„Ich muss sehr viel trainieren", erklärte er schnell. „Im Grunde von morgens bis abends. Dazu gehört dann noch viel Schlaf, so gut wie kein Alkohol, ausschließlich gesunde Ernährung ... Dürfte schwer werden, so etwas seinem Partner dauerhaft zuzumuten."

„Du könntest dir eine Sportlerin suchen, die dasselbe Leben führt."

Dean lachte trocken. „Damit wir uns wenige Minuten täglich sehen können? Während der Spielsaison womöglich überhaupt nicht? Darin sehe ich keinen Sinn."

„Bist du denn nicht hin und wieder ein wenig verschossen in irgendeine Frau, einen Fan oder so? Die Mädels laufen dir reihenweise hinterher, hab ich recht? Es muss doch mal eine darunter sein, die dein Herz zum Klopfen bringt."

„Gehört das hier eigentlich noch zum Interview?", erkundigte sich Dean unbehaglich. „Falls ja, werden mir deine Fragen zu intim."

„Kein Interview", entgegnete sie leise. „Nur Neugier. Ganz privat."

„Sicher gibt es mal eine", erwiderte er vage. Hayleys Anblick zog ihn plötzlich wie magisch an. Es war, als machte sie dieses Thema besonders reizvoll. Er konnte seinen Blick nicht mehr von ihren Lippen wenden. Um sich abzulenken, rührte er zum wiederholten Mal sein Oatmeal durch und nahm ein paar Löffel voll. Es schmeckte sehr gut, allerdings hatte er vorhin im Eifer des Gefechts viel zu viel Ahornsirup darüber gekippt. Sonst aß er niemals so süß.

Auch Hayley schwieg und kaute nachdenklich auf ihrem Brot herum.

„Okay, jetzt machen wir einen Seitenwechsel!", rief er. „Nun bin ich dran mit den Fragen. Wie sieht es denn bei dir aus, Hayley? Was interessiert dich neben deinem Job bei der Zeitung?"

„Ich wandere gern. Wir leben in einer großartigen Natur. So oft ich kann, gehe ich raus, laufe los und genieße es. Ich ..." Sie zögerte und kaute auf ihrer Unterlippe, was ganz entzückend aussah. „Mein Traum wäre es, bei einem Outdoormagazin zu arbeiten", fuhr sie fort. „Da könnte ich mit meiner Leidenschaft auch noch Geld verdienen. Aber dafür müsste ich wohl Brookfield verlassen und in eine größere Stadt ziehen."

„Hast du schon einmal woanders gelebt?"

Sie schüttelte den Kopf. „Nein. Bisher gab es keinen Anlass für mich, wegzuziehen. Mir gefällt es da, es ist mein Zuhause. Ich habe alles, was ich brauche."

„Abgesehen von deinem Traumjob."

Sie nickte und wirkte bekümmert.

„Könntest du dir denn vorstellen, in einer Großstadt zu leben?", hakte er nach.

„Eigentlich nicht. Aber für einen tollen Job würde ich es unter Umständen machen, auch wenn mir der Abschied von meinen Freunden und meinem Zuhause schwerfallen würde. Und du? Du stammst doch ebenfalls aus Brookfield. Könntest du dir vorstellen, dorthin zurückzuziehen?"

„Nein, auf keinen Fall!" Dean dachte sofort an seinen Vater, streng und unnachgiebig, an seinen Bruder, der genauso geworden war wie Dad, an seine Schwester, die es schon früh zu Hause nicht mehr ausgehalten hatte, und an Mom, über die vielen Jahre eingeschüchtert und ihres Selbstwertgefühls beraubt. „Niemals!", betonte er sehr nachdrücklich.

Hayley starrte ihn mit großen Augen an.

Hatte er überreagiert? Dies war ein Thema, das nur ihn etwas anging und sonst niemanden. Schon gar nicht eine neugierige kleine Reportermaus, auch wenn sie sehr süß war.

„Wir sollten uns wieder auf den Weg machen", wechselte sie das Thema, stand auf und begann, den Tisch abzuräumen.

„Du hast recht. Wir haben heute noch eine weite Strecke vor uns."

Gemeinsam räumten sie auf. Während Hayley die Teller, Tassen und das Besteck abspülte, räumte Dean die Lebensmittel in die Schränke zurück.

Sie waren schnell fertig, und kurz darauf verließen sie den Campingplatz und bogen erneut auf die Straße.

Kapitel 15

Hayley

Heute ging es weiter zum Jasper Nationalpark. *Wilderness Tours* hatte sich Fotos ihres Campers vor einigen spektakulären landschaftlichen Sehenswürdigkeiten des Landes gewünscht. Während sie den Icefields Parkway entlangfuhren, der sie direkt zu ihrem Ziel bringen würde, sah Hayley aus dem Fenster und saugte förmlich all die wunderschönen Eindrücke in sich auf, die sich ihr boten. In erster Linie tat sie es, um sich von den verwirrenden Gefühlen abzulenken, die Dean in ihr auslöste und die immer stärker wurden.

Vergangene Nacht hätte sie ihn am liebsten hochkant aus dem Bett geworfen, damit sie in Ruhe schlafen konnte. Sie war dermaßen sauer gewesen, obwohl er ja für sein Schnarchen nichts konnte. Es lag an einer Allergie. Vielleicht sogar an einem Schnupfen wegen seines unfreiwilligen Bads im eiskalten Fluss. Und dann brachte er ihr sogar Blumen vom Joggen mit! Der Anblick der zarten Wiesenblumen im Wasserglas auf dem Frühstückstisch berührte sie. Allein die Vorstellung, wie Dean auf der Wiese stand und sie pflückte, hatte ein warmes Gefühl in ihr ausgelöst. Ein Gefühl, von dem sie wusste, dass es schnell wieder verschwinden musste. Denn mehr als ein One-Night-Stand war mit Dean nicht drin. Er lebte nur für seinen Sport, das hatte er unmissverständlich erklärt. Und was sie selbst betraf, so kam eine Beziehung ohnehin nicht infrage. Dafür war ihre Angst, ihn gleich wieder zu verlieren, viel zu groß. Auf keinen Fall durfte sie ihn zu nah an sich heranlassen. Andererseits wirkte er so stark und selbstsicher, dass sie begann, sich in seiner Gegenwart zu entspannen. Sie spürte, dass ihre Ängste in den Hintergrund rückten.

Und was hatte sie überhaupt für seltsame Gedanken? Dieser Ausflug mit Dean war ein Job, mehr nicht. Er kam sowohl ihm als auch ihr zugute, aber es blieb rein beruflich. Private Befindlichkeiten hatten hier nichts zu suchen.

Meile um Meile fuhren sie durch dichten Mischwald und Weideland, passierten Bäche und Flüsse. Immer wieder boten sich ihnen atemberaubende Ausblicke auf die schneebedeckten Gipfel der Rockies.

Zum Mittagessen machten sie eine Pause auf einem Parkplatz, der auf einer Anhöhe lag. Von hier aus konnten sie ins Tal hinuntersehen, durch das sich ein Fluss schlängelte.

Während Dean Tischchen und Klappstühle aus dem Camper holte, briet Hayley ein paar Eier und schnitt Tomaten und eine Gurke in Scheiben. Dazu gab es Brot und hinterher ein Schälchen Blaubeerkompott. Als Deko kam Deans Blumenstrauß auf den Tisch.

„So gut hab ich lange nicht gegessen", lobte Dean das Essen und kratzte mit dem Löffel die letzten Reste Kompott aus der Schüssel.

„Das liegt bestimmt an der klaren Luft und der schönen Aussicht hier."

Er schüttelte den Kopf. „Nein. Es liegt an deinen Kochkünsten. Wirklich sehr gut."

Hayley grinste schief. „Ein paar Eier in die Pfanne hauen ist meilenweit von Kunst entfernt. Trotzdem danke für das Kompliment."

„Immer wieder gern."

Schon bald saßen sie wieder im Camper und fuhren weiter, bis sie am Nachmittag ihr Ziel erreichten.

„Ich kann nicht sagen, wo es schöner ist, hier im Jasper oder im Banff Nationalpark!", rief Hayley überwältigt.

Sie standen auf einem Parkplatz, der einen großartigen Blick auf die Athabasca Falls bot. Weiß schäumend schoss der Fluss durch sein Felsenbett, bevor er sprudelnd, laut rauschend und brausend in die Tiefe stürzte.

„Es ist überall schön mit dir", flüsterte Dean.

Erstaunt fuhr Hayley zu ihm herum. Er stand neben ihr, sah sie jedoch nicht an, sondern hielt den Blick auf den Wasserfall gerichtet. Wegen des Tosens war sie nicht sicher, ob sie richtig gehört hatte. „Was hast du gesagt?", bohrte sie.

Dean schüttelte den Kopf, als erwachte er aus einem Traum. „Es ist überall gleich schön. Man kann das nicht vergleichen oder bewerten."

„Das stimmt. Komm, wir machen ein paar Fotos." Sie schmunzelte. „Schließlich sind wir nicht zum Vergnügen hier."

„Das kann man angesichts der paradiesischen Aussichten tatsächlich vergessen."

Seltsamerweise bewunderte er bei diesen Worten nicht die Aussicht, sondern sah Hayley dabei direkt an.

Sie erwiderte seinen Blick wie hypnotisiert. Seine Augen leuchteten so blau, dass sie das Gefühl hatte, sich darin verlieren zu können. Er hob die Hand, um ... ja, wozu? Ihre Wange zu streicheln? Eine Locke hinter ihr Ohr zu schieben? Sie würde es nie erfahren, denn schon ließ er sie wieder sinken.

Was ging bloß in ihm vor? Es war, als hätte er zwei Seiten. Eine liebevolle und aufmerksame, und dann eine kalte und unnahbare. Wie konnte so etwas sein?

„Wir wollten doch Fotos machen!", rief sie im vagen Versuch, den Bann zu brechen, unter dem sie augenscheinlich standen.

„Passt es, wenn ich hier stehe?", fragte Dean. Er positionierte sich vor dem Wasserfall.

„Sehr gut." Hayley schoss einige Bilder. „Wir sollten allerdings nicht das Wohnmobil vergessen. Setz dich doch an den Tisch davor."

Er erfüllte ihre Anweisungen und Hayley lief ein Dutzend Schritte zurück, um die Szenerie aufnehmen zu können. Dean strahlte ihr entgegen und für einen winzigen Moment blitzte eine Vision vor ihrem inneren Auge auf, es könnte immer so sein. Sie und Dean unterwegs, vereint in ... Was zum Henker dachte sie denn da?

Eine Vereinigung mit Dean, gleich welcher Art, war unmöglich. Schon bald musste er zu seinem Verein zurück, musste trainieren und mit seiner Mannschaft aufsteigen. Und außerdem legte er keinen Wert auf Beziehungen, gleich welcher Art. Das hatte er mehrfach und deutlich zum Ausdruck gebracht. Umso besser, dass sie es ja ebenso sah, wenn auch aus völlig anderen Gründen als er.

Sie verstauten Tisch und Stühle wieder und legten das letzte Stück bis zum nächsten Campingplatz zurück. Wie schon im Banff Nationalpark fanden sie auch hier einen Platz direkt am Wasser, allerdings verzauberte sie nun ein glasklarer, rasch dahin strömender Fluss, kein See.

Zum Stellplatz gehörte eine Feuerstelle mit einem in den Boden eingelassenen Eisenring, über dem ein dreibeiniges Haltegerüst für den Grill stand.

„Darauf freu ich mich schon die ganze Zeit!" Dean strahlte. „Lass uns das Feuer gleich anmachen. Dann geht's nachher schneller, wenn wir essen wollen."

Brennholz fanden sie an einer Sammelstelle neben dem Verwaltungsgebäude. Dean entzündete es, sodass rasch kleine Flammen auflöderten.

„Wie wär's, wenn du einige Übungen absolvierst und ich dich dabei fotografiere, solange wir warten, bis wir grillen können?", schlug Hayley vor. „Nebenbei kannst du mir etwas über dein Training erzählen und was die einzelnen Übungen bewirken. Du bleibst in Form und ich bekomme Stoff für meinen Artikel."

„Super Idee. Warte, ich hole nur schnell eine Matte." Dean verschwand im Camper und kam kurz darauf wieder heraus. Die Matte legte er ins Gras neben den Fluss. „Hier dürfte es gut aussehen, oder?"

„Fantastisch!" Ein superattraktiver Mann vor einer atemberaubenden Landschaft. Die Leser würden ihnen die Zeitungen aus den Händen reißen! Besonders die weiblichen.

„Für Eishockeyspieler ist eine stabile Rumpfmuskulatur besonders wichtig", begann Dean mit seinen Erklärungen, während er sich dehnte und aufwärmte. „Deshalb beginne ich mit Planks. Sie trainieren den gesamten Körper, besonders die Bauch- und Rückenmuskulatur." Er legte sich in Bauchlage auf die Matte. Dann stützte er sich auf seine Unterarme und Fußspitzen und hielt die Übung ungefähr zwei Minuten lang.

Währenddessen fotografierte Hayley ihn von mehreren Seiten und notierte sich seine Anweisungen. Dabei konnte sie nicht aufhören, seinen muskulösen Körper zu betrachten. Aus eigener Erfahrung wusste sie, wie anstrengend diese Übung war. Aber der durchtrainierte Sportler zitterte nicht, er keuchte nicht, sondern hielt die Position mühelos. Weiter ging es mit unterschiedlichen Variationen von Sit-ups, Liegestützen und Kniebeugen.

„Wichtig ist, dass alle Übungen sauber durchgeführt werden", erklärte Dean, ohne dabei atemlos zu sein. „Andernfalls riskiert man Verletzungen oder Überbeanspruchungen."

„Kannst du für die Leser ein Beispiel nennen?"

„Natürlich. Nehmen wir die Planks. Dabei darf auf keinen Fall der Rücken durchhängen oder der Po gehoben werden. Möchtest du es ausprobieren? Dann kannst du es dir besser vorstellen."

„Gern."

Dean überließ Hayley die Matte. Sie legte sich auf den Bauch, wie er es gemacht hatte, und stützte sich auf Unterarme und Fußspitzen. Die Anstrengung machte sich bereits nach etwa dreißig Sekunden bemerkbar. Aber sie hielt die Position und bemühte sich, ruhig und gleichmäßig zu atmen.

Dean kniete sich neben sie und legte seine Hand so sacht auf ihren Rücken, dass Hayley sie kaum spürte und andererseits in aller Deutlichkeit wahrnahm.

„Du machst das genau richtig. Dein Rücken ist gerade und dein Po ist genau da, wo er sein soll", lobte er.

„Na, da bin ich aber froh", sagte sie und schwieg sofort wieder, um sich aufs Atmen zu konzentrieren.

Dean lachte. Es klang wie das Gurren von Tauben und machte Hayley ganz nervös. Seine Hand strich tiefer, folgte der Wölbung ihres Rückens.

Jetzt hielt Hayley doch die Luft an. Was, wenn er gleich ihren Po berühren würde? Fast meinte sie bereits, seine Hand dort zu spüren. Es kam ihr vor, als ob elektrische Schwingungen von ihr ausgingen, die ihren Puls beschleunigten. Schließlich ging ihr die Luft aus und ihre Arme begannen zu zittern. Das war alles Deans Schuld! Warum musste er sie dermaßen in Unruhe versetzen?

„Noch fünf Sekunden!", rief er motivierend, als wäre er ihr Trainer. „Komm, du schaffst das! Vier, drei, zwei ..."

Tatsächlich schaffte sie es, aber auch keine einzige Sekunde länger. Erleichtert ließ sie sich sinken und setzte sich dann auf die Matte.

„Puh, ganz schön anstrengend", schnaufte sie.

„Ja, das ist Sinn der Sache. Die Übung ist einfach, aber sehr effektiv. Hast du gemerkt, wie sich deine Bauchmuskeln anspannten? Mach es täglich, dann wirst du bald über einen sehr stabilen Rumpf verfügen." Er musterte sie mit blitzenden Augen. „Nicht, dass es da viel zu optimieren gibt, zumindest was die Optik angeht. Fürs Wohlbefinden und die Fitness kannst du allerdings ruhig etwas mehr machen."

„Das überlege ich mir noch mal." Hayley lachte, um ihre Nervosität zu überspielen, und stand auf. Dean machte ihr Komplimente. Brachte ihr Blumen mit. War besorgt wegen ihres Beins oder des unfreiwilligen Bads im kalten Bach. Und sie war sich sicher, dass er sie eben während ihrer Übung allzu gern berührt hätte. Was bezweckte er damit? Eine Wiederholung ihres Erlebnisses bei der Party der *Calgary Hunters*? Tja, das konnte er vergessen. Auf eine nochmalige Zurückweisung dieser Art konnte sie für den Rest ihres Lebens verzichten.

„Gut, machen wir weiter, oder? Ich werde dir jetzt ein paar Sprungeinheiten vorführen. Eishockeyspieler müssen ständig extrem schnell dem Puck hinterherjagen, von einer Ecke des Spielfelds zur anderen gelangen. Das geht nur mit einer sehr starken Beinmuskulatur, viel Sprungkraft und maximaler Flexibilität." Dean sah sich um. „Zu Hause würde ich mit einer Box oder einem Kasten trainieren. Hier tut es auch der Stein dort drüben." Er ging die wenigen Schritte hinüber.

Hayley folgte ihm mit der Kamera. Der Stein, vor dem Dean stehen geblieben war, war etwa kniehoch und oben abgeflacht.

„Ich springe aus dem Stand mit beiden Beinen auf den Stein", erklärte er und sprang. Er landete sicher, hielt die Position mit gebeugten Knien einige Sekunden lang und stieg wieder herunter. Nach ein paar Wiederholungen zeigte er ihr eine weitere Übung. „Jetzt versuche ich, aus dem Stand möglichst weit nach vorn zu springen. Anschließend springe ich seitwärts. Das trainiert Kraft, Beweglichkeit und Koordination."

Hayley machte weitere Fotos und notierte sich seine Anweisungen in Stichworten. Es würde ein interessanter Artikel werden, der seine Fans garantiert begeisterte. Wer liebte nicht persönliche Tipps seines Stars, garniert mit reizvollen Fotos? Ja, sie waren tatsächlich ein gutes Team. Wer hätte das bei ihrer ersten Begegnung auf dem Parkplatz in Brookfield erwartet?

„Vor dem Abendessen laufe ich noch eine Runde", erklärte Dean schließlich und warf einen Blick zum Himmel. „Dürfte nicht mehr allzu lang dauern, bis es dunkel wird. Möchtest du mitkommen? Oder bereitet dir dein Knie noch Probleme?"

„Nein, damit ist alles wieder in Ordnung. Aber lass mal, ich bleibe trotzdem hier und bereite schon mal das Essen vor."

Er grinste. „Du bist ein Schatz!" Ihm schien aufzugehen, was er gesagt hatte, und ehe sie etwas erwidern konnte, wandte er sich ab. „Ich bin bald wieder zurück!", rief er über die Schulter.

„Okay. Viel Spaß."

Hayley beobachtete, wie Dean locker losjoggte und fotografierte seinen Rücken vor dem Wald, auf den er zulief. Für einen Moment wünschte sie sich, noch länger hierbleiben zu können. Abgesehen von ein paar Einschränkungen waren diese Tage perfekt. Allerdings ging es übermorgen leider schon wieder zurück.

Dean war inzwischen im Dickicht der Bäume verschwunden. Hayley kontrollierte das Feuer, das munter brannte. Dann betrat sie das Wohnmobil und fing an, einen Salat zuzubereiten. Sie schnippelte Gemüse, dazu mixte sie ein Dressing. Es machte ihr richtig Spaß, eine gesunde Mahlzeit zuzubereiten. Während ihres Arbeitsalltags kam sie oft nicht dazu, sondern begnügte sich aus Zeitgründen mit einem Sandwich, Burger oder einem fettigen Nudelgericht.

Am Ende gab sie alle Zutaten in eine Schüssel und vermengte sie. Dabei sah sie Dean vor sich, der mühelos all diese mordsanstrengenden Übungen absolvierte, ohne auch nur ein bisschen außer Atem zu geraten. Wie geschmeidig er sich bewegte, wie kraftvoll. Sie dachte daran, wie er neben ihr kniete, während sie den Unterarmstütz ausprobierte, und wie seine Handfläche ganz nah über ihrem Körper geschwebt hatte. So nah, dass sie meinte, seine Berührung spüren zu können. Ganz so, als ob zwischen ihnen irgendwelche geheimen Ströme flossen.

Schnell riss sie sich von der prickelnden Erinnerung los. Was war denn bloß los mit ihr? Warum schaffte er es, sie dermaßen in Unruhe zu versetzen? Sie wusste doch, was für ein Vollpfosten er war.

Um auf andere Gedanken zu kommen, schickte sie Sue eine Reihe von Fotos der herrlichen Gegend. Auf dem ein oder anderen war auch Dean drauf. Daher bat sie ihre Freundin rasch, diese Bilder vertraulich zu behandeln und für sich zu behalten. „Unglaublich, aber er ist immer noch nett", fügte Hayley noch hinzu.

Gleich darauf rief Sue an. „Was sehe ich denn da? Das sieht ja paradiesisch aus."

„Genauso fühlt es sich auch an."

„Ich sage es ungern, aber Dean in dieser Landschaft ist wirklich eine Augenweide. Kommt ihr immer noch gut miteinander aus?"

„Ja. Unglaublich, oder? Er gibt sich echt Mühe, und wenn ich ehrlich bin, ist von dem anfänglichen Ekelpaket nichts mehr zu finden. Im Gegenteil, Dean ist aufmerksam und fürsorglich."

„Und das aus deinem Mund!" Sue lachte.

Hayley lachte mit. „Ich bin selbst ganz verwundert. Wir haben eine wirklich schöne Zeit zusammen."

„Klingt ja richtig schwärmerisch. Hast du mir vielleicht noch etwas zu sagen?"

Hayleys Herz schlug schneller. „Ich wüsste nicht, was du damit meinen könntest", wich sie aus.

„Du hörst dich so entspannt an, Süße. Wer hätte gedacht, dass ich das mal sage, aber ich glaube, dass Dean dir guttut. Oder liege ich damit falsch?"

„Nein", gestand Hayley. „Das tut er tatsächlich. Er strahlt so eine Selbstsicherheit aus, weißt du? Tatsächlich denke ich immer seltener über meine Ängste nach. Hin und wieder flackern sie noch auf, verschwinden aber mit jedem Mal schneller. Ich bin wirklich gern mit ihm zusammen. Also hier, auf dieser Reise", fügte sie rasch hinzu.

„Ach, ich freu mich für dich, Hay! Dann bleibt mir nur, euch weiterhin eine wunderbare Zeit zu wünschen."

„Danke, die werden wir bestimmt haben. Bis bald."

Hayley legte auf, ging nach draußen, holte Tisch und Campingstühle und stellte sie neben der Feuerstelle auf. Dann setzte sie sich und beobachtete die prasselnden Flammen. Wie ruhig und friedlich es hier war. Alles, was sie hörte, waren das Feuer und, gedämpft durch das Wohnmobil, das Rauschen des Flusses. Die anderen Gäste des Platzes waren weit genug entfernt, dass das Gefühl von Privatsphäre erhalten blieb. Sie legte den Kopf in den Nacken und betrachtete den Abendhimmel. Noch zeigten sich keine Sterne, aber es wurde jetzt rasch dunkel. Funken sprühten empor. Der Duft des Rauchs vermengte sich mit der frischen, klaren Luft zu einer wundervollen, abenteuerlichen Komposition.

Aber wo blieb Dean? Dies war nicht Calgary. Anstelle von Autos und Menschenmassen, wie er es gewohnt war, lauerten hier überall wilde Tiere. Und die wurden in der Dämmerung erst so richtig aktiv. Was, wenn er einem Bären in die Quere kam oder einem Wolf? Ein Elch konnte schon gefährlich werden, dazu brauchte es nicht einmal ein Raubtier. Sofort krochen traumatische Ängste in ihr hoch wie dürre Spinnenbeine, und ihre Fantasie gaukelte ihr beängstigende Bilder vor.

Beunruhigt stand sie auf und spähte in die Richtung, in die Dean vor einiger Zeit verschwunden war. Das Tageslicht verschwand jetzt schnell. Im Wald musste es inzwischen stockdunkel sein. Verdammt, wo steckte er? Ihre Entspannung, die Sue gerade noch erwähnt hatte, war wie weggeblasen.

Endlich erkannte sie eine Silhouette, die sich rasch näherte und als Dean entpuppte. „Da bist du ja!", rief sie erleichtert aus.

„Hast du dir etwa Sorgen um mich gemacht?", spottete er amüsiert.

„Quatsch", wiegelte sie schnell ab. „Aber vergiss nicht: Wir sind hier mitten in der Wildnis. Das ist nicht ganz ungefährlich." Angesichts seiner Lässigkeit löste sich ihre Anspannung wieder und sie atmete tief durch.

„Ich weiß", gab Dean zu. „Ich habe allerdings unterschätzt, wie schnell es hier Nacht wird. In Calgary ist es niemals stockdunkel. Die Straßenbeleuchtung, der Verkehr, die illuminierten Gebäude und Parks machen die Nacht fast zum Tag." Er sah zum Feuer hinüber und lächelte. „Das sieht ja schon richtig gut aus. Ich glaube, es ist weit genug heruntergebrannt, dass wir anfangen können."

„Liebend gern. Ich bin am Verhungern." Verstohlen musterte Hayley ihn. Wie immer wirkte er absolut unbekümmert. Sie hatte sich völlig umsonst Sorgen gemacht, es hatte nicht den geringsten Anlass dafür gegeben. Er war wohlbehalten zurückgekommen und es ging ihm gut. Sie entspannte sich zusehends.

„Möchtest du schon mal anfangen?", schlug Dean vor. „Ich dusche schnell und bin gleich bei dir."

„Okay, mach ich."

Während Dean im Camper verschwand, öffnete Hayley die Kühltasche, die sie bereitgestellt hatte, und holte heraus, was John und Hank für sie eingepackt hatten. Die beiden hatten wirklich an alles gedacht, wie Hayley zufrieden feststellte. Auch das würde sie in ihrem Artikel lobend erwähnen. Dann holte sie den Grillrost, befestigte ihn über dem Feuer und legte einige Stücke marinierte Hähnchenbrust darauf. Mager und eiweißreich, genau das Richtige für einen Sportler. Außerdem legte sie noch ein paar Bratwürstchen dazu.

Schon jetzt roch es so köstlich, dass ihr das Wasser im Mund zusammenlief.

Nach einem prüfenden Blick auf das Grillgut lief sie schnell in den Camper und holte Teller sowie Besteck heraus. Sie deckte den Tisch, stellte die Salatschüssel darauf und öffnete eine Flasche Wein in dem Moment, als Dean herauskam.

Sein Haar war noch feucht, und er duftete nach Duschgel. Zufrieden musterte er den Tisch und den Grill. „Hervorragend! Ich hab solch einen Hunger, ich könnte einen ganzen Ochsen verspeisen. Und wie gut es duftet!"

„Ich fürchte, mit einem Ochsen kann ich nicht dienen. Aber es gibt mariniertes Hähnchen, Grillwürstchen und Salat. Sollten wir nicht satt werden, findet sich in den Tiefen der Kühltasche noch mehr."

„Wunderbar!" Dean trat ans Feuer und überprüfte mit einer Gabel den Gargrad des Fleischs. „Ist gleich soweit. Ich glaube, die Würstchen können schon runter. Eine werde ich mir zur Feier des Tages auch genehmigen. Sonst esse ich solche Gerichte im Allgemeinen nicht. Zu fett, leider."

„Stimmt natürlich, aber heute ist doch sicher mal eine Ausnahme drin. Zum Ausgleich hab ich Salat gemacht." Hayley grinste. „Du musst also kein schlechtes Gewissen haben."

Dean erwiderte ihr Grinsen. „Wenn ich dich nicht hätte!"

Hayley wurde ganz heiß von seinem Blick. Machte er das eigentlich mit Absicht? Sie waren sich doch einig darüber, dass sich ihr One-Night-Stand nicht wiederholen würde. Warum zum Teufel machte er sie dann immer wieder so hibbelig? Auch vorhin schon, als er behauptet hatte, sie wäre ein Schatz.

Dean legte ihr und sich selbst je ein Würstchen auf den Teller und drehte das Fleisch auf dem Grill um. Dann hielt er ihr die Salatschüssel hin. „Ladys first."

„Vielen Dank." Hayley füllte sich eine gute Portion auf den Teller, und während Dean sich bediente, schenkte sie ihnen Wein ein.

„Was für ein fürstliches Mahl", stellte Dean zufrieden fest.

„Daran könnte man sich gewöhnen, oder?" Hayley hob ihr Glas und prostete Dean zu.

Selten hatte es ihr so gut geschmeckt wie an diesem Abend.

Nach dem Essen rief Dean seine Teamkameraden an und erzählte ihnen begeistert von der herrlichen Gegend und dem wundervollen Abend am Feuer. Einmal richtete er die Kamera auf Hayley, und sie winkte.

„Viele Grüße von allen", richtete Dean aus, nachdem er das Gespräch beendet hatte.

„Danke. Sie sind alle sehr nett."

„Ja, das stimmt."

Sie saßen noch eine ganze Weile da, bis das Feuer heruntergebrannt war, starrten in die Flammen und genossen den Abend. Dabei sprachen sie nicht viel. Hayley fühlte sich absolut entspannt. Wie wunderbar das Leben sein konnte.

Bevor sie an diesem Abend schlafen gingen, gingen sie im Camper gemeinsam auf Mückenjagd. Bewaffnet mit einer Fliegenklatsche kletterte Hayley ins Bettabteil, während sich Dean unten im Wohnbereich auf die Suche machte.

„Hast du schon eine entdeckt?", fragte er nach einigen Minuten.

„Nein, bisher nicht." Sorgfältig untersuchte Hayley Zoll für Zoll der Decke, spähte in alle Ecken. „Und du?"

„Auch nicht. Wie es scheint, sind sie ausgeflogen."

„Umso besser." Hayley kletterte die Leiter herunter. „Dann kann ich vielleicht ja wenigstens diese Nacht mal störungsfrei schlafen."

Dean räusperte sich. „Und falls ich wieder schnarche?"

„Was sagt denn deine Nase?"

Er rümpfte sie prüfend, was überaus niedlich aussah, und schüttelte den Kopf. „Scheint in Ordnung zu sein."

„Na, dann hoffen wir mal, dass es so bleibt. Ich bin sehr müde. Hab ja auch einiges an Schlaf nachzuholen."

„Weißt du was? Der sei dir auch vergönnt. Ich möchte kein Risiko eingehen."

„Wie meinst du das?"

Dean hob die Schultern. „Ich werde draußen schlafen. Also im Zelt natürlich. Dann hast du hier drinnen deine Ruhe."

„Nein, auf keinen Fall! Das kann ich nicht annehmen."

„Musst du sogar. Ich biete es dir aus reinem Eigeninteresse an." Dean grinste schief. „Ich möchte morgen weder mit blauen Flecken von deinen Anstupsern noch taub aufwachen, weil du mich angeschrien hast, okay?"

„Es wird nachts aber ziemlich kalt", warf Hayley besorgt ein. „Was das kalte Wasser bei deinem Sturz nicht geschafft hat, könnte einer Nacht im Zelt gelingen."

„Ach was, ich bin hart im Nehmen, was Kälte angeht, weißt du doch. Außerdem ist der Camper mit allem ausgerüstet, sogar mit warmen Schlafsäcken und Isomatten. Mach dir keine Gedanken."

Natürlich machte sich Hayley Gedanken. Was dachte er denn? Andererseits war sie sehr gerührt. Das war wirklich eine große Geste von ihm! Wer hätte das einem Schnösel wie ihm zugetraut? Wobei sie wieder einmal zugeben musste, dass er den schon seit geraumer Zeit nicht mehr herausgekehrt hatte. Im Gegenteil: Dean verhielt sich sehr liebenswürdig, hilfsbereit und manchmal sogar witzig.

Und er hatte einen Dickschädel, denn er ließ sich nicht von seinem Vorhaben abbringen.

„Lass mir doch das kleine Abenteuer", sagte er lächelnd, als könnte er ihre Gedanken lesen. „Als Kind hab ich oft davon geträumt, mit meinen Kumpels im Wald zu zelten."

„Hast du es jemals gemacht?"

„Äh, nein. Mein Vater hätte es niemals erlaubt." Dean schüttelte den Kopf, als wollte er damit düstere Gedanken loswerden. „Deshalb möchte ich es jetzt unbedingt nachholen, wo ich schon mal die Gelegenheit dazu habe."

Hayley musterte ihn nachdenklich. „Okay, wie du meinst. Aber beschwer dich morgen nicht, wenn dir vom harten Boden alles wehtut."

„Mach ich nicht."

„Oder wenn sich alle Mücken der Gegend dein Zelt als Ziel erkoren haben."

„Auch dann nicht. Mit den kleinen Biestern werde ich schon fertig." Dean lächelte zuversichtlich und hob seinen Daumen.

„Was ist, wenn dir wider Erwarten doch kalt werden sollte?", unternahm Hayley einen letzten Versuch.

„Dann komm ich wieder in den Camper, versprochen. Und zwar ganz leise, damit du auf keinen Fall wach wirst. Aber das wird nicht geschehen. Im Gegenteil. Ich werde da draußen wunderbar schlafen und erholt aufwachen."

„Na, dann wollen wir das mal hoffen."

„Auf jeden Fall lieb von dir, dass du dir so viele Gedanken um mein Wohlergehen machst."

Sein intensiver Blick ging Hayley durch und durch. Es war, als hätte er sie durchschaut. Als wüsste er genau, was in ihr vorging. Hitze schoss in ihr empor und ihr Herz schlug schneller und schneller, als wollte es vor ihren verwirrenden Gefühlen davonlaufen.

Rasch sah sie weg, um den Bann zu brechen und wieder ruhiger atmen zu können.

„Ach was, das ist pures Eigeninteresse", imitierte sie ihn. „Ich will nicht riskieren, dass du dich morgen wieder in den Egomanen vom Parkplatz verwandelt hast."

Oder noch schlimmer, in das Arschloch nach der Party.

„Willst du damit sagen, dass ich das nicht ständig bin? Dass ich tatsächlich auch anders kann?"

„Tja, ich gestehe es ungern, aber ich muss das tatsächlich zugeben. Mitunter kannst du ganz nett sein."

„Das nenne ich mal ein Kompliment! Vielen Dank!" Lachend wandte sich Dean ab, um das Zelt zu holen.

Hayley half ihm wenig später, es unmittelbar neben dem Camper aufzustellen. „Wenigstens bist du von dieser Seite her vor dem Wind geschützt", sagte sie.

„Es ist fast komplett windstill", warf er ein.

„Kann ja sein, dass es nachts windig wird. Oder regnet."

Er grinste. „Falls wir Anfang August von einem urplötzlichen Wintereinbruch überrascht werden, verspreche ich, ins Wohnmobil zu kommen, okay?"

„Na gut. Verrückte soll man ja nicht von ihrem Tun abhalten. Dann wünsche ich dir eine gute Nacht."

„Danke, die wünsche ich dir ebenfalls. Ohne Mücken und ohne mich wirst du bestimmt schlafen wie ein Baby."

Das Licht des Mondes spiegelte sich in seinen Augen. Sie wirkten wie ein tiefer See, der sie lockte, darin einzutauchen. Machte er das eigentlich mit Absicht? Ihre Knie wurden ganz weich.

Abrupt wandte sich Hayley ab und verschwand ohne ein weiteres Wort in den Camper. Bevor sie die Tür schloss, sah sie Dean neben dem Zelt stehen. Er wirkte verloren und männlich, einsam und stark zugleich. Für einen winzigen Moment stellte sie sich vor, wie es wäre, zu ihm zu laufen und sich in seine Arme zu werfen. Schnell schlug sie die Tür zu. War sie eigentlich komplett verrückt geworden? Hastig krabbelte sie in die Schlafkabine, legte sich ins Bett und zog die Decke über sich. Es war herrlich weich und warm. Sie lag da und lauschte, aber nichts war zu hören. Keine Mücken, kein Schnarchen. Nur himmlische Ruhe. Entspannt schloss sie die Augen, bereit, einzuschlafen.

Wie es Dean wohl ging? Ob es sehr kalt im Zelt war? Und ob man den Fluss hören konnte? Sie stellte sich vor, wie er in seinem Schlafsack lag und ebenfalls in die Dunkelheit horchte. Ob er wohl gerade an sie dachte, so wie sie an ihn?

Obwohl oder gerade weil es im Camper mucksmäuschenstill war, wirbelten in Hayleys Kopf die Gedanken herum. Fast wie Mücken in einem Sonnenstrahl.

Kapitel 16

Dean

Dean lag in seinem Zelt und starrte in die Dunkelheit. Der Schlafsack war warm, die Luftmatratze bot einen guten Untergrund. Er fror nicht und lag bequem, trotzdem war er hellwach. Das Rauschen des Flusses drang durch die dünne Zeltwand, aber das Geräusch störte ihn nicht. Im Gegenteil, das gleichmäßige Tosen wirkte beruhigend auf ihn. Davon abgesehen war alles still.

Ob Hayley wohl schon schlief? Sie musste völlig übermüdet sein nach den wenigen Stunden Schlaf in der vergangenen Nacht. Sicher lag sie bereits in tiefem Schlummer. Das sei ihr auch vergönnt. Tatsächlich erwies sich Hayley als liebenswürdiger, als er es der anfänglichen Zicke zugetraut hatte. Sie ahnte es nicht, aber sie versetzte ihn mehr in Unruhe, als er es selbst jemals gedacht hätte. Immer wieder musste er sie verstohlen ansehen, ob er wollte oder nicht. Der Schwung ihrer Nase, ihre vollen Wimpern, ihre leicht geöffneten Lippen, wenn sie sich auf gute Fotomotive fokussierte ... All das lockte ihn unwiderstehlich an. Dabei wusste er natürlich, dass sich so etwas wie ihr One-Night-Stand auf keinen Fall wiederholen durfte. Er hatte ja gesehen, wohin das führte. Noch einmal wollte er keinen Kleinkrieg mit Hayley riskieren.

Er seufzte wohlig und drehte sich auf die Seite. Es war kaum zu glauben, aber dies war tatsächlich die erste Nacht seines Lebens in einem Zelt. Sein Vater hatte Justin und ihm nie erlaubt, zusammen mit ihren Freunden während der Ferien zu campen, und sei es nur für eine oder zwei Nächte.

„Niemand unserer Familie schläft in einem Zelt, wenn er ein Haus hat!", polterte er, sobald das Thema doch mal wieder aufkam.

Umso mehr genoss Dean es jetzt. Der Gedanke, nur durch eine dünne Leinwand von der Wildnis getrennt zu sein, faszinierte ihn.

Ein Geräusch riss ihn aus seinen Gedanken. Was war das? Hatte da jemand geheult? Ein Kleinkind? Oder ein ... Wolf?

Er lag hinter einer schutzlosen dünnen Plane inmitten eines Haufens wilder Tiere! Er wusste, dass es hier Grizzlys gab und Schwarzbären, Pumas und Wölfe, Wapitis und Elche und ... Andererseits hatte er kein Hinweisschild gesehen, das vor dem Campieren im Zelt warnte, und die Parkverwaltung hatte auch nichts Derartiges verlauten lassen. Also konnte er beruhigt einschlafen und ...

Schon wieder! Eindeutig, es kam von draußen und klang wie ein Heulen oder eher ein Jaulen. Ein Hund? Er stellte sich vor, wie sich ein großer Dobermann, Rottweiler oder Bullterrier von seiner Leine losriss und geradewegs auf sein Zelt zustürmte. Hörte er schon das Tapsen von Pfoten, das Geräusch von Krallen im Kies? Dean konnte es nicht mit Gewissheit sagen. Er hielt den

Atem an und lauschte. Alles, was er hörte, war das Rauschen des Flusses. Langsam entspannte er sich wieder. Zum Glück hatte Hayley nicht mitbekommen, wie er gerade eben die Luft angehalten hatte. Sie hätte ihn ausgelacht, da war er sicher. Er war das Leben auf dem Land eben nicht mehr gewohnt.

Dean drehte sich noch einmal um, schloss die Augen und kurz darauf schlief er ein.

Was hatte ihn geweckt? Und wie viel Zeit war inzwischen vergangen? Es war immer noch stockdunkel. Er konnte nicht einmal seine ausgestreckte Hand erkennen. Er fror nicht, daran lag es also nicht, und auch die Luftmatratze war nach wie vor bequem.

Da! Ein Schnaufen direkt neben ihm, eindeutig! Dean erstarrte. War das der Hund – oder Wolf – von vorhin? Konnte er ins Zelt gelangen, wenn er das wollte? Sicherlich nicht, oder? Er hatte noch nie davon gehört, dass ein Mensch von einem Wolf in seinem eigenen Zelt angegriffen worden war. Bei einem Bären sah die Sache gewiss schon anders aus. Ein Hieb der krallenbewehrten Tatze und die Zeltwand hinge in Fetzen.

War er zu leichtsinnig gewesen, als er sich entschloss, im Zelt zu übernachten? Hayley und er hatten vorhin gegrillt. Vielleicht lag immer noch der Duft nach gebratenem Fleisch in der Luft, für die feine Nase eines Wildtiers leicht zu erschnüffeln und garantiert äußerst verlockend.

Jetzt hörte er eindeutig tappende Schritte dort draußen. Es konnte auch ein Mensch sein. Vielleicht ein schlafloser Gast, der einen nächtlichen Spaziergang unternahm? Aber bei dieser Dunkelheit? Es war doch kaum etwas zu erkennen.

Wieder ein Schnauben. Nein, eher ein Grunzen. Grunzten Bären? Dean meinte sogar, einen Schatten an der Zeltwand vorüber huschen zu sehen. Andererseits war das bei dem kaum vorhandenen Licht unmöglich. Oder? Spielten ihm seine angespannten Nerven einen Streich?

Ein lautes Scheppern oder Klappern aus einiger Entfernung sorgte dafür, dass er senkrecht auf seiner Luftmatratze saß. Was zur Hölle war das denn?

Dean war kein ängstlicher Mensch. In seinem Sport durfte man das nicht sein, wenn man es zu etwas bringen wollte. Und er hatte keine Lust, in einer Stunde womöglich immer noch hellwach im Zelt zu liegen, ohne zu wissen, wer oder was da draußen herumschlich und zugleich randalierte. Andererseits konnte er auf keinen Fall in den Camper zurückgehen. Selbst wenn Hayley nichts dazu sagen würde, würde sie sich ihren Teil denken und ihn heimlich garantiert auslachen.

Als er neuerlich Geräusche hörte, die er nicht zuordnen konnte, schälte er sich aus dem Schlafsack und kroch zum Ausgang. Er musste wissen, was dort draußen sein Unwesen trieb, ehe er endlich einschlafen konnte. Womöglich war es nur ein Waschbär. Langsam zog er den Reißverschluss auf. Dann öffnete er die Zeltklappe und steckte vorsichtig seinen Kopf hinaus.

Mit einem Aufschrei fuhr er zurück. „Fuck!"

Eine dunkle Silhouette ragte vor ihm auf.

„Ich bin's", sagte Hayley leise.

„Hast du mich erschreckt!", entfuhr es ihm, bevor er sich auf die Zunge beißen konnte. „Was machst du hier mitten in der Nacht?"

Von Hayley war in der Dunkelheit kaum etwas zu erkennen. Nur ihr blondes Haar leuchtete im Licht des Mondes und der Sterne, und ihre Augen funkelten.

„Hast du die Geräusche nicht gehört?", gab sie leise zurück. „Ich wollte wissen, was das ist und wie es dir geht."

„Du hast es also auch gehört?"

„Natürlich! Es war laut genug, dass ich davon aufgewacht bin. Ich fürchtete, es wäre ein Bär. Deshalb wollte ich nachsehen, ob alles okay bei dir ist."

„Du bist hinausgegangen, obwohl du dachtest, ein Bär sei in der Nähe?", fragte Dean fassungslos. Fasziniert starrte er Hayley an – jedenfalls das, was er von ihr erkennen konnte. Es war wirklich enorm mutig von ihr. Auch dämlich, klar, und extrem leichtsinnig. Aber eben auch mutig. Was für eine Frau!

„Na ja, ich hab in alle Richtungen gespäht und gelauscht, ehe ich den Camper verließ", erklärte sie. „Und es sind ja nur drei Schritte bis zum Zelt. War also keine große Leistung."

Doch! Und wie! „Das hättest du nicht machen müssen."

„Ich hätte ohnehin nicht einschlafen können, wenn ich immerzu darüber nachdenke, was hier draußen herumschleicht, während du in einem Zelt liegst und selig schläfst. Komm wieder mit zurück ins Wohnmobil."

„Du hast dir echt Sorgen gemacht?" Dean war gerührt.

„Was denkst du denn? Wir sind mitten in der Wildnis, weitab von der Zivilisation. Hier gibt's etliche Tiere."

Er lächelte und wies auf seine Brust. „Ich bin's, Dean, der Schnösel."

Sie erwiderte zwar sein Lächeln, aber ihre Besorgnis war immer noch erkennbar. „Bitte komm wieder mit rein, ja? Sonst mache ich kein Auge zu."

„Und wenn ich wieder schnarche?"

„Das wäre immer noch besser als die Bilder, die mir meine Fantasie vorgaukelt."

„Du willst wirklich, dass ich ..."

„Ich bestehe darauf!"

Dean verlor keine Zeit. Er verließ das Zelt und folgte Hayley in den Camper. Bevor er die Tür schloss, sah er sich draußen noch einmal um. Es war nichts mehr zu hören und erkennen konnte er sowieso nichts.

Dafür war es drinnen umso heller. In aller Klarheit sah er Hayleys schlanken Beine und ihren entzückenden Po, während sie vor ihm die Leiter hochkletterte. Als sie auf allen Vieren in ihr Bett krabbelte, stiegen erregende Bilder in ihm auf.

Hatte sie etwas bemerkt? Sie wandte sich ihm zu, während er sich auf seine Betthälfte setzte.

„So", sagte er, nur um etwas zu sagen. „Da bin ich also wieder."

„Zum Glück!"

„Hey, es ist alles in Ordnung. Das war bestimmt nur ein Waschbär oder Fuchs."

„Oder ein Grizzly!" Hayley wirkte ja ganz aufgelöst. Immer noch saß sie völlig verkrampft auf ihrem Bett.

Schnell legte sich Dean hin und schlug einladend die Bettdecke beiseite. „Na, komm schon her."

Sie zögerte. „Ich glaube, das ist keine gute Idee."

„Nur damit du wieder etwas runterkommst. Ganz ohne Hintergedanken, versprochen." Okay, zugegeben, die hatte er schon, aber das wusste sie ja nicht, und er würde es ihr garantiert nicht auf die Nase binden.

Tatsächlich rückte Hayley näher. Nach einem letzten misstrauischen Blick legte sie sich neben ihn und bettete ihren Kopf in seine Armbeuge.

Dean zog die Bettdecke über sie und legte den Arm um ihre Schulter. Sie wirkte so verletzlich, wie er sie noch nie erlebt hatte und ihn überwältigte das Bedürfnis, sie zu beschützen. „Besser?", fragte er leise.

Sie nickte stumm und legte ihre Hand auf seine Brust, zögerte jedoch kurz wie zuvor.

„Lieb, dass du dir Sorgen gemacht hast", flüsterte er.

„Klar", gab sie ebenso leise zurück. „Aber bilde dir bloß nichts drauf ein."

„Natürlich nicht!"

Dann schwiegen sie wieder. „Danke, Dean", sagte sie schließlich unvermittelt leise. Ihr warmer Atem auf seiner Brust löste ein Prickeln aus.

„Wofür?", fragte er erstaunt.

„Weil du immer so selbstsicher und entspannt bist. Du hast vor nichts Angst."

„Was? Das ist doch kein Grund, sich zu bedanken."

„Für mich schon. Ich hab dir ja von meinen Eltern erzählt und was das mit mir gemacht hat. Lach nicht, aber du kommst mir vor wie ein großer, starker Baum. Du strahlst eine grenzenlose Sicherheit und Ruhe aus. Und es ist, als ob diese Ruhe auf mich übergeht."

„Oh!" Dean wusste nicht, was er darauf erwidern sollte. „Das freut mich."

„Wenn ich bei dir bin, vergesse ich inzwischen sogar meine Ängste. Okay, mitunter flackern sie noch auf, aber sie werden mit jedem Mal kleiner und lösen sich auf. Es ist, als hätte ich sie mir eingebildet und sie hätten nur in meinem Kopf existiert. Eben weil ich weiß, dass du so stark bist. Und du bist für mich da, in jeder Situation. Das gibt mir weitere Sicherheit. Ich glaube, ich bin dabei, mein Trauma zu überwinden, Dean. Ich beginne, dem Leben wieder zu vertrauen."

Bewegt drückte er sie fest an sich und hauchte einen Kuss auf ihr Haar. „Ich hab keine Ahnung, was ich sagen soll", gestand er leise. „So etwas hat noch niemand zu mir gesagt. Danke, Hayley. Das bedeutet mir sehr viel."

Als Antwort schmiegte sie sich noch näher an ihn.

Überdeutlich war sich Dean ihrer unmittelbaren Nähe bewusst. Ihre Haut an seiner sandte Wärme aus, die ihn in Flammen setzte. Ihr zarter Duft bot den perfekten Brandbeschleuniger. Ihre Locken kitzelten an seiner Wange und seinem Hals – ein Gefühl, das Hitze in seine Lenden schießen ließ.

Und dann war da noch ihre Hand auf seiner Brust. Sie lag nicht länger still. Ihre Finger begannen, sacht über seine Haut zu streichen.

Tat sie es bewusst oder war sie immer noch in Gedanken versunken?

„Hayley?", wisperte Dean.

„Hm?"

Ihre Fingerspitzen zogen Kreise auf seiner Haut, die eine brennende Spur hinterließen.

Wenn sie so weitermachte, würde er sich nicht mehr lange beherrschen können!

Verdammt! Er musste sie daran hindern, musste sie ablenken, etwas sagen, damit sie damit aufhörte.

Stattdessen stützte er sich auf einen Ellenbogen, beugte sich zu ihr herunter und begann, sie zu küssen. Sobald sich ihre Zungen berührten, verschwand alles um Dean herum. Es gab nur noch Hayley, ihren Kuss und ihren Körper.

Sie legte den Arm um seinen Hals und schlang ihr Bein über das seine. Und dann – schmiegte sie sich so nah an ihn, so fest, als wollte sie auf der Stelle mit ihm verschmelzen.

Dean vergaß, wie man denkt. Er tastete nach ihrer Brust. Wie weich sie sich in seiner Hand anfühlte. Hayleys leises Stöhnen, ihre Finger, die sich immer weitertasteten und nun unter dem Bund seiner Shorts verschwanden, ließen ihn fast den Verstand verlieren.

Er brannte lichterloh! Er ...

Als sie unvermittelt ihre Hand zurückzog und von ihm abrückte, war Dean für einen Moment so perplex, dass er nicht sofort verstand, was vor sich ging. Warum war ihm plötzlich so kalt, wohin war ihre Wärme verschwunden? Er wollte erneut nach ihr greifen und sie an sich ziehen, wollte sie weiter küssen, doch sie wich vor ihm zurück.

Verwirrt schlug er die Augen auf. Sie lag auf ihrer Betthälfte, die Decke bis zum Kinn hochgezogen, und schüttelte den Kopf.

„Vergiss das schnell wieder, okay?", sagte sie leise. „Es ist überhaupt nichts geschehen. Nur ein kurzer Anfall geistiger Umnachtung. Komplett bedeutungslos." Es klang, als spräche sie die Worte wie ein Mantra zu sich selbst.

Natürlich wusste er, dass sie recht hatte. Andererseits hatte es sich wunderschön angefühlt. „Bist du sicher?"

„Es geht nicht, Dean. Wir dürfen das nicht."

„Äh ..."

„Wir wissen beide, wie das endet, oder? Muss ich dich an die Party erinnern?"

„Das kann man doch nicht miteinander vergleichen. Wir haben uns beide verändert."

„Ach ja? Inwiefern? Du bist immer noch Dean Walker, der große Eishockeystar, und ich bloß die kleine Journalistenmaus, oder?"

„Warum sagst du das?" Er war schockiert.

„Weil es genauso ist. Jedenfalls aus deiner Sicht."

„Das stimmt nicht! Inzwischen sehe ich die Dinge ganz anders."

„Wie kommt das denn? Weil wir ein paar Tage zusammen verbracht haben? Glaub mir, sobald wir wieder zu Hause sind, bin ich vergessen. Sobald du wieder auf dem Eis stehst und die Fans dir zujubeln, bin ich schneller aus deinem Kopf heraus als die Geräusche dort draußen heute Nacht."

„Nein, Hayley! Wirklich, ich ..."

Ja, was? Was sollte er ihr sagen? Hatte sie nicht recht? Schon bald würde sein Sport wieder an erster Stelle stehen, wäre wichtiger als alles andere. Vor allem aber war er immer noch der Sohn seines Vaters, und das bedeutete, dass er Hayley auf keinen Fall irgendeiner Gefahr aussetzen durfte, die von ihm ausging. Und deshalb hatte Hayley das einzig Richtige getan, indem sie den Kuss abbrach.

In einem Punkt irrte sie sich allerdings. Als *kleine Journalistenmaus* betrachtete er sie nicht mehr. Sie machte einen großartigen Job und war eine tolle Frau.

Spontan, lebenslustig, ansteckend mit ihrer Lebensfreude. Dazu äußerst hübsch. Und sehr sexy. Er würde immer gern an sie denken. Sobald er denn nach seiner Rückkehr mal dazu käme. Sobald er nicht mit Training, Spielen oder Interviews beschäftigt wäre, mit Werbeaufträgen, Partys und dem ein oder anderen Besuch bei seiner Familie, der für sein für die Öffentlichkeit bestimmtes Bild wichtig war.

„Lass es gut sein, Dean. Wir waren beide aufgeregt und dadurch sind bei uns ein wenig die Nerven durchgegangen."

„Ja, du hast wohl recht." Wäre sie bloß nicht so unglaublich anziehend! Er konnte nicht genug von ihrer Gegenwart bekommen, von ihrem Anblick, ihrer Stimme.

„Lass uns einfach schlafen, ja?", schlug sie vor. „Es ist besser für uns beide, glaub mir." Damit drehte sie sich auf die Seite und wandte ihm den Rücken zu.

Langsam ließ sich Dean zurücksinken. Natürlich wusste er, dass sie recht hatte. Sie mussten beide vernünftig sein. Trotzdem bedauerte er es. Irgendwie hatte es sich angefühlt wie der Anfang von etwas ganz Großem. Oder war es einfach nur seine Leidenschaft, die ihn blendete?

„Gute Nacht", sagte er leise. „Schlaf schön."

„Du auch."

Bald darauf war Dean eingeschlafen.

Am nächsten Morgen erwachte er früh. Hayley lag noch in tiefem Schlaf. Sie hatte ja auch einiges nachzuholen. Für ein paar Sekunden gestattete sich Dean, ihren Anblick zu genießen. Sie lag nun auf der ihm zugewandten Seite. Ihr Gesicht wirkte ganz entspannt und sie atmete ruhig.

Er lächelte, bevor er leise die Leiter herunterkletterte. Nachdem er sich gewaschen hatte, öffnete er die Tür des Campers, um nach seinem Zelt zu sehen. Es stand noch genauso da, wie er es verlassen hatte. Es war weder von Krallen zerfetzt noch niedergetrampelt worden. Er grinste in sich hinein bei der Erinnerung an die Gedanken, die ihm gestern Nacht durch den Kopf gehuscht waren. Aber irgendetwas muss da gewesen sein. Er hatte es sich nicht eingebildet. Hayley hatte es ebenfalls gehört.

Es war noch sehr früh. Deshalb beschloss er, erst einmal eine Runde zu laufen, um etwas Bewegung zu bekommen. Nachdem er eine halbe Stunde den Fluss entlanggelaufen war, kehrte er auf demselben Weg wieder zurück. Im Wohnmobil rührte sich immer noch nichts.

Möglichst leise holte Dean ein Tuch aus dem Camper und wischte den Tau vom Tisch und den Stühlen, der sich über Nacht darauf gebildet hatte. Dann holte er alles, was sie für ein üppiges Frühstück benötigten, und stellte auch das Glas mit seinen Blumen auf den Tisch. Während er anschließend darauf wartete, dass Hayley aufwachte, machte er ein paar Squats und lief so schnell auf der Stelle, wie er konnte.

Als sie endlich in der Tür erschien, hielt er vor Staunen die Luft an. Sie schaffte es immer wieder, ihre Wirkung auf ihn noch zu verstärken. Heute trug sie Jeansshorts und dazu das hummerrote Top, zu dem er ihr vorgestern geraten hatte. Ihre blonden Locken wogten offen um ihre Schultern. Sie sah bezaubernd aus.

Vor allem, als sich ihre Augen vor freudigem Erstaunen weiteten, sobald sie den gedeckten Tisch entdeckte.

„Wow, das sieht ja fantastisch aus!", rief sie.

Am liebsten wäre Dean zu ihr gesprungen, hätte sie an sich gerissen und ihre verlockenden Lippen geküsst. Aber ihre nächtliche Abfuhr steckte ihm noch in den Knochen. Vor allem das Wissen, dass sie recht damit hatte, hielt ihn zurück.

„Freut mich, dass es dir gefällt. Komm, setz dich. Es ist alles fertig. Ich hole nur noch den Kaffee."

„Das kann ich machen."

„Nee, lass nur. Nimm Platz."

Langsam trat sie näher und setzte sich, während Dean schnell in den Camper lief und die Kaffeekanne holte. In der Tür hielt er für einen Moment inne. Wie schön wäre es, wenn es immer so wäre. Hayley, die auf ihn mit dem Kaffee wartete, irgendwo im Paradies.

Er trat zu ihr und schenkte ihr ein. Hayley sah zu ihm auf und lächelte. Er hatte den Eindruck, als schämte sie sich, aber auf keinen Fall wollte er über gestern Nacht sprechen.

„Das wird ein schöner Tag heute", sagte er stattdessen. „Sieh dir nur den Himmel an. Kein einziges Wölkchen."

„Perfekt für einen Ausflug. Ich freu mich schon auf schöne Fotos."

„Und ich mich erst."

Dean bestrich eine Scheibe Brot mit Butter, als er im Augenwinkel zwei Leute erkannte, die auf ihn zukamen: ein Mann und eine Frau Mitte fünfzig. Wahrscheinlich Fans, die ihn erkannt hatten und ein Autogramm haben wollten. Zum Glück waren es nur zwei, dann konnte er gleich weiter frühstücken.

„Guten Morgen", grüßte der Mann. Er trug Bluejeans und ein kariertes Hemd und wirkte mit seinem wettergegerbten Gesicht wie ein Naturbursche. Seine Frau nickte freundlich.

Dean und Hayley erwiderten den Gruß. „Schöner Tag heute", setzte Dean hinzu.

„Ja, ganz wunderbar. Bitte entschuldigen Sie, dass wir Sie beim Frühstück stören."

„Kein Problem", erwiderte Dean. Von Anfang an hatte Michael ihnen eingebläut, immer zuvorkommend zu Fans zu sein – egal, in welcher Situation sie einen ansprachen. Das Ansehen des Vereins musste makellos bleiben.

„Ich bin Vince Johnson von der Verwaltung, das ist meine Frau Dorothee", stellte der Naturbursche seine brünette Frau vor.

„Freut mich." Dean nickte ihm zu, und Hayley rief einen Gruß.

„Haben Sie letzte Nacht auch die Schweine gehört?", erkundigte sich Dorothee zu Deans Verwunderung.

„Die Schweine?"

Sie nickte. „Eine ganze Rotte von denen hat letzte Nacht den Campingplatz unsicher gemacht. Ich hoffe, sie haben nichts von Ihnen zerstört."

„Äh, nein." Dean warf einen Blick zum glücklicherweise unversehrten Zelt hinüber. „Hier ist alles in Ordnung. Was denn eigentlich für Schweine?"

Vince sah grimmig drein. „Hin und wieder haben wir ein Problem mit verwilderten Hausschweinen. Sie vermehren sich stark und breiten sich immer stärker aus. Es sind große, kräftige und äußerst widerstandsfähige Tiere, die ganze Ernten vernichten. Man sagt, dass sie sogar Kitze töten und sie verzehren die Eier und Jungvögel von bodenbrütenden Arten. Vor einigen Jahren kam es einmal vor, dass sie die Campingplätze plünderten. Danach herrschte längere Zeit Ruhe, aber offenbar sind sie jetzt zurückgekehrt."

„Ach du meine Güte!", rief Hayley. „Daher kamen also die gruseligen Geräusche."

Vince nickte finster. „Oben am Waldrand haben sie die Mülltonnen umgeworfen und den Inhalt überall verteilt. Sie sind nicht ungefährlich, deshalb haben wir gerade Warnschilder aufgestellt und sehen nach unseren Gästen."

„Das ist sehr aufmerksam, aber glücklicherweise ist bei uns alles in Ordnung." Dean lächelte freundlich.

„Und du hast im Zelt geschlafen!" Hayley sah ihn erschrocken an.

Sogar Dean lief plötzlich ein eisiger Schauer über den Rücken, als er sich vorstellte, wie diese rabiaten Schweine nur wenige Zoll von ihm entfernt herumgeschnüffelt hatten.

„Davon würde ich Ihnen zumindest in nächster Zeit abraten. Womöglich sind sie noch in der Nähe."

„Vielen Dank für den Hinweis!"

„Wir danken für Ihr Verständnis. Ja, wir gehen dann mal zu den anderen Gästen." Damit verabschiedeten sich Vince und Dorothee.

„Ich bin so froh, dass dir nichts passiert ist." Hayley war immer noch ganz blass.

Dean hätte sie gern in den Arm genommen und über ihr Haar gestrichen, damit sie sich schneller beruhigte. Und er selbst auch, denn auch ihm saß nun der Schrecken in den Knochen. Aber natürlich berührte er Hayley nicht. Alles, was er sich zugestand, war ein liebevoller Blick, mit dem er sie streichelte.

Tatsächlich lächelte sie, wenn auch nur leicht. „Lass uns das Zelt gleich abbauen, bevor du kommende Nacht womöglich doch wieder auf dumme Gedanken kommst."

„Auf keinen Fall! Die Vorstellung an solch gierige Schweine ist schon etwas gruselig. Da denkt man in der Wildnis an Wölfe oder Bären, dabei sind verwilderte Haustiere offensichtlich mindestens ebenso gefährlich." Dean ging mit federnden Schritten zum Zelt hinüber, holte den Schlafsack, die Luftmatratze und Isomatte heraus und rollte alles zusammen.

Hayley begann währenddessen, die Heringe aus der Erde zu ziehen. „Ich hab zwar schon öfter davon gelesen, aber es ist etwas anderes, wenn man die Viecher selbst hört."

„Stimmt. Hab ich letzte Nacht eigentlich geschnarcht?"

Grinsend schüttelte Hayley den Kopf. „Kein Stück. Wahrscheinlich hattest du Angst, dass ich dich sofort wieder rausschmeiße und ins Zelt schicke."

Dean lachte. „Ja, das wird es sein. Ich verspreche, mir auch kommende Nacht größtmögliche Mühe zu geben."

„Okay, wenn das so ist, darfst du weiterhin drinnen schlafen."

Während sie das Zelt zusammenlegten und alles im Camper verstauten, sah Dean immer wieder zu Hayley. Als würde eine fremde Macht seine Blicke zu ihr lenken, ob er wollte oder nicht. Ja, sie schlich sich immer tiefer in sein Herz.

Kapitel 17

Hayley

An diesem Morgen steuerte Hayley mal wieder das Wohnmobil. Um weitere schöne Fotos für *Wilderness Tours* und die Zeitung zu bekommen, fuhren sie zum Athabasca Gletscher. Angesichts der gewaltigen Eismassen war es dort kühl und sie hatten deshalb dicke Pullover und Wanderstiefel angezogen. Bereits vom großen Parkplatz aus hatte man einen fantastischen Blick auf die Schnee- und Eiswelt des Gletschers. Hayley machte ein paar Aufnahmen des Campers vor dem beeindruckenden Panorama, die John, Hank und Will bestimmt sehr gefallen würden.

„Könntest du ein Foto von mir machen?", bat sie schließlich Dean und hielt ihm ihr Smartphone hin. „Ich möchte es später meiner Freundin schicken."

„Mit Vergnügen. Sag mir einfach jedes Mal, wo du fotografiert werden möchtest, und ich stehe zu deinen Diensten." Er strahlte wie für eine Zahnpastawerbung.

„Mach ich, danke." Sie lächelte in die Kamera, während Dean sie aus unterschiedlichen Perspektiven knipste.

Anschließend gab er ihr das Handy zurück. „Bitte sehr."

„Vielen Dank! Lass uns ein Stück laufen", schlug sie begeistert vor. Sie wusste gar nicht, wohin sie zuerst sehen sollte, so schön war es hier. Und dann war da noch Dean, der ihre Blicke immer wieder auf sich zog.

„Nichts lieber als das."

Nebeneinander wanderten sie den Weg entlang, der über dunkles Gestein und Geröll führte. Immer wieder wurde er von kleinen Bächen gequert, die vom Gletscher kamen. Von fast jedem Punkt aus konnte man den blendend weißen Gletscher erkennen, der mit dem Schwarz der Felsen und dem Blau des Himmels ein spektakuläres Farbenspiel bildete. Sie liefen bis zur Gletscherzunge und blieben dort staunend stehen.

„Hörst du das?", fragte Hayley und lauschte. „Es braust und kracht."

„Klingt wie ein viel befahrener Highway", meinte Dean.

„Bleib genau so stehen", bat Hayley ihn und hob ihre Kamera. Sie fotografierte Dean im Profil, den Blick nachdenklich auf die Eismassen gerichtet. Der hellbraune Wollpullover stand ihm ausgezeichnet und ergänzte sich perfekt mit seinem dunklen Haar. „Dein Verein wird die Fotos lieben!", rief sie begeistert.

Und auch sie selbst liebte sie. Dean wirkte ganz anders als sonst. Die Bilder zeigten seine verletzliche Seite. Da war nicht einmal mehr die Spur des arroganten Schnösels.

Später fuhren sie weiter zum Pyramid Lake. Der sonnige, windstille Tag bot optimale Bedingungen für traumhafte Fotos der sich im See spiegelnden Rocky Mountains. Die wunderbaren Aussichten übertrafen sich immer wieder gegenseitig, sodass Hayley bald nicht mehr sagen konnte, was sie hier am schönsten fand.

Ihr Blick fiel auf Dean, der langsam am Ufer entlangging, den Blick auf das Wasser gerichtet. Doch, sie wusste es. Dass sie mit ihm hier war: Das war das Schönste von allem. Allein könnte sie es nicht einmal halb so sehr genießen wie gemeinsam mit ihm. Dean war so attraktiv, dass er perfekt in diese paradiesische Landschaft passte. Aber es war weit mehr als das. Er war feinfühliger, empathischer und sensibler, als er zugab. Und was war das mit seinem Vater? Als Dean erzählt hatte, dass sein Vater niemals erlaubt hätte, dass er mit seinen Freunden im Wald zeltete, hatte sich seine Miene verfinstert. Wahrscheinlich war sein Dad einfach nur besorgt gewesen. Oder steckte etwa mehr dahinter? Es war lange her, und dennoch schien Deans Groll sehr präsent zu sein. Wie kam das? Es gab noch so viel, was sie über Dean erfahren wollte. Als zöge er sie an einer Leine zu sich heran, ging sie zu ihm.

„Wollen wir ein wenig die Gegend ansehen?", schlug er vor. „Hier gibt's überall Wanderwege."

„Sehr gern."

Sie nahmen ihre Wasserflaschen mit und liefen los. Bald wurde es warm, Hayley zog ihren Pullover aus und band ihn um die Hüfte. Dean hatte seinen gleich beim Camper gelassen. Sein weißes T-Shirt stand ihm wunderbar, es betonte seine gebräunte Haut und die spielenden Muskeln an seinen Armen. Hayley bemerkte, dass sie ihn von der Seite anstarrte und sah schnell weg.

Plötzlich blieb Dean stehen. Er hielt sie am Arm fest und legte den Zeigefinger an die Lippen.

Hayley hielt die Luft an und sah in die Richtung, in die er mit einer Kopfbewegung wies.

Gar nicht weit entfernt – schätzungsweise fünfzig Yards – graste eine Herde Wapitis. Die vielleicht zehn Tiere konnten sie gar nicht übersehen und hatten sie garantiert längst gewittert. Trotzdem ließen sie sich nicht aus der Ruhe bringen und grasten entspannt weiter, als Hayley vorsichtig die Kamera hob und begann, Fotos zu schießen. Nicht einmal das Klicken des Auslösers störte die Tiere.

„Das sind Junggesellen", flüsterte Dean Hayley ins Ohr. „Ihre Geweihe befinden sich noch im Wachstum, siehst du?"

Sein warmer Atem löste einen angenehmen Schauer in ihr aus. „Wunderschön", gab sie leise zurück und meinte damit sowohl die Hirsche als auch Deans Nähe. Rasch fokussierte sie wieder die Tiere, um sich abzulenken.

Nach einigen Minuten und unzähligen Fotos ließ Hayley die Kamera sinken. Sie fühlte sich ganz selig vor Glück über dieses wunderbare Erlebnis.

„So etwas Schönes hab ich selten gesehen", wisperte sie.

„Geht mir genauso", gab Dean ebenso leise zurück.

Aber er betrachtete ja gar nicht die Hirsche! Stattdessen ruhte sein Blick auf ihr. Plötzlich konnte sie nicht länger wegsehen, als hätten Deans Augen sie mit einem Bann belegt. Und seine Lippen. Sie waren leicht geöffnet und schienen nur darauf zu warten, endlich geküsst zu werden.

Da rückte er plötzlich von ihr weg und räusperte sich. „Hast du ein paar schöne Aufnahmen machen können?"

„J... ja." Ihre Stimme klang ganz heiser. Was lief da bloß zwischen ihnen? Sie stimmten doch überein, dass nichts mehr geschehen würde. Es war besser so. Für sie beide. Warum überkamen sie also immer wieder diese seltsamen Anwandlungen?

„Das ist schön. Komm, wir gehen weiter." Schon ging Dean los.

Hayley folgte ihm, entschlossen, nun mehr auf die Umgebung zu achten und ihn bestmöglich zu ignorieren. Und es lohnte sich. Sie entdeckte Eichhörnchen, Bighorn-Schafe und viele verschiedene Vögel wie den knallgelben Goldzeisig und die Wanderdrossel mit der rostroten Brust, und über ihnen kreiste ein Fischadler auf der Suche nach Beute. Außerdem gab es wunderschöne Wildblumen zu sehen, wie rote Paintbrush, gelbe Arnica und violette Flammenblumen, zudem Schmetterlinge und Käfer. Hayley schoss unermüdlich Fotos. Meistens gelang es ihr sogar, sich von all den Naturwundern ablenken zu lassen. Es war so herrlich, dass sie sich fühlte wie im Urlaub. Nein, sogar besser: Zumindest für kurze Zeit konnte sie ihren Traum leben. Den Job, den sie sich wünschte. Und das fühlte sich fantastisch an.

Hayley machte Dean auf einen Pfad aufmerksam, der relativ steil eine Bergflanke hinaufführte. „Möchtest du dort ein Stück hochlaufen? Wenn ich mich hier positioniere, kann man auf den Fotos gut die Steigung erkennen, und du könntest kurz erörtern, welche Vorteile bergauf laufen für einen Sportler hat."

Er lächelte. „Deine Idee ist wieder mal ausgezeichnet!" Schon lief er los und erklomm dabei den steilen Hügel so mühelos, als wäre es ein ebener Weg.

Die Bilder, die Hayley schoss, sahen atemberaubend aus. Und auch Deans Erläuterungen würden gut bei den Lesern ankommen.

„Bergauflaufen oder auch Wandern in bergigem Gelände ist äußerst effektiv für die Gesundheit. Es kräftigt den ganzen Körper, besonders die Beinmuskulatur, und trainiert das Herz-Kreislauf-System."

Sie machte sich eifrig Notizen und bewunderte zugleich seine Fitness. Wie spielend leicht bei ihm alles wirkte. Will und die Leser würden die Artikel ihrer Tour lieben.

Hin und wieder bot Dean ihr von selbst an, ein Foto von ihr zu machen. Schließlich schossen sie sogar einige Selfies von sich, auf denen sie herumalberten, die Zungen herausstreckten und Grimassen zogen. Mit Deans Erlaubnis schickte sie eins davon gleich an Sue, und er verschickte einige an seine Teamkameraden.

Dann machten sie sich lachend wieder auf den Weg. Wer hätte gedacht, dass sie so viel Spaß miteinander haben würden? Nach ihren ersten Begegnungen auf dem Parkplatz und im Restaurant in Brookfield hätte sie niemals gedacht, Dean so ausgelassen zu erleben.

Nach einer ganzen Weile erreichten sie wieder den Camper.

„Wohin jetzt?", erkundigte sich Dean und wandte sich ihr zu.

„Wollen wir einfach ein wenig die Straßen entlangfahren und wo es schön ist, halten wir?", schlug Hayley vor.

„Eine großartige Idee. Soll ich fahren? Dann kannst du fotografieren, falls du etwas entdeckst."

„Das wäre klasse." Sie nahm auf dem Beifahrersitz Platz und schnallte sich an. Mehr als einmal musste sie sich energisch darauf konzentrieren, Dean nicht öfter als nötig zu beachten und davon abgesehen nach draußen zu sehen. Es gab dort in der atemberaubenden Natur so viel zu entdecken.

Während der nächsten Stunde folgten sie unterschiedlichen Straßen, die zu immer neuen wunderbaren Orten führten. Sie fuhren langsam, damit sie ausreichend Zeit hatten, an den einzelnen Stopps alles zu bewundern und nichts zu übersehen. Und es lohnte sich.

Unvermittelt bremste Dean. Vor ihnen stand mitten auf der Straße ein Elch mit gewaltigen Schaufeln.

Hayley hob die Kamera und machte eine Reihe von Fotos, bis sich das Tier gemächlich in Bewegung setzte und zwischen den Bäumen am Straßenrand verschwand. „Wow!", flüsterte sie. „Was für ein wunderschönes Tier."

„Das stimmt. Diese Gegend lässt einen wirklich am laufenden Band staunen."

Langsamer als bisher fuhren sie weiter. Sie kamen an Wasserfällen vorbei, an rasch dahinfließenden Wildbächen und immer neuen Bergpanoramen. Hin und wieder hielten sie an, um alles zu genießen und im Bild festzuhalten. Zwischendurch stärkten sie sich an mitgenommenen Sandwiches und Kaffee.

Die Sonne sank bereits, als sie an einem stillen See vorbeikamen. Kein Mensch war zu sehen und Dean steuerte kurz entschlossen den Camper auf einen kleinen Parkplatz. „Lass uns noch eine Pause machen, bevor wir zurückfahren", schlug er vor.

Während der Fahrt war er sehr schweigsam gewesen. Hayley nahm an, dass er wie sie die Landschaft genoss. Andererseits hatte sie ihn mehrmals dabei ertappt, wie er verstohlen zu ihr herübersah. Sie hatte dann immer so getan, als würde sie es nicht bemerken.

Hayley stieg aus und sah sich um. Wie überall war es auch hier wunderschön. Der kleine See lag eingebettet in dichte Nadelwälder, davor und zu einer Seite erstreckten sich Wiesen, vereinzelt standen große Eichen wie starke Wächter.

Der tief hängende Ast eines dieser Bäume fiel Hayley ins Auge, und ihr kam eine Idee. „Meinst du, dass du dort ein paar Klimmzüge machen könntest? Das würde den Lesern zeigen, dass man Sport quasi überall machen kann und dafür nicht unbedingt teure Geräte oder Mitgliedschaften nötig sind."

Dean strahlte begeistert. „Hervorragende Idee, wie immer!" Er lief zu der Eiche, packte den kräftigen Ast, der sich etwas über seinem Kopf befand, und begann, sich daran hochzuziehen. Wie immer wirkte alles so leicht und mühelos.

Fast vergaß Hayley, zu fotografieren. Der Anblick von Deans kräftigem Körper und seiner arbeitenden Muskeln war nahezu atemberaubend.

„Hast du's?", fragte er nach einer ganzen Weile.

Schnell schoss Hayley noch ein paar Fotos. Dann ließ sich Dean fallen und erklärte, dass man mit dieser

Übung nicht nur seine Arm-, sondern auch Rumpfmuskulatur kräftigen kann. Sie schrieb fleißig mit, froh über die Ablenkung.

Schließlich ging sie zum Ufer und blickte über das still daliegende Wasser. Kein Lüftchen kräuselte die Oberfläche, und der wolkenlose Himmel spiegelte sich darin. Kurzentschlossen setzte sie sich ans Ufer in den feinen Kies.

Hinter sich hörte sie Dean, der herankam und sich neben ihr niederließ. Er zog die Knie an und verschränkte die Arme darum.

„Eigentlich schade, dass wir morgen schon wieder zurückmüssen", sagte er.

„Ich würde auch viel lieber noch hierbleiben. Hier gibt's bestimmt noch unzählige Wunder zu entdecken."

Er wandte ihr das Gesicht zu, sagte jedoch nichts.

Hayley wurde ganz unruhig, ihr Herz schlug schneller. Warum sah er sie so an? Sie hatte den Eindruck, dass ihm etwas auf der Seele lag. Aber er schwieg. Vielleicht hatte sie es sich auch nur eingebildet.

„Hast du etwas dagegen, wenn ich eine Runde jogge?", fragte er schließlich.

„Natürlich nicht. Mach nur."

„Möchtest du mitkommen?"

„Es ist so schön hier. Ich glaube, ich bleibe noch eine Weile und genieße die ruhige Stimmung." Das würde ihr hoffentlich helfen, das Kribbeln in ihrem Körper, das Deans Gegenwart in ihr auslöste, und die verwirrenden Gedanken, die permanent durch ihren Kopf schossen, in den Griff zu bekommen.

„Alles klar. Ich denke, dass ich höchstens eine Stunde unterwegs sein werde. Aber ich muss heute unbedingt noch etwas tun, und beim Campingplatz möchte ich ehrlich gesagt angesichts der Schweine nicht unbedingt laufen."

„Verständlich. Die Viecher sind echt unheimlich. Nein, lauf nur. Ich genieße die Stille und werde bestimmt noch ein paar schöne Motive finden."

„Dann macht es dir nichts aus, allein hierzubleiben? Ich meine, es ist ziemlich einsam hier. Weit und breit ist kein Mensch."

Sie lächelte. „Ich halte Augen und Ohren offen. Wenn sich ein Bär nähert, renne ich sofort zum Camper, versprochen."

„Okay. Dann bis später. Und sei wirklich vorsichtig."

Sie lächelte. „Bilde ich es mir ein oder machst du dir etwa Sorgen um mich?"

Er blieb ganz ernst. „Natürlich mache ich das. Und wenn ich nicht dringend Bewegung bräuchte, um den Anschluss an das laufende Training nicht völlig zu verlieren, würde ich dich in dieser einsamen Gegend nicht allein lassen."

Ihr wurde ganz warm ums Herz. Er war tatsächlich besorgt um sie. Warum? Weil er auf einen positiven Artikel und vorteilhafte Fotos hoffte? Oder steckte etwa mehr dahinter?

Nach einem letzten prüfenden Blick joggte er los. Eine Weile konnte sie ihn mit den Blicken verfolgen. Dann machte der Weg eine Biegung, und Dean verschwand zwischen den Bäumen.

Hayley stand auf und holte die Kamera. Langsam schlenderte sie am Seeufer entlang, fotografierte ihn aus unterschiedlichen Perspektiven. Dann nahm sie den Camper ins Visier, obwohl sie bereits unzählige Bilder davon geschossen hatte. Aber es war ihr wichtig, dass *Wilderness Tours* und auch Will vollends zufrieden mit ihr waren. Dazu gehörte eine große Auswahl an Fotografien.

Vor allem aber sollte Dean mit ihr zufrieden sein. Ihre Story und die Fotos sollten ihn in Staunen versetzen, sodass er sich für den Rest seines Lebens darüber ärgerte, sie damals nicht für voll genommen und nach dem One-Night-Stand so abgekanzelt zu haben.

Sie machte ein Selfie von sich vor der Kulisse des Sees und sandte es ihrer Freundin.

Schade, dass wir morgen schon wieder zurückmüssen. Ist es nicht wunderschön hier?

tippte sie.
Wie immer folgte Sues Antwort prompt.

Scheint so, als hättest du dich verliebt. Ich freu mich so für dich.

Dazu setzte ihre Freundin ein rotes Herz.

Die Sonne sank immer tiefer und näherte sich den Gipfeln der Berge. Rasch wurde das Licht im Tal dämmrig. Dafür lebten die Geräusche auf. Immer wieder raschelte oder knackte es irgendwo, summte oder fiepte. Hayley hatte keine Angst, aber eine gesunde Vorsicht konnte nicht schaden. Deshalb spähte sie immer wieder in alle Richtungen. Vielleicht hatte sie ja Glück und bekam noch einmal ein Tier vor die Linse? Einen Fuchs vielleicht, einen Waschbären oder einen Hirsch. Eine

Weile stand sie still am Waldrand, horchte und fokussierte sich auf die Umgebung.

Wie lange war Dean inzwischen eigentlich weg? Als er losgelaufen war, hatte die Sonne noch ein gutes Stück höher am Himmel gestanden. Sie dachte an die Schweine auf dem Campingplatz. Große, wehrhafte Tiere, mit kräftigen Hauern und immer auf der Suche nach Fressbarem. Ob sie auch einem Menschen gefährlich werden konnten? Würden sie angreifen oder eher im Unterholz verschwinden?

Mit jeder Minute, die verstrich, wurde sie unruhiger. Immer wieder beobachtete sie den Weg, atemlos darauf wartend, dass Dean auf ihm erschien. Konnte sie ihn vielleicht schon hören, näherten sich Schritte? Sie lauschte. Nein. Nur ein leises Knistern aus dem nahen Wald, wahrscheinlich eine Maus im trockenen Laub, vielleicht auch ein Vogel.

Inzwischen musste längst mehr als eine Stunde verstrichen sein. Rasch lief sie zum Camper, in dem ihr Handy lag, und sah auf die Uhr. Sie erschrak, als sie feststellte, wie spät es bereits war. Vor Sorge begann ihr Herz zu klopfen. Sie verließ das Wohnmobil wieder und starrte erneut zum Weg hinüber. Immer noch kein Dean in Sicht.

Verdammt, was machte sie denn jetzt? Was, wenn ihm etwas passiert war? Er könnte über einen Ast gestolpert sein oder über einen Stein gefallen, ausgerutscht, könnte sich ein Bein gebrochen haben oder den Kopf verletzt. Er könnte ohnmächtig im Gebüsch liegen. Oder womöglich war er einem Bären begegnet. Oder wirklich einem wilden Schwein. Bei dem Gedanken daran wurde ihr ganz übel. Doch es fühlte sich anders an als ihre bisherigen Verlustängste. Dies war die Wildnis und Dean längst überfällig. Sich in dieser Situation Sorgen zu machen erschien ihr vollkommen normal und keineswegs überzogen.

Hayley hielt die Ungewissheit nicht länger aus und lief selbst los. Da sie keine Ahnung hatte, ob der Weg, dem Dean gefolgt war, ein Rundweg war und er die Runde vollendete, lief sie in die Richtung, in die er aufgebrochen war. Der Pfad folgte für eine Weile dem Seeufer und tauchte dann zwischen den Bäumen ein. Hier war es schlagartig viel dunkler als im Freien. Gänsehaut überlief sie, als sie daran dachte, was alles im Zwielicht lauern mochte, aber sie rannte weiter.

Nach einer Weile führte der Weg wieder aus dem Wald heraus, und sie atmete auf, als sie den See erkennen konnte und es wieder ein wenig heller war. Allerdings zog Nebel auf und waberte über der Wasseroberfläche. Die Sonne war inzwischen vollends hinter den Bergen verschwunden. Es würde jetzt nicht mehr lange dauern, bis es richtig dunkel wurde. Auf keinen Fall durften Dean und sie dann noch hier draußen sein. Nicht nur wegen der Tiere. Wenn es wegen des aufziehenden Nebels stockdunkel wurde und das Licht der Sterne nicht mehr hindurchdrang, würde es selbst auf dem Pfad schwer werden, zum Camper zurückzufinden.

Aber noch konnte sie etwas erkennen und rannte weiter. Sie lief viel zu schnell und bekam Seitenstechen, aber sie ignorierte es. Immer noch keine Spur von Dean. Verdammt, was dachte er sich nur dabei? Das konnte nur eines bedeuten: Er war gar nicht mehr in der Lage, zu laufen. Sonst wäre er doch längst zurück.

Als eine Gestalt vor ihr auftauchte und rasch näherkam, erschrak sie für einen Moment. Dann erkannte sie, wer es war, und vor Erleichterung hätte sie heulen können. Dean! Endlich!

Sobald sie ihn erreichte, warf sie sich in seine Arme, ohne darüber nachzudenken, was sie tat.

„Dean!", rief sie und schluchzte nun wirklich.

„He! Was machst du denn hier? Ist etwas passiert?" Er strich über ihr Haar und ihren Rücken.

Sie genoss für einen kurzen Moment seine Nähe und die Erleichterung, ihn gefunden zu haben – wohlauf und gesund. Dann löste sie sich von ihm und starrte ihm ins Gesicht. „Wo hast du gesteckt?", schrie sie ihn an.

„Das weißt du doch." Er wirkte zutiefst erstaunt. „Was ist denn los?"

„Du bist schon viel zu lange weg! Weißt du eigentlich, was für Sorgen ich mir gemacht habe?"

„Das tut mir leid. Wenn ich laufe, vergesse ich meistens die Zeit. Und hier ganz besonders, weil es so schön ist und die Luft so wunderbar frisch. Ich war ganz abgelenkt. Warum, wie lange bin ich denn schon unterwegs?"

„Auf jeden Fall viel zu lange! Ich dachte, du bist verletzt! Oder Schlimmeres!" Erregt wischte sie die Tränen aus ihrem Gesicht.

„Du bist ja völlig aufgelöst! Komm mal her!" Dean zog sie an der Hand erneut an sich heran und legte die Arme um sie.

Hayley spürte seine Wärme, roch seinen Duft, genoss seine Nähe und die Gewissheit, dass es ihm gut ging. All das vermischt mit den überstandenen Sorgen ergab einen explosiven Cocktail. Sie schlang die Arme um ihn und barg ihr Gesicht an seiner Brust.

Er begann, über ihr Haar zu streichen. Wohlig schloss sie die Augen, gab sich ganz dem wunderbaren Gefühl seiner Zärtlichkeit hin.

„Geht's dir schon besser?", fragte er leise.

„Jetzt ja. Ich bin einfach nur erleichtert, dass es dir gut geht."

„Klar geht's mir gut." Er lachte leise. „Wenn wirklich ein Wolf oder so etwas in der Nähe gewesen wäre, der wäre angesichts meines Getrampels ganz sicher sofort wieder verschwunden. Aber du hättest mir nicht hinterherlaufen dürfen. Das war viel zu gefährlich. Was, wenn wir uns verfehlt hätten? Wenn es ein Rundweg gewesen wäre?"

Sie löste sich von ihm und sah ihm ins Gesicht. „Wie hast du gerade gesagt? Irgendein Tier hätte auch bei meinem Getrampel sofort die Flucht ergriffen. Alles, was ich wollte, war, dich zu finden. Ich hatte Angst um dich, verdammt!"

„Echt, es tut mir wirklich leid!"

„Schon gut. Du bist ja jetzt hier."

„Hayley, ich ..." Er hob die Hand und legte sie auf ihren Oberarm. Das verblassende Tageslicht flackerte in seinen Augen und schien sie zu hypnotisieren. Sie war unfähig, ihren Blick abzuwenden, sich abzulenken. Sie konnte nichts anderes mehr tun, als ihn anzusehen.

„Ja?", wisperte sie.

„Ich war so lange unterwegs, weil ich nachdenken wollte. In Ruhe." Er sah ihr in die Augen, nein, geradewegs in ihre Seele.

Ihr Herz schlug schneller, während sich Aufregung und Besorgnis in ihr vermischten. „Worüber denn?"

Er legte einen Arm um ihre Hüfte und zog sie nah an sich heran. „Über dich. Über uns. Und jetzt hast du dir solche Sorgen um mich gemacht." Er hauchte ihr einen Kuss auf die Lippen.

„Und du dir um mich", gab sie leise zurück und drängte sich näher an ihn heran.

„Ja, das habe ich. Weil du mir nicht gleichgültig bist."

Glück stieg in ihr auf wie eine warme Woge. Sie hob die Hand und strich über seine Wange. „Du mir auch nicht."

Er schloss die Augen und schmiegte seine Wange in ihre Handfläche. Doch sofort zog er sich wieder zurück. „Es tut mir leid. Ich mag dich sehr, ehrlich, und ich wünsche mir nichts mehr, als mit dir zusammen zu sein, aber es geht nicht."

„Das hatte ich gestern Nacht auch gedacht, nach dem Erlebnis mit den Schweinen. Ich hatte falsch von dir gedacht, das weiß ich jetzt. Nun bin ich mir sicher, dass ..."

„Wirklich, Hayley. Wir müssen das lassen, auch wenn es furchtbar schwer ist. Gestern, als du unseren Kuss abgebrochen hast, hattest du recht. Es war ein schwacher Moment, der nicht hätte passieren dürfen. Und zum Glück hast du vernünftig reagiert und es beendet. Wir können das nicht machen. Es würde nicht gut gehen."

„Warum nicht? Was ich gestern sagte, also dass du eben Dean Walker bist und dein Sport für dich an erster Stelle steht, war dumm von mir. Ich spüre doch, dass es nicht so ist. Dass du etwas für mich empfindest."

Hayley nahm sein Ohrläppchen zwischen zwei Finger und rieb sanft daran.

Erneut schloss er die Augen und stöhnte etwas lauter, ehe er sie von sich schob. „Weil ... es geht eben nicht."

„Es gibt keinen Grund", stellte sie fest.

Als sich seine Lider erneut schlossen, wusste sie, dass sie gewonnen hatte. Er griff nach ihr und küsste sie – hart, fast verzweifelt. Das stachelte ihre unterdrückte Leidenschaft nur noch mehr an. Sie drängte sich nah an ihn, hob ihr rechtes Bein und umfing ihn damit.

Da hob er sie hoch und bettete sie behutsam ins Gras. Hastig zog Dean sein Shirt über den Kopf und öffnete seine Hose, während sie sich ebenfalls auszog, rasend schnell. Er zerrte ihr geradezu die Jeans über die Hüften, den Slip gleich mit, kniete zwischen ihren Schenkeln und beugte sich vor, um sie erneut zu küssen.

Da griff sie nach ihm, zog ihn auf sich und öffnete sich für ihn. Stürmisch drang er in sie ein, und sie stöhnte, als er begann, sich in ihr zu bewegen.

Es war wie ein Rausch. Hayley schlang ihre Beine um seine Hüften, fuhr mit ihren Fingernägeln über seinen Rücken, während er in sie stieß, immer heftiger und schneller. Er hatte ihr seine sensible Seite gezeigt und sie war ganz sicher, ihn zu wollen – die Erfüllung eines Traums.

Und für ihn? Dean hatte seine Augen geschlossen, seine Lippen waren leicht geöffnet, während er sie liebte. Er bebte vor Lust, er war so schön. Dann stieß er schneller zu, stöhnte, noch schneller.

Die Welt um Hayley herum verblasste, als die Lust sie fortriss in einen Strudel. „Dean!", keuchte sie und krallte ihre Finger in seinen Rücken.

Erst langsam fand Hayley zurück. Sie lag noch immer im Gras, Dean auf ihr. Er atmete heftig und schien wie sie erst wieder ankommen zu müssen.

„Das war so schön", flüsterte sie und genoss das wohlige Gefühl tiefer Entspannung.

Dean entgegnete nichts. Nach zwei, drei Atemzügen öffnete er die Augen und sah zu ihr herunter.

Hayley lächelte glücklich und streichelte sanft seine Schulter.

Immer noch sagte er nichts. Kurz, ganz kurz, erwiderte er ihr Lächeln – so flüchtig, dass Hayley es sich vielleicht sogar nur eingebildet hatte. Dann erhob er sich und stand auf.

„Wir sollten zurückgehen, solange man den Weg noch erkennen kann." Schon stieg er in seine Hose, zog sein T-Shirt an. Immerhin hielt er ihr die Hand hin und half ihr, ebenfalls aufzustehen.

In Hayley wurde es ganz kalt. Nicht nur seinen Körper vermisste sie, seine fehlende Wärme ließ sie frösteln. Vielmehr quälte sie die Traurigkeit in seiner Stimme und die Tatsache, dass er sie nicht ansah.

Etwas stimmte nicht. Etwas stimmte ganz und gar nicht.

„Was ist los?", wagte sie zu fragen, während sie sich ebenfalls anzog.

„Es war wunderschön, ja. Trotzdem ... Es tut mir leid, aber es hätte nicht passieren dürfen."

„Ich dachte, zwischen uns hätte sich während der vergangenen Tage alles geändert." Völlig durcheinander stieg Hayley in ihre Schuhe und wich Deans Blick aus.

„Ja, in gewisser Weise hat es das. Ich weiß jetzt, dass du keine Zicke bist." Zum ersten Mal lächelte er. Das Licht war inzwischen so schwach geworden, dass Hayley es allerdings mehr hören als sehen konnte. „Und ich hoffe, ich konnte dich davon überzeugen, dass ich nicht der arrogante Schnösel bin, für den du mich gehalten hast."

„Das muss ich mir noch überlegen, denn ich kapier das gerade nicht. Wir verstehen uns hervorragend oder irre ich mich?" Gerade noch hatte sich Hayley am Ziel ihrer Träume gewähnt, und jetzt servierte Dean sie einfach ab. Was geschah hier gerade? Sie fröstelte.

„Ja, das tun wir", gab er zu. „Aber es ..."

„Wir hatten wunderbare Tage, wir sind uns nähergekommen", fiel sie ihm ins Wort. „Nicht physisch, abgesehen von gerade eben. Aber auf emotionaler Ebene. Du bedeutest mir etwas. Sehr viel sogar. Und du hast gesagt, dass ich dir nicht gleichgültig bin."

Deans Augen flackerten. „Natürlich bist du das nicht! Bitte versteh doch, dass es trotzdem nicht geht. Ich habe meine Gründe. Komm, lass uns gehen." Er ging los, drehte sich aber nach ihr um, ob sie ihm auch folgte.

Das tat sie. Was sollte sie anderes machen? Gleich war es vollkommen dunkel. Für eine Weile folgte sie ihm schweigend, darauf bedacht, im schwachen Licht nicht zu stolpern. Die Tränen, die ihr in die Augen schossen, behinderten ihre Sicht zusätzlich. Was gerade passierte, konnte doch nicht wahr sein, oder?

„Rede mit mir, Dean!", forderte sie irgendwann. „Wir müssen das klären, ich werde sonst verrückt."

„Vertrau mir einfach, wenn ich dir sage, dass wir nicht zusammen sein können. Es darf nicht sein." Er drehte sich nicht zu ihr um.

„Warum hast du dann schon wieder mit mir geschlafen?"

„Weil ich nicht ... *Du* hast doch gerade nicht lockergelassen!"

„Ach, jetzt bin ich schuld?" Die Tränen bahnten sich einen Weg ihre Wangen hinab.

Er blieb stehen und sah sie an. „Nein, so hab ich das natürlich nicht gemeint, bitte entschuldige. Du bist sehr anziehend, Hayley. Und es tut mir leid, dass ich dir nicht widerstehen konnte." Damit drehte er sich um und ging zügig weiter.

„Verdammt, Dean!", schrie Hayley seinen Rücken an. Ein paar Vögel flatterten erschrocken auf. „Sag mir endlich, was du hast!"

„Ich ... Ich kann keine Beziehung haben. Selbst wenn es mir sehr schwerfällt."

„Du hast gesagt, dass du mich magst und dir wünschst, mit mir zusammen zu sein. Was heißt das sonst?"

Unvermittelt blieb er stehen, wandte sich zu ihr um und umfasste ihre Schultern. „Natürlich mag ich dich sehr! Was denkst du denn von mir? Ich hätte nicht mit dir geschlafen, wenn ich dich nicht mögen würde."

„Aber du ..."

Sacht legte er seinen Finger auf ihre Lippen. „Und ja, ich wäre liebend gern mit dir zusammen", fuhr er fort. „Aber wie ich gerade sagte, spielt das keine Rolle. Es geht nicht. Und das weißt du selbst, wenn du ehrlich zu dir bist. Deshalb hast du dich gestern nach dem Kuss auch zurückgezogen,", ergänzte er.

„Ich habe mich zurückgezogen, weil ich Angst bekam. Ich habe dir bereits erklärt, warum. Aber inzwischen habe ich nachgedacht und sehe es vollkommen anders. Für mich gibt es keinen Grund mehr, der uns daran hindern könnte, zusammen zu sein. Ich vertraue dir, Dean." Hayley war ganz atemlos geworden in ihrem Bemühen, ihm alles zu erklären, bevor er dichtmachte und nichts mehr hören wollte.

Sein Gesicht war schmerzerfüllt, und er konnte sie nicht ansehen. „Das freut mich mehr, als du dir vorstellen kannst. Aber damit ist für mich alles noch viel schwerer. Es tut mir leid, aber wir können nicht zusammen sein. Bitte akzeptier das."

„Wie soll ich das akzeptieren?", flüsterte sie. Heiß brannten weitere Tränen in ihren Augen. „Verstehst du denn nicht, Dean? Ich habe mich in dich verliebt."

Es war zu dunkel, um sicher zu sein, aber Hayley meinte, etwas in seinen Augen gesehen zu haben. Das Flackern von Wärme, wie von tröstenden Flammen eines Kaminfeuers.

Oder war es nur der kalte, gleichgültige Schein der Sterne, der sich in ihnen spiegelte?

Kapitel 18

Dean

Das Herz tat Dean weh angesichts des Schmerzes in Hayleys Gesicht. Wie verzweifelt sie aussah. Er hasste sich selbst dafür, ihr das antun zu müssen.

Warum hatte er auch nicht widerstehen können, sondern schon wieder mit ihr geschlafen? Natürlich wusste er, warum. Weil er sie längst liebte. Weil sie sich in sein Herz geschlichen hatte. Seine Seele wusste es von Anfang an. Nur sein Verstand hatte sich geweigert, es einzusehen. Und das tat er auch weiterhin. Gut so, denn es ging nicht. Hayley hatte genug gelitten. Er durfte sie keiner weiteren Gefahr aussetzen.

„Bitte, Hayley", flüsterte er. „Mach es mir nicht noch schwerer."

„*Ich* mache es *dir* schwer?", fragte sie fassungslos. „Hörst du dir eigentlich selbst zu? Du brichst mir gerade das Herz, du verdammtes Arschloch!"

„Es tut mir leid. Das eben war wunderschön und ich werde es niemals vergessen. Unter anderen Umständen wären wir zusammen, okay?"

„Was soll denn das heißen?" Ihre Augen wurden ganz rund. „Bist du etwa … hast du … Du hast eine andere, oder?" Mit einem Ruck riss sie sich von ihm los. „Ich hätte es ja wissen müssen. Der große Mister Eishockeystar hat selbstverständlich an jedem Finger zehn Verehrerinnen. Was bilde ich Landei mir da auch ein?" Sie drängte sich grob an ihm vorbei und stampfte voraus.

Dean konnte sie in der Dunkelheit nicht sehen, nur hören. Schnell folgte er ihr, ehe sie ins Straucheln geriet.

„Es gibt keine andere!", rief er. „Hörst du? Es gibt nur dich." Er rannte fast in Hayley hinein, weil sie abrupt stehen geblieben war.

„Dann versteh ich es erst recht nicht!"

„Glaub mir, eine Beziehung zwischen uns würde böse enden."

„Wieso das denn? Weil mein erster Eindruck von dir richtig war, weil du wirklich ein Ekelpaket bist, ein widerlicher Eisklotz?"

„Nenn mich, wie du willst. Ich hab das verdient. Sei böse auf mich, schrei mich an. Das ist alles okay. Ich hab dir Hoffnungen gemacht, und das war nicht in Ordnung von mir. Aber sieh es bitte ein. Aus uns kann nichts werden. *Darf* nichts werden."

Sie funkelte ihn an. Er konnte die Glut, die aus ihren Augen schoss, fast körperlich spüren. Dann wirbelte sie herum und rannte weiter, den dunklen Pfad entlang.

Schnell folgte er ihr. „Hayley, warte! Es ist gefährlich, hier so zu rennen, und dann noch im Dunkeln. Du könntest ..."

„Weißt du, wie egal mir das gerade ist?", schrie sie. „Ich will nur noch weg von dir, so schnell es geht. Und dich nie wiedersehen!"

Endlich erreichten sie den Camper. Hayley nahm den Schlüssel, doch ihre Finger zitterten so sehr, dass er ihr herunterfiel. Ehe Dean ihr zuvorkommen konnte, hob sie ihn hoch, schloss auf und verschwand im Inneren. Und bevor Dean sie daran hindern konnte, hatte sie auf dem Fahrersitz Platz genommen und startete den Motor.

„Hey!", rief er. „Ich glaube, das ist keine gute Idee. Du solltest in diesem Zustand nicht fahren."

„In diesem *Zustand?*", giftete sie ihn an. „Meinst du den *Zustand*, dass ich kein Herz mehr besitze, weil du es mir gerade rausgerissen und zertrampelt hast?"

„Wirklich, es tut mir so leid." Dean ließ sich schnell auf den Beifahrersitz fallen und schnallte sich an, da Hayley bereits Gas gab und losfuhr.

„Erklär mir doch deine *Gründe*", fauchte sie und bog auf die Straße ein. „Ich bin sehr gespannt darauf, zu erfahren, was dich daran hindert, mit mir zusammen zu sein, obwohl du mich angeblich magst. Es ist doch, weil du so furchtbar berühmt bist und ich nicht, hab ich recht?"

„Nein! Glaub mir, du siehst das furchtbar falsch. Bitte, fahr etwas langsamer."

„Sag mir nicht, was ich tun soll!", schrie Hayley außer sich und gab noch mehr Gas. Das Wohnmobil schoss durch die Dunkelheit.

„Hier gibt es viele Tiere, die plötzlich auf die Straße springen könnten. Möchtest du eins von ihnen auf dem Gewissen haben?"

Es funktionierte, Hayley verringerte die Geschwindigkeit. Dean atmete auf. Eine Zeit lang fuhren sie schweigend durch die Nacht.

„Es hat nichts mit dir zu tun", sagte er schließlich. „Du bist eine wundervolle Frau, Hayley. Und ich wünschte, alles wäre anders."

„Was meinst du damit?" Ihre Wut schien verflogen zu sein, denn sie sprach leise und traurig. „Ist es dein Sport? Hat euer Trainer euch verboten, mit einer Frau ...?"

„Nein, das ist es nicht. Es ist, weil ..."

Dean kaute auf Worten herum, die nicht herauskommen wollten. Dafür schämte er sich zu sehr. Er wollte es Hayley sagen, damit sie ihm glaubte, verstand, dass sie keine Schuld daran traf. Damit sie ein klein wenig leichter damit fertig werden konnte. Aber es gelang ihm einfach nicht. Er konnte es nicht aussprechen. Die Öffentlichkeit glaubte, er käme aus einer Bilderbuchfamilie. Drei wohlgeratene Kinder, ein Eigenheim in einer ordentlichen Kleinstadt, gut situierte Eltern. Und auch Hayley dachte, dass die Welt, aus der er stammte, heil und wohlgeordnet war.

Dean hatte absoluten Horror davor, dass Hayley ihn verachten könnte, wenn sie die Wahrheit erfuhr. Womöglich bekäme sie sogar Angst vor ihm, wenn sie erführe, dass sein Vater ein Mann war, der seine Frau geschlagen hatte. Und erst recht, wenn sie erfuhr, was er selbst getan hatte. Damals mit Mary. Aber alles, was er wollte, war, dass sie sich nicht vor ihm fürchtete. Lieber sollte sie ihn hassen und weiterhin denken, es wäre seine Arroganz, die eine Beziehung zu ihr verhinderte.

Mühsam drehte Dean die Worte in seinen Gedanken herum, um Hayley alles zu erklären, aber sie wollten nicht herauskommen. Schließlich schluckte er sie herunter. Besser, Hayley hielt ihn für ein eiskaltes Arschloch, als wenn sie erfahren würde, aus was für einer verkorksten Familie er tatsächlich stammte. Und wie sehr er fürchtete, so zu werden, wie sein Vater damals gewesen war.

„Schon gut", sagte sie, als er schwieg. Sie klang resigniert. „Ich bin ja selbst schuld. Ich hab mich dir im wahrsten Sinne des Wortes an den Hals geworfen. Dabei hätte ich nach dem Desaster nach der Party wissen müssen, was mich erwartet. Manchmal bin ich echt so dämlich, dass mir nicht mehr zu helfen ist."

„Was redest du denn da? Du bist weder dämlich noch sonst irgendetwas! Du bist wunderbar, Hayley! Du bist eine tolle Frau, atemberaubend und schön und ..."

Sie nahm den Blick von der Straße und sah ihn an, in ihren Augen standen Tränen. „Bitte nicht, Dean. Mach es nicht noch schwerer."

Da schwieg er. Auch, als sie den nächsten Campingplatz erreicht hatten und ausstiegen, sagte er kein Wort. Das Bett überließ er ihr allein und richtete sich auf der Bank unten ein. Hayley hinderte ihn nicht daran. Sie kletterte ebenso stumm wie er nach oben.

Die Nacht verlief furchtbar. Um Hayleys Schmerz zu wissen, für den er verantwortlich war, tat so weh, dass Dean dachte, es nicht aushalten zu können. Tat er wirklich das Richtige? Wenn ja, warum fühlte es sich so falsch an? Dabei wollte er doch nichts anderes, als Hayley zu beschützen.

Am nächsten Morgen stand er früh auf und deckte den Frühstückstisch so hübsch wie nur möglich. Sogar frische Blumen pflückte er, die am Ufer des Flusses wuchsen.

Hayley jedoch beachtete sie überhaupt nicht. Sie aß auch nichts, sondern trank nur eine Tasse Kaffee.

„Iss bitte etwas, sonst wird dir unterwegs noch schlecht."

„Noch schlechter kann mir gar nicht werden. Lass uns diese Farce endlich beenden, Dean. Ich will nach Hause und dich danach nie wiedersehen."

Dean zuckte zusammen wie unter einem Schlag. Das hatte gesessen. Er konnte sie ja verstehen, und ja, er hatte es verdient. Wenn nur dieses schreckliche Gefühl, einen furchtbaren Fehler zu begehen, nicht wäre. Schnell deckte er den Tisch wieder ab, verstaute alles in den Schränken und setzte sich auf den Fahrersitz. Noch einmal würde er Hayley in diesem Zustand nicht ans Steuer lassen.

Sie widersprach nicht, sondern nahm schweigend auf dem Beifahrersitz Platz. Dass sie ihn nicht beschimpfte oder meckerte, fand er noch schlimmer, als wenn sie ihn angebrüllt hätte. Sie wirkte nicht nur verletzt, eher ... geschlagen. Jeglicher Lebensfreude beraubt.

Zum Teufel, was hatte er ihr bloß angetan?

Keiner von ihnen hatte während der Rückfahrt einen Blick für die Schönheit der Landschaft. Sie hätten auch durch die Schlünde der Hölle fahren können. Ohnehin fühlte sich Dean, als täten sie genau das.

Es war erleichternd und schrecklich zugleich, als sie in Brookfield ankamen.

„Ich hoffe, du kannst mir irgendwann verzeihen", sagte Dean leise, während er das Wohnmobil auf dem Hof von *Wilderness Tours* einparkte.

Stumm hob Hayley die Schultern und schnallte sich ab. Sie holte ihre Tasche und verließ den Camper.

„Hi, Hayley, da seid ihr ja wieder!", rief Hank und eilte über den Hof auf sie zu.

Der Anblick, wie er Hayley erfreut in die Arme schloss und an sich drückte, schmerzte Dean wie eine Ohrfeige. Trotzdem dachte er, dass dies vielleicht die Lösung war. Das Beste wäre, wenn die beiden zusammenkommen würden. Hank würde es bestimmt gelingen, Hayley schnell von ihrem Kummer abzulenken. Mit ihm könnte sie öfter solche Touren unternehmen, wie sie es gerade getan hatten. Das würde ihr unter Garantie gefallen.

Vom weiteren Gespräch zwischen den beiden bekam Dean nichts mit. Er ließ sich Zeit damit, seine Sachen zusammenzupacken. Erst als er auch Johns Stimme hörte, verließ er ebenfalls den Camper.

„Hallo, Dean", grüßte er erst John und dann Hank.

John wirkte verwirrt. „Hayley ist schon weg. Sie meinte nur, sie hätte es sehr eilig. Wie war es denn? Ist alles ohne Komplikationen abgelaufen?"

„Ja, es war super." Versiert setzte Dean sein Sportlergrinsen auf. Die beiden mussten nicht erfahren, was zwischen Hayley und ihm schiefgegangen war. „Hayley wird euch unzählige Fotos zeigen können, ihr werdet begeistert sein. Noch einmal vielen Dank für die großartige Gelegenheit zu dieser Tour! Ich werde eure Firma und die Camper in den höchsten Tönen loben. Und Hayley wird das in ihren Artikeln bestimmt auch tun."

„Einer ist bereits erschienen", freute sich Hank. „Gleich am nächsten Tag nach eurem Aufbruch. Wir haben seitdem schon einige neue Aufträge erhalten."

„Das freut mich. Es werden bald noch viele mehr. Okay, ich muss leider auch los, tut mir leid."

„Kein Problem. Das Training ruft, hab ich recht?" John grinste kumpelhaft.

„Genau. Vor den nächsten Spielen gibt's noch viel zu tun."

„Dann wollen wir dich auch gar nicht länger aufhalten. Wir werden ja bestimmt bald wieder voneinander hören."

„Ja, sicher." Dean gab beiden die Hand, schulterte seine Reisetasche und ging zu seinem Wagen hinüber.

Während der Fahrt nach Calgary zerbrach sich Dean den Kopf darüber, ob er wirklich alles richtig gemacht hatte. *Klar, du hattest gar keine andere Wahl,* sagte ihm sein Verstand. *Nein, alles falsch,* rief sein Herz von Panik erfüllt.

Verdammt! Wie gut, dass er wieder zurück war. Sobald er zu Hause angekommen war, warf er seine Tasche auf den Boden und zog seine Sportkleidung an. Dann joggte er die nächsten zwei Stunden durch die Stadt und den Park. Als er zurückkam, fühlte er sich noch nicht einmal ansatzweise ausgepowert. Stattdessen geisterte immer noch unentwegt Hayley durch seine Gedanken. Also ging er in den Kraftraum des Vereins und begann, sich an der Rudermaschine abzureagieren.

„Hallo, Dean, da bist du ja wieder!" Ryan hatte ihn entdeckt. Er wischte sich mit einem Handtuch die Stirn ab, während er neugierig auf ihn herabblickte.

„Sieht so aus." Verbissen bearbeitete Dean das Sportgerät.

„Ist alles in Ordnung mit dir?", erkundigte sich Ryan verwirrt. „Du warst vier Tage lang mit einer süßen kleinen Maus unterwegs durch traumhafte Nationalparks und hattest während unserer Telefonate unglaublich begeistert geklungen. Aber jetzt erweckst du eher den Eindruck, als musstest du während der letzten Tage Toiletten schrubben. Was ist los?"

„Nichts. Alles in bester Ordnung."

„War sie am Ende doch eine üble Zicke? Mann, ich hätte echt gedacht, sie ..."

„Nein, war sie nicht, okay?" Entnervt hörte Dean auf, die Rudermaschine zu malträtieren, ließ die Griffe los und trank aus seiner Wasserflasche.

„Was ist es dann? Oje, sag nicht, ihr hattet einen Crash und habt den Camper geschrottet! Hat diese Firma Ärger bereitet? Oh Mann, Dean, der Auftrag ist echt wichtig und ..."

„Es ist alles in Ordnung, hab ich gesagt, okay?" Dean merkte selbst, dass er viel zu laut war, konnte aber nichts dagegen tun. Seine Nerven waren bis zum Zerreißen angespannt, weil ununterbrochen Hayleys trauriges Gesicht vor seinem inneren Auge herumgeisterte. Sie hatte sich in ihn verliebt. Und er hatte ihre Gefühle mit Füßen getreten. Er war ein Arschloch, ein riesiges. Doch er musste es sein. Es war besser so für sie. Eines Tages würde sie es vielleicht verstehen.

„Ich bin dein Freund, Alter, nicht dein Feind", wies Ryan ihn rüde hin.

„Sorry. Es ist nur ..."

„Wie wär's, wenn du es mir einfach erzählst? Dass es dir nicht gut geht, ist nicht zu übersehen. Dean, beim nächsten Spiel musst du absolut fokussiert sein. Aber so wird das nichts! Du bist das Gegenteil davon. Da ist diese steile Falte auf deiner Stirn. Die ist nur da, wenn du über irgendwas grübelst, was dich schwer beschäftigt. Also los, raus damit. Lass dir helfen."

Dean seufzte schwer. Er wusste, dass sein Freund recht hatte. Es war schlimm genug, dass er es nicht geschafft hatte, Hayley zu erzählen, warum aus ihnen nichts werden konnte. Und das nur, weil er zu feige dafür gewesen war. Diese ganze Sache belastete ihn mit jeder Minute mehr. So würde er sich tatsächlich nicht aufs Training und die nächsten Spiele konzentrieren können.

„Du hast recht, es ist wegen Hayley", gestand er leise.

Ryan setzte sich neben der Rudermaschine auf den Boden und sah ihn eindringlich an. „Was ist passiert?"

„Sie hat sich in mich verliebt."

Ryans Gesicht hellte sich auf. „Wow, ist doch super! War zu erwarten, oder? Ihr beide tagelang allein in der Wildnis ... Wo liegt das Problem?" Sein Lächeln schwand. „Dich hat's wohl nicht erwischt, oder? Ach, Kumpel, tut mir leid. Das ist immer mies. Sie hat es nicht gut aufgefasst, was? Aber sie wird schon drüber wegkommen. Hayley ..."

„So ist es nicht. Ich ... Ich liebe sie auch."

„Echt?" Ryan begann zu grinsen. „Also dann verstehe ich jetzt überhaupt nichts mehr."

„Ich kann keine Frau gebrauchen. Das weißt du doch."

„Klar. Hat all die Jahre gegolten, weil du keine getroffen hast, die es geschafft hat, dich so richtig zu flashen. Aber wie es scheint, hat sich das jetzt geändert. Ich verstehe das Problem nicht."

„Das Problem ist mein Vater."

„Im Ernst, Dean? Immer noch diese Geschichte?"

Dean nickte finster. „Es geht nicht. Ich kann Hayley das nicht antun."

„Was heißt denn das, antun? Nur, weil du Angst hast, du könntest irgendwann werden, wie dein Vater vor etlichen Jahren gewesen ist?" Ryan nahm seine Wasserflasche und trank daraus.

„Hast du die Sache mit Mary vergessen?", fragte Dean aufgebracht. „Wie ich ihr gegenüber ausgeflippt bin?"

„Mann, das ist etliche Jahre her! Damals warst du ja fast noch ein Kind. Seitdem ist dir das nie wieder passiert. Du bist nicht wie er!"

„Und wenn ich es irgendwann doch werde?"

„Du bist komplett anders als er! Justin, ja, der könnte sein Zwillingsbruder sein. Aber du kommst nach deiner Mutter, Dean." Ryan schmunzelte. „Hey, nimm's mir nicht krumm, ja? Aber mitunter kannst du schon ziemlich, na ja, romantisch sein. Ich will jetzt nicht sagen, weich, aber ..." Er hob die Hand, als Dean etwas einwenden wollte. „Nicht auf dem Eis! Da bist du ein Tier! Aber das ist etwas ganz anderes. Weißt du noch, als vor zwei Jahren deine Oma starb?"

Bei der Erinnerung daran zuckte Dean zusammen und spürte erneut den Schmerz ihres Verlusts. „Als ob es gestern gewesen wäre", sagte er leise.

„Siehst du, was ich meine? Dein Alter hätte die Sache einfach abgehakt. Ein wenig Trauer heucheln, fertig, ab zur Tagesordnung. Hab ich nicht recht?"

„Könnte sein." Plötzlich kam es Dean vor, als würde ein Gewicht von ihm genommen werden. Er grinste schief. „Ich hab dir ganz schön die Ohren vollgejammert, oder?"

Ryan nickte. „Das hast du. Und weißt du was? Das war auch gut so. Denn es beweist, dass du vollkommen anders bist als dein Vater. Und das wird auch so bleiben. Vertrau mir!"

Tief in sich spürte Dean, dass sein Freund recht hatte. Und dass er es im Grunde schon lange selbst wusste. Die Angst vor einem Irrtum war es, die ihn die ganze Zeit ausgebremst hatte. Lieber stieß er Hayley damit vor den Kopf, als sie womöglich auch nur der kleinsten Gefahr auszusetzen. Er lächelte und fühlte sich zutiefst erleichtert. „Danke! Das hab ich gebraucht."

„Gern geschehen. So, du Weichspüler. Hast du genug geflennt? Dann können wir ja endlich zur Tagesordnung übergehen. Es gibt noch einige gegnerische Vereine, denen wir zeigen müssen, wo der Hammer hängt!" Entspannt stand Ryan auf und setzte sich auf die Rudermaschine neben Dean. „Sehen wir mal, wer besser dafür geeignet ist!"

„Ich natürlich! Was denkst du denn?" Dean umklammerte sofort die Griffe und begann zu rudern. Mit jedem Zug fiel ein Teil jener Last von ihm ab, die er so lange mit sich herumgetragen hatte.

Kapitel 19

Hayley

„Dein neuer Artikel schlägt ein wie eine Bombe!", rief Will erfreut. „Michael ist begeistert! Wie du Dean beschreibst und alles garniert mit diesen brillanten Fotos ... Hayley, ich bin wirklich stolz auf dich. Vor allem, weil ihr eure Streitereien oder was auch immer da zwischen euch vorgegangen war, offensichtlich bereinigen konntet. Hervorragend, wie professionell du von euren Erlebnissen berichtest."

„Danke."

Es war ihr extrem schwergefallen, Dean so gut rüberkommen zu lassen. Am liebsten hätte sie sich all ihren Ärger von der Seele geschrieben, wollte die ganze Welt wissen lassen, was für ein erbärmlicher Idiot Dean Walker war. Aber damit hätte sie sich nur selbst geschadet. Und nicht nur das, sondern auch ihrer Zeitung. Auch *Wilderness Tours* hätte ihr einen derartig negativen Bericht höchstwahrscheinlich übel genommen. Und so viel Ärger war Dean nicht wert. Er war keinen einzigen Gedanken mehr wert.

„Freust du dich gar nicht? Seit du vorgestern zurückgekommen bist, machst du ein Gesicht wie sieben Tage Regenwetter. Weißt du, wir können uns vor Anrufen kaum noch retten! Es gibt schon ein paar Anfragen von Firmen, die dich ebenfalls für eine Reportage über ihre Produkte buchen wollen. Du startest gerade ganz groß durch, Hayley! Jetzt freu dich doch endlich mal!"

Ihr Chef sah sie an wie ein Dackel den gedeckten Tisch.

Unwillkürlich musste Hayley schmunzeln. „Das tu ich doch."

„Na, endlich! Wurde auch Zeit. Und das war erst der zweite Artikel! Du hast noch reichlich Stoff für ein paar weitere, oder?"

„Mindestens für drei bis vier. Und Fotos für zehn."

Erfreut rieb sich Will die Hände. „Fantastisch! Mach gleich weiter, okay? Die Leser dürsten nach einer weiteren Story! Wir wollen sie nicht zu lange warten lassen."

„Wird erledigt."

„So gefällst du mir schon besser. Also dann bis später, Mädchen."

Während der nächsten Stunden vertiefte sich Hayley in ihre Arbeit. Sie war selbst erstaunt, aber es gelang ihr auch weiterhin, differenziert über ihren Ausflug mit Dean zu berichten, ohne ihre Emotionen, die dadurch erneut auftauchten, zu nah an sich heranzulassen. Nur die Fotos durfte sie sich nicht allzu genau ansehen. Dean vor dem Wasserfall, im Bach, neben dem Camper, mit den von ihm gepflückten Blumen auf dem Tisch ... So schnell wie möglich ging Hayley die Bilder durch und klickte wahllos zwei, drei Stück für den nächsten Artikel heraus.

Ihr Telefon klingelte, und ihr Herzschlag beschleunigte sich. *Dean*, dachte sie. Doch natürlich war er es nicht. Sie hatte ihm gesagt, dass sie nie wieder etwas mit ihm zu tun haben wollte. Und so war es ja auch. Solche Gefühlsachterbahnen, wie er sie mit ihr trieb, konnte sie nicht ertragen. Er sollte bleiben, wo der Pfeffer wuchs. Missmutig nahm sie das Gespräch an.

„Hi, hier ist Hank Lewis von *Wilderness Tours*. Ich hab gerade deinen neuen Artikel gelesen, Hayley. Und was soll ich sagen? Ich bin schwer begeistert! Du beschreibst unseren Camper in den glühendsten Farben. Wir bekommen am laufenden Band Anfragen von Kunden herein, die ihn kaufen oder mieten wollen." Hank klang ganz atemlos vor Aufregung.

„Super, das freut mich."

„Du bekommst natürlich einen Extrascheck. Den hast du dir verdient. Und ich ... Ich würde mich gern persönlich bei dir erkenntlich zeigen. Hast du vielleicht Lust, mit mir essen zu gehen? Ich lade dich ein, wohin du willst."

„Das ist total lieb von dir, aber ich ..."

„Sag einfach, worauf du Lust hast! Dir zuliebe würde ich sogar zum Asiaten gehen, obwohl das sonst gar nicht mein Geschmack ist."

„Hank, ich glaube, das ist keine ..."

„Oh, du hast gerade keine Zeit, oder? Klar, ich bin ja auch blöd. Du hast natürlich reichlich Arbeit mit deinen neuen Storys. Es muss ja nicht sofort sein. Sag mir einfach, wann es dir passt und du Zeit hast, ja?"

„Gar nicht, fürchte ich."

„Wie?" Seine Stimme hatte sich vollkommen verändert. All die Euphorie war daraus verschwunden, als hätten Hayleys Worte sie weggewischt.

Plötzlich tat er Hayley leid. Er konnte ja nichts dafür, dass Dean auf ihren Gefühlen herumgetrampelt war wie ein Elefant auf einer Blumenwiese, und sie sich erst wieder davon erholen musste.

„Es tut mir so leid, aber wir sollten das lassen", erklärte sie so behutsam wie möglich. Sie machte sich nichts aus ihm und wollte auf keinen Fall nochmals falsche Hoffnungen in ihm wecken. „Es geht mir nicht besonders, verstehst du? Ich muss erst mal einige Dinge für mich selbst klären und einen klaren Kopf bekommen."

„Gar kein Problem! Das war ja bestimmt auch alles ganz schön anstrengend. Nimm dir Zeit und erhol dich ein bisschen." Hank klang schon wieder etwas lebhafter.

Als Hayley sich vorstellte, wie eifrig er ins Telefon sprach, sehnte sie sich einmal mehr nach Dean. Gleichzeitig hätte sie sich selbst deshalb schütteln können. Er wollte sie nicht, das hatte er klar und deutlich zum Ausdruck gebracht. Und das, nachdem es ausgerechnet ihm gelungen war, ihre Verlustblockade zu durchbrechen. Sie musste ihn sich aus dem Kopf schlagen, so schnell es ging. Umso wichtiger war es, möglichst rasch diese verfluchten Artikel fertigzuschreiben. Wenn das erledigt war, konnte sie auch das Thema *Dean* endgültig zu den Akten legen.

„Danke, Hank."

„Nein, wir haben zu danken. Du hast wirklich großartige Arbeit geleistet."

„Vielen Dank!"

„Ja, dann ... Lass dich nicht so stressen, hörst du? Alles läuft bestens, okay? Bis bald mal wieder."

„Bis bald." Hayley legte auf – erleichtert, dass Hank ihre Abfuhr so freundlich weggesteckt hatte – und widmete sich wieder ihrer Story. Sie war so vertieft, dass sie kaum merkte, wie die Zeit verging.

Irgendwann steckte Will seinen Kopf in ihr Büro. „Arbeitest du etwa immer noch?"

„Ja."

„Du weißt, dass du nicht alle Artikel auf einmal schreiben musst, oder? Mach dir keinen Stress damit, Hayley."

„Schon in Ordnung. Ich mach das wirklich gern." Umso schneller hatte sie es hinter sich.

„Also gut. Aber mach nicht mehr so lange, ja? Du warst tagelang unterwegs und wenn ich ehrlich sein darf: Du gefällst mir überhaupt nicht. Du wirkst ... erschöpft."

„Es war tatsächlich anstrengend, aber auf eine gute Weise, verstehst du? Ich verspreche, bald Feierabend zu machen, in Ordnung? Dann gehe ich früh schlafen, und morgen bin ich wieder ganz die Alte."

„Also gut. Dann bis morgen, Hayley."

„Bis morgen. Gute Nacht."

Sie vertiefte sich wieder in ihre Story und war so gefangen in ihren Erinnerungen, dass sie erschrak, als ihr Telefon klingelte. *Dean*, dachte sie wiederum, wünschte es sich und schoss ihn gleichzeitig gedanklich auf den Mond.

Es war Sue. „Hallo, Hay. Ich wollte mal wieder nachfragen, wie es dir geht, auch wenn ich dir inzwischen damit womöglich auf die Nerven gehe. Aber seit du wieder zurück bist, meldest du dich ja so gut wie gar nicht.

So kenne ich dich überhaupt nicht. Und mit deinen beiden superkurzen Nachrichten gebe ich mich jetzt nicht mehr zufrieden."

„Oh, das tut mir total leid! Ich sitze gerade über meinen Artikeln wegen des Campers und ..."

„Was? Du bist immer noch in der Redaktion?"

„Klar. Wieso, wie spät ist es denn?"

„Halb zehn! Süße, ist alles in Ordnung bei dir? So übereifrig bist du doch sonst nicht. Oder sitzt dir Will im Nacken? Treibt er dich so an?"

„Nein, er hat nichts damit zu tun. Ich will das eben schnell fertig bekommen!" Hayley merkte gerade selbst, wie müde sie klang. Und tatsächlich hatte sie gar nicht mitbekommen, wie schnell die Zeit vergangen war. Sie atmete ein paarmal tief ein und aus. „Sorry. Du hast recht, ich sollte tatsächlich langsam Feierabend machen."

„Langsam? Sofort! Du hörst dich an, als wärst du völlig fertig. Pass auf. Fahr nach Hause, und ich komme zu dir, ja? Ich besorg uns unterwegs eine Pizza. Dann machen wir es uns gemütlich und du erzählst mir alles in Ruhe."

„Ich, äh ... Okay. Ist wohl das Beste."

„Das einzig Richtige! Deine Arbeitswut in Ehren, aber ich bin mir sicher, dass deine Story noch ein paar Stunden warten kann, ohne dass die Welt davon untergeht, oder?"

„Klar." Hayley streckte ihren Rücken durch, bewegte die Schultern und stellte fest, dass sie vollkommen verspannt war.

„Wir sehen uns dann gleich, ja?"

„Das tun wir."

„Was möchtest du auf deine Pizza?"

„Champignons und Schinken, bitte." Unwillkürlich lächelte Hayley. Wenn ihrer Freundin etwas wichtig war, verbiss sie sich darin wie ein Pitbull und ließ nicht locker, ehe man nachgab.

„Wird erledigt", rief Sue.

„Danke!"

„Die Pizza gibt's nur, wenn du auf der Stelle deinen Rechner runterfährst und nach Hause gehst."

„Mach ich. Ich versprech's."

„Gut." Sue klang zufrieden. „Dann bis gleich."

Wie versprochen schaltete Hayley alles aus, nahm ihre Tasche und machte sich auf den Heimweg. Als sie in den Spiegel sah, erschrak sie. Sie sah tatsächlich sehr erschöpft aus, blass und übernächtigt. Das war kein Wunder, denn die letzten beiden Nächte seit ihrer Rückkehr hatte sie kaum ein Auge zugemacht, sondern permanent über einen gewissen Mistkerl gegrübelt.

Hayley klatschte sich kaltes Wasser ins Gesicht, schlüpfte in bequeme Klamotten und bürstete ihr Haar. Kaum war sie damit fertig, klingelte es schon.

„Die Pizza ist da!", rief Sue freudig, doch sobald sie Hayley ansah, riss sie erschrocken die Augen auf. „Meine Güte, wie siehst du denn aus? Ich glaube, ich komme gerade zur richtigen Zeit, sonst hättest du dich zu Tode geschuftet."

„So ein Quatsch! Mir geht's super und ..."

Sue stürmte an ihr vorbei ins Haus, steuerte die Küche an und warf die Kartons auf den Tisch. „Erzähl mir keine Märchen! Wenn du deine Pizza nicht bis zum letzten Krümel aufisst, bekommst du gewaltigen Ärger mit mir! Komm, setz dich und fang sofort an. Noch ist sie schön heiß." Sie wartete, bis Hayley neben ihr auf der Couch Platz genommen hatte und legte ihr den Karton auf den Schoß.

Sobald Hayley ihn öffnete und ihr der köstliche Duft der Pizza in die Nase zog, spürte sie erst, was für einen großen Hunger sie hatte. Wie aufs Kommando begann ihr Magen zu knurren.

Sue lachte. „Ich komme wohl wirklich in letzter Sekunde!"

„Ich fürchte, du hast recht." Heißhungrig nahm Hayley das erste Stück heraus. Es bog sich in der Mitte durch, der Käse zerlief verlockend. Sobald sie den ersten Bissen genommen und den köstlichen Geschmack auf der Zunge gespürt hatte, schloss sie entzückt die Augen. „Schmeckt das gut!"

Ein paar Minuten lang aßen sie schweigend. Nur ein wohliges Stöhnen durchbrach hin und wieder die Stille. Der prüfenden Blicke ihrer Freundin jedoch war sich Hayley trotzdem bewusst.

Nachdem sie die Hälfte der Pizza wie ein Wolf verschlungen hatte und der schlimmste Hunger besänftigt war, aß sie langsamer.

„Irre ich mich oder ist das deine erste Mahlzeit heute?", fragte Sue kauend.

Hayley schüttelte den Kopf. „Ich habe gefrühstückt."

„Wie viel? Eine Scheibe Toast?"

„Äh, fast."

„Was soll das heißen? Du hast nicht einmal eine ganze Scheibe geschafft? Was ist los mit dir, Hay? Seit deiner Rückkehr hab ich ja kaum eine Info aus dir rausbekommen. Was ist während eures Ausflugs passiert? Ist Dean dir dumm gekommen? Und keine Ausflüchte mehr, okay? Erst schickst du mir die ganze Zeit traumhafte Fotos, sodass ich ganz neidisch werde, und schwärmst, wie lieb Dean auf einmal ist, und jetzt siehst du plötzlich aus wie ein Zombie."

Das letzte Stück Pizza schmeckte mit einem Mal wie Pappe. Aber Sue war hartnäckig. Kaum wollte Hayley es sinken lassen, nickte Sue auffordernd.

Hayley nahm einen winzigen Bissen und kaute darauf herum, als wäre es Mörtel. „Ich will nicht über ihn sprechen, okay?"

„Also geht's wirklich um ihn! Dann ist er tatsächlich so ein Schwachkopf, wie wir anfangs gedacht haben?"

„Ja, das ist er. Können wir jetzt bitte das Thema wechseln? Tut mir leid, dass ich gerade so wenig Zeit für dich habe. Das wird bald wieder besser, versprochen! Erzähl doch mal, was hast du so während der letzten Tage ..."

„Nee, Hay, so einfach kommst du mir nicht davon. Weißt du, ich versteh das nicht so ganz. Die Nachrichten, die du mir während eures Ausflugs geschickt hattest, klangen nach einer Menge Spaß. Allein diese lustigen Selfies von euch beiden! Ich konnte es ja selbst kaum glauben, aber es hörte sich tatsächlich so an, als hätte sich der Scheißkerl Dean in einen Traumkerl verwandelt. Was ist also passiert? Was hat er dir angetan?"

Wie aufs Stichwort ließ Hayley das letzte kleine Pizzastück in den Karton fallen. „Also gut, wenn du es wirklich wissen willst ... Er hat sich kein bisschen geändert. Es war alles nur ein Irrtum. Er ist immer noch derselbe Kackstiefel wie am Anfang. Zufrieden?"

Sue legte sanft ihre Hand auf Hayleys Schulter. „Magst du mir davon erzählen?"

Heftig schüttelte Hayley den Kopf. „Nein! Das Thema ist erledigt. Der Kerl existiert für mich nicht mehr."

Nach einem prüfenden Blick auf Hayley stand Sue auf, ging zum Schrank und holte Gläser sowie eine Weinflasche heraus. Sie schenkte ihnen ein und drückte Hayley ein Glas in die Hand. „Ich glaube, du brauchst etwas zur Beruhigung. Echt, Hay, ich mach mir Sorgen um dich! Klar, Alkohol ist keine Lösung, aber ich glaube, in diesem Fall wird er dir guttun. Komm, trink einen Schluck."

Der Rotwein war herb und gut. Sobald er sich in ihrem Magen ausbreitete, spürte Hayley, dass sie ein wenig ruhiger wurde.

Sofort schenkte Sue nach. „Besser?"

Hayley nickte. „Danke."

„Sehr gern. So, und jetzt erzähl. Ich fürchte, dass es dir erst dann wieder gut geht, wenn du alles rausgelassen hast. Stell dir einfach vor, du hättest dir an dem Armleuchter den Magen verdorben."

Wider Willen musste Hayley grinsen. Sofort spürte sie, wie gut das tat. „Das ist einfach."

„Super!" Auch Sue grinste und wirkte erleichtert. Erwartungsvoll lehnte sie sich zurück.

„Ich hab wieder mit ihm geschlafen", platzte Hayley heraus.

„Was?" Sue ruckte hoch und saß stocksteif da.

„Und danach hat er mich wieder fallen lassen. Es lief genauso wie nach der Party", murmelte Hayley.

„Das kann ja wohl nicht wahr sein! So ein Mistkerl!" Liebevoll strich Sue über Hayleys Arm. „Aber das war doch zu erwarten, oder? Warum hast du das gemacht?"

Verschämt ließ Hayley den Kopf sinken.

„Komm, Süße, alles muss raus, haben wir gesagt", forderte Sue sanft.

„Weil ich mich in ihn verliebt habe", erklärte Hayley kaum hörbar.

„Was?", flüsterte Sue ebenso leise. „In diesen Stinkstiefel?"

Hayley nahm einen großen Schluck Wein. „Dean war so anders während dieser Tage draußen. Okay, ganz am Anfang verhielt er sich noch wie der Widerling, den wir kennen, aber das änderte sich schnell. Danach erschien er mir wie ein ganz anderer Mensch. Er war aufmerksam, freundlich ... liebevoll, verstehst du? Er pflückte mir sogar Blumen."

„Wow!", rief Sue sarkastisch und verdrehte die Augen. „Das nenne ich mal einen ernsthaft bemühten Mann."

„Wirklich! Weil er schnarchte, schlief er im Zelt, um mich nicht zu stören."

„Das ist wohl das Mindeste!"

„Es waren lauter kleine Gesten, weißt du? Eins kam zum anderen. Und es prickelte zwischen uns, ständig, aber wir haben es geschafft, es auszublenden."

„Gut so!", warf Sue ein.

„Bis zum letzten Abend. Dean war joggen und kam lange Zeit nicht zurück. Es wurde schon dunkel. Ich hab mir solche Sorgen um ihn gemacht! Da begriff ich, wie wichtig er mir geworden war, wie viel er mir bedeutete. Dass ich nicht mehr ohne ihn sein wollte. Und als er dann endlich auftauchte ..."

„Seid ihr übereinander hergefallen", vermutete Sue. „Okay, in gewisser Weise kann ich das nachvollziehen. Er sieht umwerfend aus, und er baggert dich permanent an. So weit, so gut. Aber warum noch mal Sex?

Nachdem er dich beim letzten Mal so brutal abgekanzelt hatte? Du konntest dir doch denken, wie er hinterher reagieren wird, oder?"

Mutlos hob Hayley die Schultern. „Ich war völlig durch den Wind, nachdem er so lange vom Joggen nicht zurückgekommen war. Wir waren mitten in der Wildnis. Mir gingen die schlimmsten Dinge durch den Kopf, was ihm zugestoßen sein könnte. Da stand er plötzlich vor mir und es ist passiert. So lieb wie er während dieser Tage war, hatte ich eben gedacht, dass er sich in jeder Beziehung geändert hat. Dass er ab sofort zu mir steht. Stattdessen war er danach plötzlich ganz kühl, unnahbar und meinte, das mit uns ginge nicht."

„Was gab er denn als Begründung an?"

„Er hat die ganze Zeit um den heißen Brei herumgeredet. Ich hab wieder und wieder nachgehakt, aber er ist nicht damit rausgerückt. Wahrscheinlich ist es irgendwas richtig Übles. Es kam mir vor, als wollte er es sagen, aber die Worte kamen nicht heraus." Sie winkte ab. „Wie auch immer. Dean hat mir mehr als deutlich gemacht, dass er mich nicht will. Das macht mich einfach fertig, verstehst du? Da kommt dieser Obertrottel daher und sorgt dafür, dass ich mich in ihn verliebe. Und ich spürte, dass er mir guttat, dass sich diese Blockade in mir auflöste, je länger ich in seiner Nähe war. Du weißt schon, diese Ängste, unter denen ich seit damals leide. Dean war so verlässlich, so sicher. Ich vertraute ihm. Und er benutzte und entsorgte mich hinterher wie einen Waschlappen."

„Ach, Hay, das tut mir so leid! Hast du ihm davon erzählt? Also wie sehr dir das alles zu schaffen macht?

Und dass du wegen deiner Eltern unter diesen Ängsten gelitten hast?"

„Ja, das habe ich, mehrfach. Das spielt ja auch alles keine Rolle mehr. Unser erster Eindruck von ihm war vollkommen richtig. Er ist und bleibt ein ichbezogener Widerling. So, jetzt bist du im Bilde. Können wir jetzt bitte wirklich das Thema wechseln? Ich bin fertig mit diesem Typen. Wenn ich noch einmal seinen Namen höre, schreie ich!"

„Verständlich, ist okay. Nur noch eine letzte Frage, ja?"

„Wenn's sein muss ..."

„Liebst du ihn immer noch? Also trotz seiner erneuten Abfuhr?"

Unvermittelt traten Tränen in Hayleys Augen. „Ich will es nicht, verstehst du? Ich will ihn hassen."

„Aber du kannst es nicht?", fragte Sue leise.

Hayley schüttelte so heftig den Kopf, dass sich einige Locken aus ihrem Haargummi lösten und wild herumflogen. „Nein! Sue, was ist los mit mir? Der Kerl hat mir das Herz rausgerissen und ist darauf herumgetrampelt, und trotzdem muss ich die ganze Zeit an ihn denken. Und weißt du, was das Schlimmste ist? Ich bin sauer auf ihn, logisch. Aber zugleich sehne ich mich nach ihm. Ich sehe ihn die ganze Zeit vor mir und wünschte mir, ich wäre bei ihm. Sobald das Telefon klingelt, hoffe ich, dass er es ist. Das ist doch total bekloppt, oder? Was zur Hölle stimmt denn nicht mit mir?"

„Das nennt sich Liebe. Ach, herrje, du Ärmste. Komm her." Sue schloss Hayley in ihre Arme.

Jetzt flossen die Tränen in Strömen. Normalerweise ging es Hayley besser, wenn sie alles rausgelassen hatte. Aber jetzt war es eher so, dass sie sich ausgepumpt fühlte. Leer.

„Soll ich bei dir schlafen?", fragte Sue, nachdem Hayleys Tränen versiegt waren.

„Das musst du nicht. Ich komm schon klar."

„Doch, ich glaube, das muss ich. In diesem Zustand kann ich dich nicht alleinlassen. Ich fahre morgen von hier aus zur Arbeit, okay?"

Hayley wischte sich über die Augen und schniefte. „Danke."

„Immer wieder gern. Ich wünschte nur, der Anlass wäre ein schönerer."

Als Hayley am nächsten Morgen aufwachte, war Sue bereits fort. Auf dem Küchentisch fand sie eine Kanne frisch gekochten Kaffee und einen Zettel:

Du kannst mich jederzeit anrufen! Rund um die Uhr! Gemeinsam schaffen wir das, ja?
Kuss, Sue.

Plötzlich ging es Hayley besser. Was hatte sie für eine großartige Freundin! Wen interessierte da eine Pfeife wie Dean?

Trotzdem wurde ihr beim Gedanken an ihren aktuellen Artikel sofort wieder schlecht. Die Arbeit daran würde alles wieder hochholen. Da sie gestern so lange gearbeitet hatte, war sie zu einem Großteil bereits fertig, aber eben noch nicht völlig. Dennoch war sie entschlossen, sich davon nicht unterkriegen zu lassen. Sie hatte schon ganz andere Dinge geschafft.

Hayley fuhr in die Redaktion und setzte sich an ihren Schreibtisch. Während ihr Computer hochfuhr, holte sie sich einen Kaffee und begrüßte ihre Kollegen. Dann öffnete sie ihr Dokument mit dem Artikel – und fühlte sich mit einem Mal erstarrt. Unfähig, nur einen Finger zu rühren. *Dean*, stand dort. Überall *Dean*. Ihr Herz begann zu rasen.

Sie konnte das nicht! Wie sollte sie über ihn schreiben und seine Fotos ansehen, ohne verrückt zu werden vor Sehnsucht, Wut und Traurigkeit? Minutenlang saß sie da, ohne etwas zu tun. Das Atmen erforderte ihre gesamte Aufmerksamkeit.

Lächelnd steckte Will seinen Kopf zur Tür herein. „Guten Morgen! Na, du bist ja schon wieder fleißig! Wie lange hast du denn gestern noch ... Hey, was ist denn los mit dir? Du bist ja ganz blass. Geht's dir nicht gut?" Mit ein paar Schritten war er bei ihr.

„Alles okay", erwiderte sie automatisch. „Geht gleich wieder."

„Gar nichts ist okay." Prüfend legte er seine Hand auf ihre Stirn. „Fühlt sich warm an. Hast du Fieber, Hayley? Möglicherweise hast du dir bei eurem Ausflug eine Erkältung eingefangen."

Eigentlich glaubte sie das nicht, aber es war der ideale Aufhänger, um aus dieser Situation fliehen zu können. Schlapp und erschöpft fühlte sie sich tatsächlich. „Möglich", erwiderte sie.

„Dann gehörst du ins Bett. Geh nach Hause und ruh dich aus."

„Aber der Artikel ist noch nicht ..."

„Du hast gestern mehr als genug getan. Sende mir das bisherige Material, dann sehe ich es nachher durch und überlege, was wir daraus machen können, okay? Ich bin mir sicher, dass wir die nächsten zwei, vielleicht drei Storys daraus bringen können. Und den Rest machst du ganz in Ruhe, wenn du dich erholt hast, hörst du?"

„Ja, gut. Danke." Sie hatte nicht einmal mehr die Kraft für eine Widerrede.

„Ich habe zu danken! Was bin ich nur für ein mieser Chef! Meine beste Mitarbeiterin und zudem Ziehtochter ist tagelang in der Wildnis unterwegs, wo sie rund um die Uhr arbeitet, und ich lasse zu, dass sie sich anschließend gleich wieder an den Schreibtisch setzt und tagelang kaum ohne Pause durch schuftet. Aber jetzt reicht es! Los, ab nach Hause mit dir. Die nächsten Tage will ich dich hier nicht sehen." Will lächelte liebevoll und tätschelte väterlich ihre Wange.

Hayley stand auf. Ihre Knie waren tatsächlich ganz wacklig. „Danke noch mal. Und bis bald."

„Nicht, bevor du wieder völlig auf dem Damm bist, hörst du?"

„Mach ich." Sie lächelte matt und verließ die Redaktion.

Zu Hause trank sie ein Glas Wasser, zog sich aus und legte sich ins Bett. Wenige Sekunden später war sie eingeschlafen.

Kapitel 20

Dean

Dean jagte dem Puck hinterher, als hinge sein Leben davon ab. Gut eine Woche war seit seiner Rückkehr vom Campingausflug vergangen. Jetzt stand er mit seiner Mannschaft gegen die *Winnipeg Panthers* auf dem Eis. Zwei Gegner rauschten von zwei Seiten heran, versuchten, ihn in die Zange zu nehmen. Aber er bahnte sich grob einen Weg zwischen ihnen hindurch und schoss den Puck mit dem Stock aufs gegnerische Tor zu.

Lauter Jubel brandete im Publikum auf, als er mitten hineinging. Seine Kameraden stürmten auf ihn zu, schlugen ihm auf die Schulter und beglückwünschten ihn freudestrahlend.

Dean war zufrieden. Natürlich war er das. Sehr sogar. Alles lief bestens. Gegen die *Panthers* lagen sie klar in Führung. Es gab einen Reihenwechsel, und er verließ die Eisfläche, griff nach seiner Wasserflasche und trank einen Schluck.

„Hervorragend, Dean!", lobte Michael. „Du bist in Bestform. Weiter so, okay? Wir haben fantastische Aussichten auf den Sieg!"

Dean nickte. Er warf einen Blick auf das Publikum in den Rängen. Doch es waren einfach zu viele Menschen und sie waren zu weit entfernt, als dass er viel erkennen konnte. Geschweige denn, dass er möglicherweise Hayley unter ihnen ausmachen könnte. Falls sie denn hier war.

„Du denkst, die Kleine ist da?", fragte Ryan, der wieder mal seine Gedanken gelesen hatte.

„Kann sein."

„Aber du hast sie immer noch nicht angerufen?"

„Nein. Hayley hat klar zum Ausdruck gebracht, dass sie nie wieder was mit mir zu tun haben will. Verständlicherweise."

„Dean, sie ist eine Frau. Die meinen oft genau das Gegenteil von dem, was sie behaupten."

„Aha. Da spricht der Profi, was? Und selbst wenn ... Was soll ich ihr sagen?"

„Dasselbe, was du mir gesagt hast."

„Es ist zu spät, Ryan. Ich hab's verkackt. Hayley war mehr als deutlich. Sie ist fertig mit mir. Und das ist auch das Beste, okay? Du merkst doch, wie super das Spiel läuft. Das ist nur, weil ich nicht abgelenkt werde."

„Na ja ... Wenn du dauernd das Publikum scannst, bist du schon abgelenkt."

„Aber es schadet nicht. Ich weiß ja, dass sie nicht gekommen ist."

„Sie ist Journalistin und hat schon öfter über uns berichtet. Es wäre durchaus möglich. Und das hoffst du auch, oder? Deshalb schaust du dauernd ins Publikum."

„Und wenn schon!"

„Spielst du deswegen heute so aggressiv? Weil du denkst, sie könnte zuschauen und du könntest ihr zeigen, dass du es draufhast?"

„So spiele ich doch immer!"

„Fast. Heute ist es noch heftiger. Vorhin standest du knapp vor einem Foul, Dean."

„Aber nur kurz davor. Und der Punkt ging im Endeffekt an uns. Also hör auf zu heulen." Lachend schlug Dean seinem Freund auf die Schulter, bevor er seine Aufmerksamkeit wieder auf das Spiel richtete.

Und auf die Zuschauer.

Seine Mannschaft gewann haushoch. „Das müssen wir feiern!", rief Michael begeistert aus, als alle Spieler in der Kabine waren.

Auch in der Dusche herrschte ausgelassene Stimmung, während Dean mit seinem Team die besten Momente des Spiels noch mal in allen Details durchging. Als Dean inmitten seiner Kameraden hinterher den Mannschaftsraum betrat, war er bester Laune. Doch plötzlich wurde die Erinnerung an die letzte Feier und daran, was hinterher mit Hayley geschehen war, schlagartig präsent.

Seit ihrer Rückkehr vom Werbeausflug hatte er nichts von ihr gehört oder gesehen. Auch wenn das Gespräch mit Ryan seine Ansichten über diese Sache endlich geradegerückt hatte, scheute Dean den letzten Schritt: sich bei Hayley zu melden und mit ihr auszusprechen. Es stimmte, was Ryan vorhin vermutet hatte: Allein der Gedanke daran, sie könnte in der Nähe sein und zusehen, und die Hoffnung, sie würde ihm die Chance geben, sich zu erklären, stachelte ihn an. Aber was, wenn sie nach einem möglichen Gespräch endgültig die Nase voll von ihm hätte? Wenn sie ihm keine weitere Chance gab? Würde er dann mutlos werden und seinen Biss bei den Spielen verlieren? Das wäre fatal. Gerade jetzt, wo sie bereits die dritte gegnerische Mannschaft in Folge geschlagen hatten und auf dem Weg immer weiter nach oben waren. Die kanadische Meisterschaft rückte in immer greifbarere Nähe.

Nein, momentan konnte er es sich nicht leisten, etwas zu ändern, was ihn möglicherweise aus dem Gleichgewicht bringen konnte. Deshalb war Abstand zwischen ihnen nach wie vor das Beste. Aber mit noch etwas hatte Ryan recht. Hayley war Journalistin und daher zuständig für ihn und seinen Verein. Womöglich hatte ihre Zeitung heute tatsächlich mal wieder sie anstelle eines Kollegen hergeschickt. Der Gedanke, Hayley unverhofft gegenüberzustehen, ließ sein Herz rasen. Was, wenn sie ihn einfach stehenließ, sobald sie ihn sah?

Immer mehr geladene Gäste strömten herein, um mit ihnen zu feiern. Bisher war Hayley nicht darunter.

Spieler anderer Vereine, Teamkameraden und Fans verwickelten ihn in Gespräche, doch immer wieder hielt er Ausschau nach Hayley. Vergeblich. Er wusste nicht, ob er darüber froh oder enttäuscht sein sollte.

Und dann trat Will an ihn heran. Allein, ohne Hayley.

„Hi, Dean. Herzlichen Glückwunsch! Ihr habt fantastisch gespielt! Den Sieg habt ihr mehr als verdient."

„Vielen Dank! Ja, es ist perfekt gelaufen."

„Ich werde einiges zu schreiben haben, sobald ich zurück in Brookfield bin."

Er? Warum nicht sie?

„Äh, ja. Das ist gut." Er räusperte sich. „Wie geht's denn Hayley? Ist sie heute gar nicht hier?"

Sah Will ihn nicht gerade ausgesprochen scharf an?

„Nein. Es geht ihr nicht besonders."

Dean erschrak. „Warum, was ist denn los? Ist sie etwa krank?"

„Ja, leider."

„Fuck! Was hat sie denn? Ich meine, ist sie schlimm ..."

„Sie meint, es ist Grippe. Seit Tagen liegt sie flach."

Will wirkte, als wäre da noch mehr, aber er sagte nichts weiter dazu.

Deans Herz wurde ganz schwer vor Sorge. „Das tut mir leid! Richte ihr bitte gute Besserung von mir aus."

„Werde ich machen. Du kannst sie aber auch ruhig selbst anrufen. Sie freut sich bestimmt. Wie war denn so die Chemie zwischen euch während eures Ausflugs? Seid ihr gut miteinander ausgekommen?"

„Ja, hervorragend sogar."

„Keine Streitereien, Stress, Unstimmigkeiten?"

„Nö. Alles bestens."

Deans Herz klopfte bis zum Hals, während Hayleys Chef ihn prüfend musterte. Immerhin war er nicht nur ihr Chef, sondern zudem ihr Ersatzvater.

Er atmete auf, als Will lächelte und ihm freundlich zunickte. „Super, dann melde dich mal bei ihr."

Also hatte Hayley ihrem Chef gegenüber Stillschweigen bewahrt und nichts von dem unerfreulichen Ende des Ausflugs erzählt. Damit hatte Dean nicht unbedingt gerechnet. Immerhin war sie Journalistin. Versuchten die nicht üblicherweise, aus jedem noch so kleinen Anhaltspunkt eine Story zu basteln? Andererseits kam er auch in ihren bisher erschienenen Artikeln ausgezeichnet weg. Nichts daran ließ erkennen, dass Hayley schlecht auf ihn zu sprechen war. Offenbar verhielt sie sich wirklich extrem professionell. Ein Gefühl von Wärme stieg in ihm auf und vermischte sich mit seiner Sorge.

„Mach ich", sagte er. „Großartige Artikel übrigens von ihr über den Campingausflug. Ich hab jeden geradezu verschlungen! Und wunderbare Fotos! Sie hat wirklich großes Talent."

„Das hat sie. Ich hoffe, sie ist bald wieder fit."

„Wie gesagt, liebe Grüße an sie. Sie soll rasch wieder auf die Beine kommen."

„Richte ich aus. Tja, ich geh dann mal zu Michael rüber, ja? Mal sehen, wie das Spiel aus seiner Sicht gelaufen ist."

Dean sah Will hinterher, der zwischen den anderen Gästen verschwand. Plötzlich wollte er nichts mehr als bei Hayley zu sein. Ihre Hand halten, sie trösten, weil es ihr schlecht ging. Er hätte sie längst anrufen sollen. Er schuldete ihr eine Erklärung – und vor allem eine Entschuldigung. Er konnte nicht einfach davon ausgehen, sie aufgrund ihres Jobs selbstverständlich bald wiederzusehen, ohne dass er selbst etwas dafür tun musste. Ihre Gegenwart war nichts Selbstverständliches. Das begriff er jetzt. Er musste von sich aus tätig werden. Etwas, was er noch nie bei einer Frau hatte machen müssen. Aber Hayley war nicht irgendeine Frau. Hayley war *die* Frau für ihn. *Die Eine.* Ohne die er nicht mehr sein wollte.

Jetzt hatte er es endlich erkannt. Zu spät, wie er befürchtete. Was, wenn sie tatsächlich nichts mehr von ihm wissen wollte? Weil er sie einmal zu oft verletzt hatte? Was war er bloß für ein Trottel gewesen!

Ein Blick auf die Uhr zeigte ihm, dass es heute bereits zu spät für einen Anruf war. Wenn sie krank war, würde sie sicherlich schlafen. Dabei wollte er sie nicht stören.

Als er ihr eine kurze Nachricht schreiben wollte, sprachen ihn ein paar Fans an und er vergaß es wieder.

Am folgenden Morgen fiel es Dean siedend heiß wieder ein. Allerdings entschied er, Hayley lieber anzurufen, statt ihr zu schreiben. Womöglich war sie dann vorgewarnt und würde seinen Anruf gar nicht erst entgegennehmen. Gemeinsam mit Ryan, Adam und Robin lief er seine morgendliche Joggingrunde, bevor sie frühstückten.

„Du bist so aufgekratzt", stellte Robin fest. „Ist irgendwas passiert? Ist womöglich einer der großen Vereine auf dich aufmerksam geworden? Bleib bloß bei uns, okay?"

Dean grinste. „Keine Sorge, ich bleibe euch erhalten. Tja, was soll ich sagen? Ich liebe euch, Jungs. Zusammen sind wir unschlagbar, oder? Das lasse ich uns bestimmt nicht nehmen. Kein noch so toller Verein könnte euch ersetzen."

Robin schlug ihm erfreut auf die Schulter, Adam nickte zufrieden, und Ryan grinste. „So spricht ein wahrer Freund."

Als ihre Kameraden aufstanden, um sich noch Kaffee und etwas zu essen zu holen, rückte Ryan näher an Dean heran. „Was ist denn jetzt los mit dir? Robin hat recht, du bist echt extrem gut drauf. Gibt's was zu feiern?"

„Eher nicht, höchstens vielleicht ein blaues Auge." Dean grinste schief und atmete tief durch, um sich selbst Mut zu machen. „Ich werde gleich bei Hayley anrufen und alles mit ihr klären."

„Echt? Na, da wünsche ich dir viel Glück. Oder vielleicht sollte ich lieber Hals- und Beinbruch sagen? Mit der Kleinen ist nicht zu spaßen."

„Wie gesagt, ich rechne selbst mit dem Schlimmsten. Aber es ist wichtig und längst überfällig."

„Finde ich super von dir. Sehr mutig. Ich ..."

Deans Telefon klingelte. „Warte einen Moment, ja? Da muss ich rangehen." Er nahm das Gespräch an.

„Dean!", hörte er die Stimme seiner Mutter. „Was für ein Glück, dass ich dich erreiche!"

„Mom! Was ist denn los?" Sie klang ja ganz aufgelöst. „Ist was passiert?"

„Ich, äh ... Ach, nein. Es ist alles in Ordnung. Ich hätte nicht anrufen sollen. Du hast so viel zu tun und ..."

„He! Ich hör doch, dass etwas nicht stimmt. Was ist es? Bitte sag es mir!" Er holte Luft. „Ist etwas mit Dad?"

„Nein, es geht ihm gut. Er ist bei der Arbeit und ... Okay, es geht wirklich um ihn. Ich habe gewartet, bis er weg ist." Sie schwieg ein paar Sekunden, aber Dean hörte sie heftig atmen. „Es ist ... Er hat mich wieder geschlagen."

Die Worte seiner Mom schlugen ein wie eine Bombe. Benommen stand Dean da und versuchte, zu begreifen, was seine Mutter ihm gerade erzählt hatte. „Dieses Schwein!", brachte er nach der ersten Schockstarre mühsam zwischen zusammengebissenen Zähnen heraus. „Ich dachte, dass es endlich vorbei ist, nachdem er jahrelang Ruhe gab. Wie schlimm ist es?"

Wieder erwiderte seine Mutter einen Moment lang nichts. „Sehr schlimm", flüsterte sie schließlich. „Aber das ist nur, weil er gerade so viel Stress bei der Arbeit hat, weißt du?", sprach sie schnell weiter. „Dein Dad ist momentan sehr reizbar. Ich hätte ihm nicht ..."

„Du tust es schon wieder! Ständig nimmst du ihn in Schutz. Warum machst du das, Mom? Dad ist eine Drecksau!"

„Dean! Wie sprichst du denn von deinem Vater?"

„Wie er es verdient hat!"

„Okay, es tut mir leid, dass ich dich angerufen habe. Ich hätte dich nicht damit belästigen dürfen. Es ist nur ... Ich wusste nicht, an wen ich mich sonst wenden sollte. Hier kennt uns ja jeder, und man hat schnell einen Ruf weg ..."

„Bist du zu Hause?"

„Natürlich. Wo sollte ich sonst sein? Ich werde Richards Lieblingsessen kochen, dann beruhigt er sich auch schnell wieder und alles ist wieder in Ordnung. Er ..."

„Gar nichts wirst du noch für ihn tun! Ich mach mich sofort auf den Weg."

„Was? Nein! Das darfst du nicht, Dean! Dein Training ist viel wichtiger als die kleinen Problemchen hier."

„Mom, er hat dich geschlagen! Obwohl er geschworen hat, es nie wieder zu tun. Hörst du dir eigentlich selbst zu?"

„Es tut ihm doch bestimmt schon wieder leid. So war es bisher jedes Mal. Entschuldige, dass ich dich damit belästigt habe, Junge. Ich war nur etwas durch den Wind. Es ist schon wieder alles in Ordnung. Mach es gut, ja? Ich hoffe, du kommst uns mal wieder besuchen."

„Ja, das mache ich. Jetzt sofort!"

„Nein! Ich sagte doch, dass du nicht ..."

Dean legte auf.

„Was ist passiert?", erkundigte sich Ryan besorgt.

„Ich muss sofort nach Brookfield. Es war meine Mutter. Sie ... Es gab Ärger mit Dad. So geht das nicht weiter. Ich muss sie da rausholen."

„Meine Güte! Soll ich mitkommen?" Auch wenn Dean mit allen Kameraden aus dem Team befreundet war, war Ryan der Einzige, der über alles Bescheid wusste, was zu Hause abgelaufen war und offenbar erneut ablief.

„Nein. Halt du hier die Stellung, ja? Ich werde Michael von unterwegs anrufen und ihn informieren, aber ich will jetzt keine Zeit mehr verlieren."

„Natürlich. Fahr los! Alles Gute für deine Mom!"

„Danke!"

Wenige Minuten später saß Dean im Auto, startete den Motor und fuhr los. Er hatte so gehofft, dass es nie wieder dazu kommen würde. Allerdings erschien ihm sein Vater seit jeher wie eine tickende Zeitbombe. Wer einmal zuschlug, tat es immer wieder. Im Grunde hätte er das die ganze Zeit über wissen müssen, auch wenn seit Jahren nichts vorgefallen war. Vor lauter Sorge fuhr er zu schnell und musste sich immer wieder zur Ruhe und einer achtsameren Fahrweise zwingen.

Und dann war da ja auch noch Hayley. Je näher er Brookfield kam, desto deutlicher sah er sie vor sich. Er sehnte sich nach ihr mit jeder Faser seines Herzens. Allerdings musste das nun leider etwas länger warten. Dass er sich um seine Mutter kümmerte, besaß nun höchste Priorität. Was mochte Dad ihr angetan haben? Vor Zorn krallte Dean seine Finger viel zu fest ums Lenkrad und presste die Kiefer aufeinander.

Endlich erreichte er sein Elternhaus und stellte erleichtert fest, dass der Wagen seines Vaters nicht in der Einfahrt parkte. Er sprang aus dem Auto, lief zur Haustür und klingelte Sturm. Trotzdem dauerte es, bis endlich geöffnet wurde.

Seine Mutter trug eine riesige, dunkle Sonnenbrille und hatte ein Tuch um den Hals gewickelt. Bei seinem Anblick begann ihre Unterlippe zu zittern. Sie war aufgeplatzt und blutverkrustet.

Dean erschrak bei ihrem Anblick bis ins Mark. Wortlos schloss er sie in die Arme, führte sie ins Haus und zur Couch. Sie ließ sich fallen, als hätte jede Kraft ihre Beine verlassen.

„Du solltest doch nicht herkommen", brachte sie schwach heraus.

„Mir blieb gar keine andere Wahl! Denkst du im Ernst, ich lasse dich in so einer Situation allein?"

„Es ist doch schon wieder gut, Dean. Dein Vater hat es nicht leicht zurzeit. Sein Job ..."

„Ich kann es nicht mehr hören!", fuhr er auf und schämte sich sofort für seinen Ausbruch. „Tut mir leid, Mom. Aber du musst selbst zugeben, dass das nur Ausreden sind. Und wenn er hundert Mal viel Stress hat, gibt es ihm nicht das Recht, dich auch nur anzuschreien, geschweige denn, dich zu verprügeln." Er musterte ihr zerschlagenes Gesicht. „Bitte nimm die Brille ab."

Sie schüttelte den Kopf. „Lieber nicht."

„Mom. Bitte!"

Ihre Hand bebte, als sie seinem Wunsch nachkam, und sie schlug sofort die Augen nieder, offenbar zutiefst verschämt.

Entsetzt sog Dean die Luft ein. „Mom! Um Himmels willen, was hat er dir bloß angetan?"

Ihr linkes Auge war fast komplett zugeschwollen und blutunterlaufen. Die Augenbraue war aufgeplatzt und blutverkrustet, beide Wangen trugen Hämatome.

Unwillkürlich presste Dean die Kiefer aufeinander. „Was ist er bloß für ein ..."

Unerwartet kräftig fasste Mom nach seinem Unterarm. „Beruhige dich, Liebling. Es ist schon wieder gut. Ein paar Tage, dann sieht man nichts mehr."

„Das muss sich ein Arzt ansehen!"

Seine Mutter schüttelte heftig den Kopf. „So ein Unsinn. Es vergeht auch wieder, ich kenne das schon." Sie verstummte, als ihr selbst aufging, was sie gesagt hatte.

Dean wies auf ihr Halstuch. „Warum trägst du das? Was verbirgt sich darunter?"

„Nichts!", sagte sie viel zu schnell.

„Bitte zeige es mir, Mom."

Er dachte, sie würde seinem Wunsch nicht nachkommen. Ihre Augen flackerten vor Angst. Schließlich hob sie langsam ihre Hände und löste das Tuch.

Darunter kamen dunkelrote Abdrücke an ihrem Hals zum Vorschein. Sie schlug verschämt die Augen nieder.

„Um Gottes Willen, Mom!", entfuhr es Dean. Noch nie in seinem Leben war er dermaßen entsetzt gewesen. „Er hat dich gewürgt!"

Erregt sprang Dean auf. „Das reicht! Du packst jetzt ein paar Sachen und kommst mit mir mit."

„Was? Nein! Das geht nicht. Ich muss gleich einkaufen gehen, damit ich das Essen für deinen Vater ..."

„Mein Vater kann mich mal!", blaffte Dean.

Seine Mutter zuckte zusammen, und sofort zog Dean sie in seine Arme. Sie zitterte. „Dad ist nicht hier und er kann uns nicht hören", beruhigte er sie. „Du musst keine Angst mehr haben! Ich werde nicht zulassen, dass er dir noch einmal etwas antut. Du darfst nicht bei ihm bleiben, verstehst du? Beim nächsten Mal bringt er dich womöglich um! Komm, ich helfe dir packen."

„Aber ich ..."

„Keine Widerrede, Mom. Jetzt ist er wirklich zu weit gegangen. Ich lasse dich nicht hier bei ihm."

„Er ist mein Mann, Dean! Ich muss ..."

„Nichts anderes tun, als endlich an dich zu denken", vervollständigte Dean. „Das war keine einfache Ohrfeige, hörst du? Und das allein wäre schon schlimm genug. Er hat versucht, dich umzubringen! Alles, was du jetzt zu tun hast, ist, ihn endlich zu verlassen."

„Wo soll ich denn hin? Ich habe doch nichts außer ..."

„Meine Wohnung ist groß genug für uns beide. Und dann sehen wir weiter, okay? Jetzt ist erst mal wichtig, dass du hier rauskommst, ehe Dad zurückkommt."

Energisch zog Dean seine Mutter vom Sofa hoch. War sie schon immer so dünn gewesen? Sie wirkte ja fast zerbrechlich. Das Herz tat ihm weh, als er darüber nachdachte, was sie hier durchgemacht hatte, während er seine Erfolge feierte.

Er half ihr, Kleidung und Schuhe in ihren Koffer zu packen, während sie persönliche Dinge wie Waschzeug und Kosmetik zusammensuchte. Sein Blick fiel auf eine Tube. Mit ungutem Gefühl nahm er sie in die Hand. *Abdeckcreme extra stark* stand darauf. Er starrte seine Mutter an, und sie schlug den Blick nieder.

„Was ist das?", brachte Dean heraus, obwohl es offensichtlich war. Plötzlich fühlten sich seine Knie ganz weich an. „Du hast dieses Zeug hier im Haus, eine große Tube, die zu dreiviertel leer ist. Das heute war gar nicht der erste Ausrutscher nach langer Zeit, hab ich recht? Er hat dich regelmäßig geschlagen, oder?" Die Worte schmerzten, als müssten sie sich an Stacheldraht vorbeidrängen.

Sie hob die Schultern, ohne ihn anzusehen. „Meistens nicht schlimm. Wirklich, das ist die Wahrheit. Nur mal eine Ohrfeige oder so. Deshalb hab ich auch nichts gesagt. Meistens brüllt er nur herum."

„*Nur?*" Dean war fassungslos. All das, die ganze Situation hier in seinem Elternhaus, war noch viel schlimmer, als er befürchtet hatte.

„Wie gesagt, er hat eben viel Stress ..."

„Ich hätte dich damals schon mitnehmen müssen, als ich ausgezogen bin", sagte er und schämte sich zutiefst. „Du hättest schon seit über vier Jahren von ihm weg sein können."

Sie schüttelte den Kopf. „Ich wäre nicht mitgekommen, Dean. Er ist mein Mann."

„Warum dann jetzt?"

„Weil ... Du hast recht. Diesmal war es viel schlimmer als sonst. So wie heute hab ich ihn lange nicht erlebt. Er war wie rasend ..." Sie hielt inne und schloss schmerzerfüllt die Augen. „Ich hatte Todesangst, Dean. Ich habe wirklich gedacht, dass er mich jetzt umbringt."

Sie stand da und hielt ihren Kulturbeutel in der Hand. Dean nahm ihn ihr ab, legte ihn in den Koffer und verschloss ihn. Dann nahm er seine Mutter fest in die Arme, drückte sie an sich und hielt sie einfach nur. Ihr schmaler Körper bebte. Sanft strich er über ihr Haar. „Du bist jetzt in Sicherheit. Er wird dir nie mehr etwas tun, hörst du? Dafür sorge ich!"

Langsam löste sie sich von ihm. „Danke, mein Junge. Alles, was du sagst, ist wahr. Er wird nicht damit aufhören. Miranda war vorhin hier, weißt du? Zum ersten Mal seit drei Jahren hat sie uns besucht. Sie wollte den ganzen Tag bleiben. Ich hab mich so gefreut. Und ich dachte, auch Richard freut sich. Gestern hab ich stundenlang gebacken und alles hergerichtet, damit es heute ein wundervoller Tag wird. Justin war auch dabei. Richard bestand darauf, obwohl ich gern etwas Zeit einfach nur mit unserer Tochter gehabt hätte."

Dean schnaufte verärgert. „Das konnte ja nichts werden. Sie allein gegen die beiden Drecksskerle."

„Ja, ich hätte es wissen müssen. Natürlich eskalierte die Situation, und das schon nach weniger als einer Stunde. Wir waren gerade beim Frühstück, als Miranda erzählte, dass sie schwanger ist."

„Oh! Das ist ja eine fantastische Neuigkeit!", rief Dean, hin- und hergerissen zwischen der Freude für seine Schwester und der Angst davor, was seine Mutter ihm gleich erzählen würde.

„Ja, das ist es. Und während mir vor lauter Freude die Tränen kamen, sprang Richard auf wie von der Tarantel gestochen. Sogar Justin war erschrocken. Dein Vater brüllte los, was sie sich dabei dachte, sich von ihrem Loser von Freund ein Balg andrehen zu lassen."

„Diese Drecksau!", zischte Dean.

„Dean!"

„Tut mir leid, aber so ist es nun mal. Wie ging es weiter?"

„Miranda sprang ebenfalls auf, schnappte ihre Tasche und schrie, dass sie nie wieder einen Fuß in dieses Haus setzt und sie es ja hätte wissen müssen, sie wisse ja schon ihr Leben lang, wie er drauf sei. Dein Vater stellte sich ihr in den Weg und herrschte sie an, so würde niemand in seinem eigenen Haus mit ihm sprechen, schon gar nicht seine missratene Tochter."

Mit jedem Wort wuchs Deans Zorn. „Dieses ekelhafte Arschloch!"

„Ich wollte sie beschützen, verstehst du? Sie ist meine Tochter! Und sie ist schwanger. Also stellte ich mich vor sie und bat Richard, er dürfe sie nicht anschreien, sondern solle bitte an das Kind denken. Es wäre doch sein Enkel." Müde schloss sie ihr unverletztes Auge.

„Und da ist er ausgerastet", vermutete Dean.

Sie nickte. „Er war völlig von Sinnen. Sein Gesicht war knallrot. Ich solle nicht von Enkel sprechen, brüllte er, dieses Kind wäre ein verfluchter Bastard. Ich versuchte, ihn zu beruhigen, fasste besänftigend nach seinem Arm. Da ... schlug er zu. Wieder und wieder."

„Oh, Mom!" Sanft zog Dean sie erneut in seine Arme und hielt sie ganz fest. „Es tut mir so leid, dass du das durchmachen musstest! Was hat Justin eigentlich gemacht? Hat er dir nicht beigestanden?"

Sie schüttelte den Kopf, und Tränen erschienen in ihrem gesunden Auge. „Er stand nur da. Wahrscheinlich stand er unter Schock. Ebenso wie Miranda. Als dein Vater von mir abließ, herrschte er beide an, sie sollen sofort verschwinden und bloß kein Wort hierüber verlauten lassen. Das musste er ihnen nicht zweimal sagen." Unwillkürlich griff sie sich an den Hals und zuckte zusammen, als sie die Blutergüsse berührte. „Als sie weg waren, versuchte ich, noch einmal in Ruhe mit ihm über Miranda zu sprechen. Das war mein großer Fehler. Ich hätte es ja wissen müssen ..." Wieder strichen ihre Finger über die Würgemale. „Als mir die Luft ausging und ich aufhörte, mich zu wehren, verließ er ohne ein weiteres Wort das Haus. Gleich darauf klingelte Miranda. Sie hatte sich an der Grundstücksgrenze hinter einem Busch versteckt und auf eine Gelegenheit gewartet, mir helfen zu können. Sie brachte mir etwas zum Kühlen für mein Auge und fragte, ob sie einen Arzt oder die Polizei rufen soll. Aber das lehnte ich beides ab. Sie ist doch schwanger und muss an das Kind denken, und sie hatte wirklich schon mehr als genug Aufregung. Ich schickte sie nach Hause und versprach, dass ich stattdessen dich anrufe."

Dean presste seine Kiefer so fest aufeinander, dass es schmerzte. „Okay, ich bringe dich hier weg, du musst nie wieder seine Gegenwart ertragen. Und dann begleite ich dich zur Polizei, damit du ihn anzeigen kannst."

„Was?" Sie wirkte zutiefst erschrocken. „Nein, das kann ich nicht, Dean. Ich muss sehen, wie alles weitergeht, aber ich werde nicht zur Polizei gehen."

Dean dachte an Ben Smith, der damals etwas Ähnliches durchgemacht und sich schließlich zu einer unüberlegten Tat hatte hinreißen lassen, wodurch sein Verein in den Mittelpunkt des Interesses gerückt war. Leider waren es wegen des durchtriebenen Anwalts seines Vaters, der ihm die alleinige Schuld zuschrieb, durchweg negative Schlagzeilen gewesen. Deshalb wollte Dean so etwas bisher um jeden Preis vermeiden. Nun jedoch, beim Anblick seiner verletzten und beinahe getöteten Mutter, war es ihm plötzlich egal. Sollte sie gerichtlich gegen seinen Vater vorgehen wollen, wäre er an ihrer Seite, gleichgültig, was das für seine Karriere bedeuten würde. Notfalls würde er die *Calgary Hunters* verlassen, um Schaden von ihnen abzuhalten.

„Lass uns verschwinden", sagte er und trug ihren Koffer zur Haustür.

Dort blieb seine Mutter noch einmal stehen und warf einen letzten Blick zurück ins Haus. „Soll ich dir was sagen?"

„Alles, was du möchtest."

„Ich hätte das niemals für möglich gehalten, aber jetzt, wo ich tatsächlich die Entscheidung getroffen habe, zu gehen, fällt es mir gar nicht mehr schwer, all das hier zurückzulassen. Im Gegenteil, es fühlt sich richtig an."

Zum ersten Mal seit seiner Ankunft vorhin lächelte Dean. „Du ahnst nicht, wie froh ich bin, das zu hören. Jetzt wird alles gut."

Er verstaute den Koffer seiner Mutter und half ihr beim Einsteigen. Während sie sich anschnallte, rief er kurz bei Miranda an, um sie über alles zu informieren. Sie war zutiefst erleichtert, dass er sich jetzt um alles kümmerte.

Als er den Motor startete und losfuhr, dachte er an Hayley. Gar nicht weit von hier lag sie in ihrem Bett und kurierte ihre Grippe aus. Alles in ihm drängte zu ihr. Es gab so viel, was er ihr erklären wollte. Aber da war seine Mutter, um die er sich zuerst kümmern musste. Sie brauchte dringend einen Arzt und eine Behandlung. Außerdem konnte sein Vater jederzeit hier auftauchen. Erst einmal musste sie aus seiner Reichweite heraus. Die Zeiten, dass er nur an sich selbst und sein eigenes Wohl gedacht hatte, waren ein für alle Mal vorbei. Ab sofort würde er für die Menschen, die ihm wichtig waren, Verantwortung übernehmen. Sobald Mom in Sicherheit war, würde er noch einmal nach Brookfield kommen und den Kampf um Hayley aufnehmen.

Kapitel 21

Hayley

Die Tage zu Hause hatten Hayley gutgetan. Morgen würde sie wieder zur Arbeit gehen. Mit genug zeitlichem Abstand, einer Menge Schlaf und langen Gesprächen mit Sue fühlte sie sich wieder imstande, ihre Artikel über die Tage mit Dean fertigzustellen.

Dabei war es nicht so, dass sie ihn nicht immer noch sehr vermisste. Und extrem sauer auf ihn war. Sie war froh, dass sie nicht zum Spiel seiner Mannschaft gegen die *Winnipeg Panthers* hatte fahren müssen. Glücklicherweise hatte Will das selbst übernommen und auch den Artikel dazu verfasst. Noch einen halben Tag Arbeit, eventuell etwas mehr, dann dürfte sie mit dem Thema *Dean* endlich durch sein. Für alle Zeiten. Lieber würde sie ab sofort zu jeder Zuchtbullenversteigerung oder Drugstore-Eröffnung in ganz Alberta fahren, als noch einmal über ihn zu berichten.

Es war ein regnerischer Tag, und am Nachmittag machte sie es sich mit einem Buch auf der Couch gemütlich. An einer besonders spannenden Stelle des Romans klingelte es an der Tür. Unwillig legte sie das Buch auf den Tisch, stand auf, tappte hin und öffnete.

Und prallte erschrocken zurück. Vor ihr stand Dean mit auf dem Rücken verschränkten Händen und lächelte sie seltsam unsicher an.

„Hallo, Hayley."

„Was willst du denn hier? Ich hab gesagt, dass ich dich nie wiedersehen will, schon vergessen? Was ist daran so schwer zu verstehen?"

„Ich, äh ... Tut mir leid, aber das kann ich nicht akzeptieren."

„Wie bitte?"

„Ich hab viel nachgedacht, Hayley. Ich möchte es dir gern erklären."

„Das kannst du dir sparen!"

„Wie geht es dir?", wechselte er abrupt das Thema und musterte sie besorgt.

„Wie es mir geht? Woher weißt du ..." Genervt griff sie sich an den Kopf. „Will, hab ich recht? Dass diese Tratschtante aber auch nicht den Mund halten kann."

„Du warst nicht auf dem Spiel gegen Winnipeg, und da hab ich mir Sorgen gemacht und ihn nach dir gefragt. Nimm es ihm nicht übel, ja? Ich hätte ihn sonst den ganzen Abend gelöchert."

„Das ist zwei Tage her. Krank geworden bin ich vor einer Woche. Du kommst etwas spät, mir geht's wieder super."

„Ich ... Ich hab so oft an dich gedacht. Eigentlich pausenlos. Und ich hab mir vorgestellt, mich mit dir auszusprechen. Okay, lach mich ruhig aus: Ich hab mich vorher nicht getraut, mich bei dir zu melden."

Tatsächlich lachte sie, aber nur kurz und nicht fröhlich. „Nicht getraut. Du. Du denkst auch, ich glaube noch an den Weihnachtsmann, oder? Ich hab noch nie jemanden mit einem so gewaltigen Ego gesehen wie dich. Du traust dich *alles,* Dean! Parkplätze klauen, eine Frau nach dem Sex einfach fallen lassen, und das gleich zweimal ... Also verscheißer mich nicht."

„Es ist wirklich so, Hayley. Ich weiß, dass ich mich wie ein Vollidiot verhalten habe."

„Stimmt, das hast du. Endlich mal wahre Worte. Okay! War es das dann jetzt? Ich würde den Rest des Tages gern genießen."

Er zog einen großen Blumenstrauß hinter dem Rücken hervor und hielt ihn ihr vors Gesicht. „Erst, wenn du den hier annimmst."

Er war wunderschön, das musste Hayley im Stillen zugeben. Mit Pink, Flieder und Gelb hatte Dean genau ihren Geschmack getroffen. „Nimm ihn wieder mit, ich will ihn nicht", brummte sie.

„Dann wird er verwelken. Wäre schade drum. Ich lasse ihn hier vor deiner Tür liegen."

Sie seufzte schwer. „Weißt du eigentlich, dass du nervst? Ach, was sage ich ... Du bist extrem anstrengend."

„Das bleibe ich so lange, bis du mich anhörst."

Wider Willen war sie gerührt. Wie er da stand und sie wie ein verschämter Dackel ansah, wirkte er so ganz anders als der großkotzige Eishockeyspieler, der sich rücksichtslos seinen Weg durch die Gegner bahnte und den Puck zum Tor trieb. Ganz anders als der Mann, der sie, nachdem sie sich geliebt hatten, einfach hatte stehen lassen. Und das gleich zweimal. Erneut siegte ihr Ärger. „Das ist unnötig. Geh jetzt, Dean. Wir haben uns nichts mehr zu sagen."

„Doch, das haben wir. Ich werde Ärger mit Michael bekommen, weil ich heute schon wieder das Nachmittagstraining ausfallen lasse."

„Schon wieder?", fragte sie, ohne es zu wollen. Berufskrankheit. Sie war eben einfach notorisch neugierig, dagegen kam sie nicht an. „Selbst schuld", setzte sie hinzu.

Er nickte. „Eigentlich wollte ich dich gestern schon anrufen und mich entschuldigen. Stattdessen habe ich meine Mutter geholt und zu mir nach Calgary gebracht."

Erstaunt starrte sie ihn an. „Macht sie Urlaub bei dir?"

„Nein. Sie wohnt jetzt bei mir. Solange, bis wir etwas Neues für sie finden."

„Etwas Neues?", echote sie verwundert. „Was soll das denn heißen?"

„Darf ich reinkommen? Ich möchte es dir gern erzählen, aber nicht hier auf der Straße, wo es jeder hören kann. Dafür ist es zu privat."

Hayley zögerte. Einerseits war da der immer noch schwelende Ärger auf Dean. Auf der anderen Seite war sie gespannt wie ein Flitzebogen, was er zu erzählen hatte. Was hatte sie schon zu verlieren? Nachdem Dean alles berichtet hatte, konnte sie ihn immer noch rausschmeißen.

Mit einem betont genervten Seufzer trat sie beiseite. „Gut, dann komm eben rein. Aber nur kurz. Ich will den Rest des Tages meine Ruhe haben."

Er ging an ihr vorbei, und sie roch sein Aftershave. Für eine Sekunde war er ihr so nah, dass es ihr vorkam, als würde seine Haut geheime Signale aussenden, die von ihrer empfangen wurden und die ihren Puls beschleunigten. Verdammt, nein! Noch mal würde sie nicht auf ihn hereinfallen! Abwehrend verschränkte sie die Arme vor der Brust und wies mit einer Kopfbewegung in Richtung Wohnzimmer. „Bitte. Wenn's denn sein muss."

Verloren stand er mitten im Raum. „Hübsch hast du es hier. Sehr gemütlich."

„Danke. Nimm Platz. Auch wenn es nicht für lange sein wird."

Gehorsam setzte er sich in den Sessel.

„Willst du etwas trinken?", bot sie an. Dean sollte ihr hinterher nicht nachsagen können, sie wäre unhöflich gewesen.

„Wenn du einen Kaffee hättest, wäre das toll. Aber falls nicht ... Ich nehme auch ein Leitungswasser."

„Du hast Glück. Ich brauch jetzt selbst einen. Bin gleich wieder da."

Hayley floh geradezu in die Küche und atmete tief durch. Hoffentlich kam er ihr nicht hinterher. Sie brauchte einen Moment, um wieder runterzukommen. War es wirklich real? Saß da gerade Dean Walker auf ihrem Sessel? Er war tatsächlich zu ihr gekommen, um mit ihr zu reden. Und er hatte sie nicht etwa einfach nur angerufen. Nein, er riskierte extremen Ärger mit seinem Trainer, um sie zu besuchen.

Was zum Henker hatte das zu bedeuten? Und was hatte das alles mit seiner Mutter zu tun?

Während der Kaffee durchlief, holte sie eine Vase aus dem Schrank, füllte Wasser auf und stellte die Blumen hinein. Dann holte sie noch einmal tief Luft, ging damit ins Wohnzimmer und stellte die Vase auf den Tisch.

„Der Kaffee ist gleich fertig", brachte sie heraus.

Deans Anblick in ihrer Wohnung, seine Nähe war so atemberaubend, dass ihr ganz schwindelig wurde. Sie stellte fest, dass ihr Ärger in diesem Moment vollkommen verschwunden war. Hatte sich aufgelöst wie Zucker im Kaffee, als wäre er nie da gewesen. Vielmehr war sie irre neugierig, was er ihr zu sagen hatte. Und sie war aufgeregt, dass er hergekommen war. Und ... glücklich? Im Ernst? Hey, er war noch immer Dean, der Riesenarsch.

Wieder floh sie in die Küche. Inzwischen war der Kaffee fertig. Hayley atmete tief durch, stellte die Kanne samt Tassen, Löffeln, Zucker und Milch auf ein Tablett und trug es in die Stube.

Dean sprang auf, als sie eintrat, und nahm ihr das Tablett ab. „Setz dich, das kann ich doch machen."

„Äh, danke." Perplex nahm sie auf dem Sofa Platz. Somit stand der Tisch zwischen ihnen als klares Statement. Das war gut. Das war wichtig.

Eigenhändig schenkte Dean ihnen Kaffee ein und schob ihr ihre Tasse hin.

„Danke", wiederholte sie.

Er selbst nippte an seinem Kaffee, stellte die Tasse auf den Tisch, räusperte sich und betrachtete seine im Schoß liegenden Hände. „Ich habe dir einiges zu erklären", begann er zögerlich.

„Ich bin gespannt."

„Zuerst möchte ich dir noch mal sagen, wie leid mir alles tut. Wie ich mich dir gegenüber verhalten habe. Das war unmöglich."

„Da bin ich ausnahmsweise mal ganz deiner Meinung."

„Ich hoffe, dass du mir irgendwann verzeihen kannst. Weil du mir nämlich sehr wichtig bist, Hayley."

Wie er sie ansah. Seine gletscherblauen Augen schienen überzuströmen vor darin verborgenen Gefühlen. Und dann waren da seine Worte, die sie tief bewegten, obwohl sie sich dagegen sträubte. Alles in ihr drängte zu ihm. Aber natürlich blieb sie, wo sie war.

„Wie ich dir auf der Rückfahrt schon sagte, hatte ich meine Gründe, mich zu verhalten, wie ich es getan habe", fuhr er hastig fort, als wolle er es hinter sich bringen. „Ich will damit nichts rechtfertigen, Hayley. Inzwischen weiß ich aber, dass ich alles falsch gemacht habe, was ich nur falsch machen konnte."

„Da hast du allerdings recht." Hayley holte tief Luft. „Weißt du, Dean, ich hatte dir vom Tod meiner Eltern erzählt und was das mit mir gemacht hat. Einen Mann, der selbst nicht weiß, was er will, und mich an sich abprallen lässt wie einen dreckigen Tennisball, nachdem ich ihm vertraut und mich ihm geöffnet habe, kann ich nicht gebrauchen. Das ... Das holt all den Schmerz doppelt und dreifach wieder hoch."

„Ich kann mich gar nicht oft genug dafür entschuldigen. Das alles möchte ich jetzt gern wiedergutmachen, so gut ich kann."

Dean atmete durch. Es erweckte den Eindruck, als müsste er sich erst Mut machen. Aber das konnte doch nicht sein, oder? Er war Dean Walker, der Star auf dem Eis, der nichts fürchtete.

Hayley war so angespannt, dass sie die halbe Kaffeetasse in einem Zug leerte.

„Mit dem, was ich dir jetzt sage, kannst du mich fertig machen, wenn du willst", begann Dean. „Und das Ansehen meines Vereins gleich mit. Aber du bist mir wichtiger als all das, das hab ich endlich begriffen. Ich vertraue dir. Und deshalb will ich dir jetzt alles erzählen. Ich hätte es dir längst erklären müssen, aber meine Scheißangst hatte mich daran gehindert."

Mit jedem Wort wuchs Hayleys Anspannung und zugleich ihre Aufregung. Was hatte er da gerade gesagt? Sie wäre ihm wichtiger als seine Karriere? Sie verknotete die Hände im Schoß und starrte ihn an.

„Ich hab dir vorhin erzählt, dass ich meine Mutter zu mir nach Calgary geholt habe. Das war dringend notwendig und schon lange überfällig. Denn mein Vater misshandelt sie."

Die Worte schlugen ein wie eine Granate. Schockiert starrte Hayley Dean an. „Was?", krächzte sie.

Er nickte finster. „Ich habe ihn als schwierigen Menschen erlebt, so lange ich denken kann. Als ich noch kleiner war, hab ich das nicht richtig verstanden. Mom hatte oft verweinte Augen oder trug eine Sonnenbrille, aber sie fand immer andere Erklärungen für uns, wenn sie humpelte oder Verletzungen hatte. Alles, was ich mitbekam, war, dass er extrem oft herumbrüllte. Bei der kleinsten Kleinigkeit tickte er aus, später auch bei uns, bei meiner Schwester und mir. Nur bei Justin nicht, der war schon immer sein Liebling gewesen. Wahrscheinlich, weil er genauso ist wie unser Vater."

„Ich weiß gar nicht, was ich sagen soll. Das tut mir so leid, Dean. Ich bin total geschockt."

„Kann ich mir vorstellen. Alle Welt denkt, ich stamme aus einer Bilderbuchfamilie. Glückliche Eltern mit drei wohlgeratenen Kindern."

„Ja! So hast du es in den bisherigen Berichten über dich immer aussehen lassen."

„Weil es wichtig war. Für den Verein. Bevor ich nach Calgary zog, gab es einen Skandal wegen eines Teamkameraden. Das muss jetzt fünf oder sechs Jahre her sein. Ben Smith hatte dieselben Probleme wie ich. Ein Scheißvater, der die Familie fertig machte. Irgendwann konnte Ben das nicht mehr mitansehen und schlug zurück. Er bekam eine Bewährungsstrafe. Zu Bens Pech drang etwas davon nach draußen, die Presse bekam Wind davon und bauschte die Sache noch zusätzlich auf. Die *Calgary Hunters* waren auf einmal der ‚Verein mit dem Prügelspieler'."

„Ja, den Fall kenne ich. Damals ging ich noch zur Schule und hab das nur am Rande mitbekommen. Das war übel!"

Dean nickte heftig. „In der Tat, es war alles andere als gut. Eine Menge Sponsoren sprangen ab, es gab haufenweise Austritte von Vereinsmitgliedern und kaum noch Werbedeals."

Hayley riss die Augen auf. „Ach du meine Güte!"

„Es war eine Katastrophe für den Verein und es dauerte lange, bis die eingetretenen Schäden wieder halbwegs ausgeglichen waren. Für Hugh, den ehemaligen Trainer, war das zu viel. Er trat zurück und Michael übernahm seine Stelle. Als ich dann zum Verein kam, nahm er einen Verschwiegenheitspassus in den Vertrag auf. Nichts Negatives, was das Privatleben der Spieler betraf, durfte je nach außen dringen. Natürlich wusste er nicht, was bei uns abging. Jeder neue Spieler musste das unterzeichnen. Nur war er bei mir damit an der richtigen Stelle."

„Das ist furchtbar! Ich hatte ja keine Ahnung."

„Wie solltest du das auch? Meine Schwester Miranda zog weg, sobald sie volljährig geworden war, und Justin hielt fest zu unserem Vater. Bis vor Kurzem wusste ich nicht, dass mein Vater weiterhin gewalttätig ist. Mutter hatte immer erzählt, dass Dad viel ruhiger geworden war, seitdem wir alle ausgezogen waren und sie allein mit ihm lebte. Dass er mitunter noch herumbrüllt, sie aber nicht mehr schlägt. Aber das stimmte alles nicht, wie sich jetzt gezeigt hat. Und deshalb hab ich sie jetzt da rausgeholt."

„Ein Glück! Es war das Beste, was du tun konntest, Dean! Häusliche Gewalt ist echt das Letzte! Dabei darf man nicht tatenlos zusehen. Ich wünsche deiner Mutter alles Gute!"

„Vielen Dank. Ich werde es ihr ausrichten."

„So schlimm das auch alles ist, eins verstehe ich immer noch nicht. Was hat das alles mit mir zu tun? Mit uns? Dachtest du etwa, ich würde sofort einen Artikel über deine Familiengeschichte verfassen, sobald du mir davon erzählst?"

Er schüttelte den Kopf. „Nein, das traue ich dir nicht zu. Es gibt natürlich die Verschwiegenheitsklausel in meinem Vertrag. Aber ich vertraue dir, und deshalb hätte ich dir trotzdem davon erzählt ... Wenn ich mich getraut hätte. Ich ... Ich hab es einfach nicht fertiggebracht, verstehst du? Weil ich mich geschämt habe. Und weil ich Angst hatte, dass du mich deswegen verachten könntest."

Betroffen sah Hayley Dean an. „Das würde ich niemals", flüsterte sie.

„Und da ist noch etwas", fuhr Dean schnell fort. „Etwas, das mir schon lange zu schaffen macht, aber ganz besonders, seit ich dich getroffen habe." Nervös fuhr er sich mit der Hand durchs Haar. „Ich habe dir erzählt, dass mein Bruder so ist wie mein Vater. Kalt, emotionslos, gleichgültig gegenüber anderen Menschen, dazu aufbrausend, jähzornig bis hin zu gewalttätig. Tja, ich ... Ich fürchtete, ich könnte ebenso werden."

„Du?" Hayley war unsicher, ob sie lachen oder verzweifelt weinen sollte.

„Ja. Die passenden Gene habe ich. Du erinnerst dich, wie eiskalt ich dir den Parkplatz vor der Nase weggeschnappt hatte, oder? Oder wie ich dich nach unserem ersten One-Night-Stand abgekanzelt hatte, und, noch schlimmer, auch nach dem zweiten. Genauso emotionslos, wie mein Vater es getan hätte."

„Das war ... äh ..."

„Und auch vom Allerschlimmsten, was ich getan habe, muss ich dir erzählen. Ich will keine Geheimnisse mehr vor dir haben, verstehst du?"

Hayley nickte stumm und hielt die Luft an, während sich in ihr alles vor Sorge verkrampfte.

„Damals war ich mit Mary zusammen. Sie war meine erste und bisher einzige feste Freundin."

Ja, daran konnte Hayley sich noch gut erinnern. Und auch an ihren damaligen Kummer, wenn sich Mary in Deans Arme warf.

„Dann beging ich einen Riesenfehler: Ich betrog sie. Wir hatten gewonnen und feierten. Ich war im Siegesrausch und voller Adrenalin. Natürlich ist das keine

Entschuldigung, ich weiß. Es war nur dieses einzige Mal und ich habe es sofort bereut, mich bei ihr entschuldigt. Sie jedoch wollte nichts davon wissen und schrie, sie wäre fertig mit mir und wollte mich nie wiedersehen." Dean trank einen Schluck Kaffee. Sein Gesicht war schmerzerfüllt. Dann stellte er die Tasse auf den Tisch zurück. „Ich zog mich zurück und fühlte mich wie ein geprügelter Hund. Einige Wochen später wollte ich mich mit ihr aussprechen und ihr noch einmal klarmachen, wie leid mir das alles tat. Ich ging einfach zu ihr, ohne ihr vorher Bescheid zu geben. Als ich bei ihr ankam, sah ich sie zusammen mit meinem bis dahin besten Freund Sam. Die beiden hatten sich schon immer sehr gut verstanden. Aber jetzt war es mehr als das, denn ich ertappte sie dabei, als sie sich küssten. Und da rastete ich aus. Plötzlich sah ich nur noch rot. Ich brüllte herum, packte Sam am Kragen und riss ihn von Mary weg. Als sie mir in den Arm fallen wollte, schubste ich sie. Sie fiel hin. Sie tat sich nicht weh, aber der Schreck muss riesengroß gewesen sein. Und auch Sam starrte mich an, als hätte er plötzlich ein Monster vor sich. ‚Du wirst wie dein Vater, Dean', sagte er. Diese Worte haben sich in mir festgebrannt. Seitdem habe ich panische Angst davor, dass Sam recht hatte."

„Was?", flüsterte Hayley schockiert. Es waren so viele Informationen auf sie eingeprasselt, dass sie gar nicht mehr wusste, was sie denken sollte.

„Ich kämpfe seit damals mit aller Macht dagegen an, und es ist auch nie wieder etwas passiert", sagte Dean und sah sie eindringlich an. „Aber wie ist deine Meinung dazu? Hältst du es für möglich, dass ich ein aggressives Arschloch wie mein Vater bin? Bitte, Hayley, denk gut über deine Antwort nach. Horch genau in dich hinein. Und bitte sei ehrlich. Ich muss wissen, ob du dasselbe denkst, wie ich empfinde."

„Du warst in der Tat ein Riesenarsch an jenem Abend der Party", überlegte sie laut und spürte wieder den Schmerz, den sie empfunden hatte, als Dean sie so gleichgültig hatte abblitzen lassen. „Dasselbe wie an dem Abend im Wald beim Joggen. Ich konnte es einfach nicht verstehen, weißt du? Wir haben miteinander geschlafen, du warst so zärtlich, so liebevoll, und dann diese eiskalte Abfuhr ... Das passte nicht zusammen. Du konntest mir deine aufmerksame Seite während der Tage im Camper unmöglich einfach nur vorgespielt haben. Das war echt. Wie fürsorglich du während dieser Tage in der Wildnis warst. Du hast meinetwegen im Zelt geschlafen, damit dein Schnarchen mich nicht belästigt. Du hast Blumen für mich gepflückt, warst besorgt um mich wegen der Wildschweine, du ..." Sie schüttelte den Kopf. „Nein, du bist nicht wie dein Vater, Dean. Ich kenne deine Mutter nicht, aber auf jeden Fall bist du nicht wie er, so wie du ihn dargestellt hast. Ich hab dich so oft angezickt und du bist nicht einmal ansatzweise aggressiv geworden."

Mit einem lang gezogenen Seufzer ließ er die Luft aus seinen Lungen, als hätte er sie die ganze Zeit über angehalten.

„Meine Mutter ist der liebevollste Mensch, den ich mir vorstellen kann", erklärte er leise. „Sie ist sanft, fürsorglich, empathisch. Sie war und ist immer für uns da. Wenn es ihr schlecht ging, hat sie es stets vor uns verborgen, um uns nicht damit zu belasten. Sie wollte immer nur, dass es uns gut geht. Ihr eigenes Wohl ist nebensächlich für sie."

Zum ersten Mal, seit Dean hier war, lächelte Hayley. „Okay, ganz so weit, zu sagen, du bist wie deine Mutter, würde ich dann doch nicht gehen. Ich sage nur *Parkplatz*. Aber du kommst einigermaßen dicht ran."

„Im Ernst?"

Hayley nickte bekräftigend. Dann fiel ihr etwas ein. „Deshalb wolltest du unbedingt der Frau im Park helfen, oder? Du weißt schon, als sie von diesem Kerl belästigt wurde."

„Ja. Ich kann sowas nicht tatenlos mitansehen, sondern muss eingreifen. Es ist schon schlimm genug, dass meine Mutter es viel zu lange durchmachen musste. Ich bin allergisch gegen Gewalt!"

Sie lächelte. „Bei dem Vorfall im Park ... Ich hatte gesehen, wie du deine Fäuste geballt hattest, als der Kerl dich so mies anging. Glaub mir, manch einer wäre ausgetickt und hätte ihm eine runtergehauen. Aber du hattest dich im Griff und bist ruhig geblieben. Also würde ich sagen, dass du tatsächlich eher das Gegenteil deines Vaters bist."

„Wirklich? Du ahnst nicht, wie erleichtert ich bin, dass du das so siehst", sagte Dean. „Ich verabscheue ihn unsagbar. Aber ich weiß ja nicht, welche Wirkung ich auf Außenstehende habe."

„Auf keinen Fall wirkst du jähzornig oder gewalttätig auf mich." Hayley grinste. „Nennen wir es eher *Starallüren*. So in der Art *verzogener Schnösel*. Ich glaube, mit etwas Mühe kann man dir das noch wieder abtrainieren."

„Möchtest du meine Trainerin sein?"
„Unter einer Bedingung."
„Jede!"
„Mach das nie wieder mit mir."
„Versprochen! Hoch und heilig!"
„Wenn ich mich auf jemanden einlasse, dann muss es ganz sein. Oder gar nicht. Keine halben Sachen. So eine On-off-Beziehung könnte ich nicht ertragen, das hab ich dir ja schon erzählt. Seit dem Tod meiner Eltern bin ich leider ziemlich dünnhäutig geworden."

„Ich schwöre es dir, wenn du willst! Ich werde dich nie wieder verletzen, Hayley! Erinnerst du dich, als du sagtest, dass ich dich aus dem Kopf hätte, sobald ich wieder auf dem Eis stünde?"

Sie nickte.

„Du hast dich geirrt. Ich denke kaum noch an etwas anderes als an dich. Während der Spiele schaue ich dauernd ins Publikum und suche nach dir. Weil ich dich permanent vermisse. Ich ... Ich liebe dich."

Seine Augen bannten sie. Plötzlich konnte sie nicht mehr wegsehen. „Ich liebe dich auch", flüsterte sie.

Als Dean aufstand und sie an der Hand ebenfalls hochzog, wehrte sie sich nicht. Und als er sie an sich zog und sich seine Arme um sie schlossen, schmiegte sie sich an seine Brust, atmete seinen Duft ein und wünschte sich, die Zeit anhalten zu können. Noch nie in ihrem Leben war sie so glücklich gewesen.

Dann drückte Dean sie fester an sich. Sie spürte die Härte seines Körpers, und Hitze stieg in ihr auf. Ihre Lippen fanden sich, und während sie sich küssten, vergrub Hayley ihre Hände in seinem dichten Haar, strich über seinen muskulösen Rücken, drückte sich an ihn.

Er atmete schwer und sah sie an. Sie las das Verlangen in seinen Augen. Und seine Liebe.

Und sie beschloss, ihm zu vertrauen. Dieses Mal würde er sie hinterher nicht wieder fallen lassen. Da war sie ganz sicher.

Lächelnd griff sie nach seiner Hand. „Komm", sagte sie und zog ihn in ihr Schlafzimmer.

Kapitel 22

Dean

Es waren die letzten Minuten des letzten Entscheidungsspiels für die kanadische Meisterschaft. Bisher stand es Unentschieden gegen die *Edmonton Eagles*. Dean saß angespannt auf der Ersatzbank und nahm einen Schluck aus seiner Wasserflasche.

„Die sind verdammt stark, Jungs. Ihr müsst noch mal alles geben!", drängte Michael.

Beim nächsten Reihenwechsel lief Dean wieder aufs Eis. Sein erster Blick glitt ins Publikum, dorthin, wo Hayley saß, wie er wusste. Er meinte sogar, ihre blonde, ungebändigte Lockenmähne zwischen all den Fans ausmachen zu können. Auf die Entfernung konnte er natürlich ihr Gesicht nicht erkennen, aber er war sich sicher, dass sie ihn anstrahlte.

Wie hatte er es ihr nur so schwer machen können? Jetzt, drei Wochen, nachdem sie endlich zueinandergefunden hatten, konnte er sich selbst nicht mehr verstehen.

Neben ihr saß seine Mutter. Auch sie erkannte er auf die Entfernung nicht, aber das Wissen, dass die beiden

Frauen, die ihm auf der Welt alles bedeuteten, dort saßen und ihm zusahen, mobilisierte noch einmal seine letzten Reserven.

Beim Bully stand er seinem Gegner direkt gegenüber, die Nerven bis zum Zerreißen angespannt. Er fokussierte den Puck und war den Bruchteil einer Sekunde schneller. Schon schlug er mit seinem Schläger danach, spielte ihn Ryan zu, der den Puck weiter vor sich hertrieb.

Aber was war das? Einer der Gegner raste seitlich auf Ryan zu und stellte ihm ein Bein. Er stürzte schwer aufs Eis. Der Schiedsrichter pfiff, Foul! Das Publikum tobte, schrie und pfiff. Der gegnerische Spieler musste vom Eis und bekam auch keinen Ersatz. Es gab ein Powerplay. Das war eine einmalige Chance!

Energisch jagte Dean hinter dem Puck her, gelang in dessen Besitz, trieb ihn aufs gegnerische Tor zu, schlug an und – Volltreffer!

Das Publikum in den Rängen flippte aus. Die *Calgary Hunters* waren in Führung! Seine Teamkameraden umringten Dean, schlugen ihn auf die Schulter, hoben ihn hoch, jubelten vor Freude.

Jetzt kam es auf die letzten Augenblicke an. Jeden Moment war das Spiel zu Ende und damit entschieden. Einmal noch wurde es knapp, als es einem Gegner gelang, den Puck auf ihr Tor zu schießen. Aber der Torwart leistete fantastische Arbeit und hielt ihn auf.

Und dann – Ende! Die *Hunters* hatten es geschafft und waren kanadischer Meister!

Das Publikum in den Rängen rastete förmlich aus. Alle sprangen auf, rissen die Arme hoch, jubelten und schrien, brüllten den Namen seines Vereins. Die Spieler warfen lachend ihre Stöcke hoch und lagen sich in den Armen.

Hayley und seine Mutter waren in all dem Chaos nicht auszumachen, sosehr sich Dean auch bemühte, sie zu erkennen.

Inmitten seiner Teamkollegen machte er sich auf den Weg zur Umkleide, legte Schlittschuhe, Helm, Schoner und Kleidung ab und ging duschen. Sogar hier herrschte eine gigantische Stimmung. Alle redeten durcheinander und tauschten sich lautstark noch einmal ausführlich über die Highlights des Spiels aus.

Sie waren Meister! Es war wirklich unglaublich.

Trotz der übergroßen Freude und Erleichterung war Dean im Gegensatz zu seinen Teamkollegen nicht ganz bei der Sache. Immer noch war das mit Hayley so neu und aufregend für ihn, dass er es mitunter nicht ganz fassen konnte. Dass sie nun zusammen waren, sie zu ihm gehörte, ganz und gar. All die Jahre hatte er geglaubt, niemals eine feste Beziehung haben zu können. Ryan hatte ihm die Augen geöffnet, und auch Hayley hatte zugestimmt, ihm überzeugend versichert, dass seine Befürchtungen vollkommen unberechtigt waren.

Aufgrund der Entfernung sahen sie sich nur alle paar Tage, aber dann erschien ihm jede einzelne Sekunde mit ihr das Kostbarste, was Dean je erlebt hatte.

Gedankenverloren schlüpfte er in frische Klamotten und fuhr sich mit den Fingern durch sein gewaschenes Haar. Als er die Umkleide verließ und den Gemeinschaftsraum betrat, warteten Hayley und seine Mutter schon.

Ehe er reagieren konnte, flog ihm Hayley in die Arme. „Herzlichen Glückwunsch! Ich bin so stolz auf dich!" Sie küsste ihn leidenschaftlich.

„Danke!" Glücklich hielt er sie fest an sich gedrückt. Davon konnte er niemals genug bekommen.

„Da kann ich mich nur anschließen." Lächelnd kam Mom heran und schloss ihn ebenfalls in die Arme. „Keine Mutter kann stolzer sein als ich auf dich! Du warst einfach großartig, mein Junge! Nein, du *bist* großartig!"

„Vielen Dank!" Dean stand da, in jedem Arm eine der beiden Frauen, die er von Herzen liebte, und hätte glücklicher nicht sein können.

Hayley und seine Mom blieben auch in den folgenden zwei Stunden bei ihm, während er ein Interview nach dem nächsten gab und für eine Menge Fotos posierte. Hayleys Job übernahm heute Will persönlich, denn sie war privat hier.

„Wollen wir uns ausklinken?", fragte Dean, nachdem der größte Ansturm vorüber war. „Es gibt da ein irre gemütliches, französisches Restaurant, das ich euch gern zeigen würde."

„Sehr gern."

„Jungs, wir hauen ab!", rief Dean in die Runde und ließ seine feiernden Kameraden hinter sich.

Wenig später saß Dean im Restaurant und stieß mit Champagner mit Hayley und seiner Mutter auf seinen Erfolg an. Und nicht nur darauf. „Es hat eine Weile gedauert, bis ich realisiert habe, dass es nicht nur den Sport in meinem Leben gibt." Dabei sah er Hayley verliebt an.

„Das Eishockey war deine Flucht", erklärte seine Mutter. „Schon als Junge wolltest du immer nur auf dem Eis sein. Wenn du dort warst, konntest du all die Probleme ausblenden, die dich zu Hause belastet hatten."

„Ich müsste meinem Vater ja fast dankbar sein, dass er so ein Drecksack ist. Sonst wäre ich vielleicht nicht geworden, was ich heute bin."

„Ein Star", flüsterte Hayley mit vor Liebe und Stolz feuchten Augen. „Und das wärst du auch ohne ihn geworden. Einfach, weil du fantastisch bist. Aber ich hätte dich auch genommen, wenn du an einer Supermarktkasse arbeiten würdest."

„Gut zu wissen. Wer weiß, vielleicht probiere ich das eines Tages aus!" Dean lachte gelöst.

„Meinetwegen. Was immer dich glücklich macht."

Er nahm Hayleys Hand in seine und drückte sie. „Das machst du! Und ich Idiot habe es beinahe geschafft, dass ich die großartigste Chance in meinem Leben nicht ergriffen hätte. Dich zu gewinnen." Er beugte sich zu ihr und küsste sie.

Seine Mutter beobachtete sie mit leuchtenden Augen. „Du bist das komplette Gegenteil deines Vaters, Dean. Hättest du nur mal mit mir darüber gesprochen. Du hättest dir viele Zweifel und Probleme ersparen können."

„Und Hayley jede Menge Kummer." Wieder küsste er sie zärtlich.

„Längst vergessen", gab Hayley lächelnd zurück. „Und würde ich immer noch an dir zweifeln, wären die Zweifel spätestens jetzt beseitigt, wo ich sehe, was du für deine Mom tust."

Hayley und seine Mutter hatten sich von der ersten Sekunde an super verstanden und waren inzwischen so etwas wie Freundinnen geworden. Erst nahm Dean an, dass Hayley einfach nur Mitleid mit ihr hatte, bis Hayley ihm eines Tages gestanden hatte, dass sie in Amy so etwas wie eine Ersatzmutter sah. Wie wunderschön sich jetzt alles fügte.

Als seine Mutter ihn nun ansah, schimmerten auch in ihren Augen Tränen. „Ich weiß immer noch nicht, was ich sagen soll, Dean. Es ist nicht selbstverständlich, dass ein Sohn seine erwachsene Mutter aufnimmt. Du musst mir sofort sagen, wenn ich dir auf die Nerven gehe."

„Das wird nicht passieren, Mom. Ich hab viel zu lange kaum was von dir gehabt. Und dann wartet da ja noch die Überraschung, die ich für euch habe."

„Was denn für eine Überraschung?", fragte Hayley neugierig.

„Ich wollte erst warten, wie die Meisterschaft ausgeht", erklärte Dean. „Aber nun, wo wir sie gewonnen haben, kann ich sicher sein, dass ich genug Werbeaufträge an Land ziehen kann, um es mir zu leisten."

„Was denn?", fragte nun seine Mutter mit vor Spannung ganz großen Augen.

Er betrachtete abwechselnd Hayley und seine Mom und weidete sich an seiner Vorfreude. „Etwas außerhalb von Calgary steht ein Haus zum Verkauf. Direkt am Waldrand, auch ein Bach fließt in unmittelbarer Nähe vorbei. Eine sehr idyllische Gegend, ideal für lange Wanderungen in der Natur. Und ich denke, dass ich es mir jetzt leisten kann."

„Du willst ein Haus kaufen?", fragte seine Mutter überrascht.

Er nickte. „Von dort aus ist es näher bis Brookfield. Das heißt, dass Hayley und ich nicht mehr ganz so lange fahren müssen, wenn wir uns treffen wollen. Ich hätte es zwar weiter bis zum Training, aber das stört mich nicht. Und was dich betrifft, Mom ... Wenn du magst, kannst du meine Wohnung übernehmen."

„Was? Nein, das kann ich nicht annehmen. Du könntest sie weiterverkaufen. Das Geld kannst du doch gut gebrauchen."

Er lächelte sanft. „Ich glaube, du hast mir gerade nicht richtig zugehört. Wir sind kanadischer Meister. Das bedeutet, dass sich die Geschäftsleute um uns reißen werden, damit wir ihre Produkte bewerben. Sobald ich das Haus gekauft habe, kannst du in meiner Wohnung schalten und walten, wie du magst, Mom. Ich überlasse sie dir."

„Ich kann das gar nicht glauben", flüsterte sie ergriffen.

Dean bedachte sie mit einem liebevollen Lächeln, ehe er sich an Hayley wandte. „Und was dich betrifft ... Ich freu mich jetzt schon darauf, das Haus mit dir zusammen einzurichten."

Sie riss die Augen auf. „Wieso mit mir zusammen? Ich wohne in Brookfield, Dean. Ich arbeite dort. Noch jedenfalls."

„Noch? Was soll das heißen?"

Jetzt strahlte sie. „Ich glaube, jetzt wird es Zeit für *meine* Überraschung. In den letzten Tagen habe ich gleich zwei Jobangebote bekommen. Eins von einer anderen Tageszeitung und das andere von einem Outdoormagazin."

„Das hast du dir immer gewünscht!", rief Dean. „Das ist großartig! Herzlichen Glückwunsch!"

Sie nickte glücklich. „Vielen Dank! Sie waren begeistert von meinen Artikeln und den Fotos über unsere Campertour."

„Kein Wunder, die sind ja auch großartig geworden."

„Danke! Ich hab allerdings etwas Angst, denn das Magazin hat seinen Sitz in Calgary. Du weißt ja, dass ich noch nie woanders als in Brookfield gewohnt habe. Und dann von dort aus gleich in die Großstadt ... Das wäre ein gewaltiger Sprung."

„Bei dem ich dir helfe, wo ich nur kann!" Dean küsste sie zärtlich und legte den Arm um ihre Schulter. „Egal, wie du dich entscheidest, ich bin für dich da. Und falls du den Job in Calgary annehmen möchtest, kannst du selbstverständlich bei mir wohnen. Versteh mich nicht falsch, ich möchte dich zu nichts drängen. Es ist nur ein Angebot. Und vergiss nicht, dass mein künftiges Haus im Grünen liegt. Der Unterschied zu Brookfield ist dort gar nicht so gewaltig."

Sie war vollkommen überwältigt. „Es muss wunderbar sein."

„Ist es auch. Und du sollst dich dort wohlfühlen, Hayley. Deshalb möchte ich, dass du mir bei der Einrichtung hilfst. Du weißt schon: Farbauswahl der Wände und des Bodens, Möbel, Lampen. All das, was man so braucht. Ich möchte nichts kaufen, das dir nicht gefällt."

„Ich weiß gar nicht, was ich sagen soll."

„Sag einfach ja." Voller Freude strahlte er sie an.
„Natürlich sag ich ja!", rief sie und küsste ihn. „Am liebsten würde ich sofort loslegen!"
„Und ich erst. Mit dir zusammen wird es erst richtig schön." Er versank in ihren wunderschönen Augen. „Ich liebe dich, Hayley."
„Und ich liebe dich!"

ENDE

Triggerwarnung: Achtung Spoiler!

Dieser Roman enthält potentiell triggernde Inhalte:
Häusliche Gewalt